Buyruk
İmam Cafer-i Sadık Buyruğu

Hazırlayan
Prof. Dr. Fuat BOZKURT

7. Baskı

BUYRUK
İMAM CAFER-İ SADIK BUYRUĞU

Hazırlayan: Prof. Dr. Fuat Bozkurt

Genel Yayın Yönetmeni: Yusuf Ziya Aydoğan
Genel Yayın Koordinatörü: Yusuf Yavuz
Sayfa Tasarımı: Kübra Konca Nam
Kapak Tasarımı: Eğitim Yayınevi Grafik Birimi
Son Okuma: Ayşe Çakır

T.C. Kültür ve Turizm Bakanlığı
Yayıncı Sertifika No: 47830

ISBN: 978-605-9530-36-1
7. Baskı - Haziran 2024

Kütüphane Kimlik Kartı
BUYRUK
İMAM CAFER-İ SADIK BUYRUĞU
Hazırlayan: Prof. Dr. Fuat Bozkurt
256 s., 135x215 mm
Kaynakça var, dizin yok.
ISBN: 978-605-9530-36-1

Baskı Cilt
Sayfa Basım Sanayi
Tevfik İleri Mah. Emek Cad. Polat Sok. No: 2 Pursaklar / Ankara
Matbaa Sertifika No: 77079

SALON YAYINLARI
Atakent Mah, Yasemen Sok, No: 4/B Ümraniye/İSTANBUL
Merkez Tel: 0 (332) 351 92 85
E-Posta: bilgi@salonyayinlari.com
www.salonyayinlari.com

Prof. Dr. Sedat Veyis ÖRNEK*'in (1927-1980)*
eşsiz anısana bitimsiz saygı ve sevgilerimle...

İÇİNDEKİLER

ÖNSÖZ

Buyruk, benim bilimsel serüvenimin tutkulu bir kesimini oluşturur. İlk baskısını zor günlerde hazırladım. 12 Eylül'ün en bunalımlı günleriydi. Ege Üniversitesi'ndeki çalışma odama, bir işçi elinde yırtık pırtık bir *Buyruk*'la geldi. *Buyruk* üzerine iki yıl çalıştıktan sonra 1982 yılında kendi olanaklarımla bastırdım. Üniversite'den atıldığım günlerde, sözde, yaşamımı yazarlıkla kazanacaktım. Ne ki, Türkiye bunalımlı günlerin olağanüstü koşullarını yaşıyordu. *Buyruk,* soruşturmaya uğradı. Daha sonra aklanmasına karşın, *Buyruk*'u dağıtıma veremedim. O sırada üniversiteden de atıldım. 12 Eylül karabasanının cirit attığı dönemde benim gibi sakıncalılara (!) Üniversite kapısı, uzun süre açılacağa benzemiyordu. Yayınevleri de sıkıyönetimin görevine son verdiği kişilere iş vermeye çekiniyorlardı. Türkiye'den çıkmaktan başka çözüm kalmamıştı. Ne var ne yoksa, her şeyi dağıtıp, 20 Haziran 1983'te bir gece yarısı uçağı ile Türkiye'den ayrıldım.

Avrupa'da geçireceğim on yıl süresince Alevîlik araştırmaları en çok zamanımı alan konu oldu. *Buyruk*'un ilk baskısı hemen hiç içime sinmemişti. her şeyden önce, karşılaştırmalı, güvenilir bir baskı değildi. Kimi zaman anlatımı düzeltme düşüncesiyle, tümceleri değiştirmiştim. Sonradan bu yaptıklarımdan çok pişmanlık duydum. Ama iş işten geçmişti.

1986 yılından başlayarak, yerel gezilerle Alevîlik üzerine doğrudan gözlemlere dayanan bilgiler derlemeye başladım. Malatya Ballıkaya köyünde özgün bir el Yazması Buyruk buldum. Ayrıca, Rıza Yetişen'in el yazmaları bağışlandı. Kimi başka kitaplar da iletildi. Böylece oldukça zengin bir belgeliğim oluştu. Bunların yanı sıra özellikle Tahtacılar arasında yaptığım derlemeler *Buyruk*'da anlayamadığım birçok kesimi aydınlattı. *Buyruk*'u tüm bu veriler ışığında yeniden baskıya hazırladım. Daktilo ile yazılmış metni değerli Halkbilimci Prof. Dr. Pertev Naili Boratav'a ilettim.

O günlerde 77 yaşındaki Boratav Hoca, dört yüz yapraktan oluşan bu gereçleri büyük bir titizlikle okudu, eleştirilerini bildirdi. Daha sonra büyük yankı uyandıracak Alevîliğin Toplumsal Boyutları'nın değerini ilk sezen de o, oldu.

Bizim bu çalışmamızın ardından, kimi yayınevleri *Buyruk* yayınladı. Yaklaşık tümü bizim *Buyruk* baskısını örnek aldı. Hemen hiçbiri eski kaynaklara inemeyen bu yayıncılar, bizim Buyruk baskısında sonradan pişmanlık duyduğumuz ne varsa o kesimleri aldı. Böylece tam bir kargaşa ortamı çıktı. Hele yaşlı bir dede, doğrudan kendisi *Buyruk* yazdı. Önsözünde bizi bir güzel eleştirdi. Eleştirdiği noktalar, yukardaki bizim sözünü ettiğimiz kesimler olsaydı, saygı ile karşılardık. İşin acı yanı, tümüyle özgün anlatıya bağlı kaldığımız yerlerde bizi, halka yanlış yolu göstermekle suçladı.

Boratav Hoca'nın okuduğu yeni düzenleme yaklaşık on beş yıldır bir kıyıda duruyordu. Bir vakfın yayınlama isteği üzerine, tüm anlatıyı yeniden elden geçirdik. Yeni verilerin ışığı altında açıklamalarla donattık. Tahtacı gelenekleri ile *Buyruk* arasındaki koşutlukları, tüm ayrıntılarına dek açıkladık. Anlatıya en küçük müdahalede bulunmadık. Anlatım bozukluklarını düzeltmek istediğimiz yerleri ayraç içinde verdik. Bütünlük sağlamak amacıyla, yaptığımız kurgu değişikliklerini de notlarda belirttik. Kuşkusuz en doğrusu, yazmaların tıpkıçekimini vermek ve bu yazmalara göre, kurgu sayfalarını belirtmekti. Ne ki, böylesi pahalı bir baskıyı hiçbir yayınevi üstlenemezdi. Bu nedenle, Sefer Aytekin baskısındaki sayfaları esas aldık ve kurguyu oradaki gereçlere göre yaptık. Sefer Aytekin'in esas aldığı İzmir Yazması ise şu an elimizin altındadır. Araştırmacılar için olduğunca halk için de güvenilir bir kaynak olduğunu sanıyoruz. Böylece sağlam ve anlaşılır bir yayın ortaya koyduğumuza inanıyoruz.

Fuat Bozkurt

10 Ekim 2011, Antalya

"BUYRUK" ÜZERİNE

Kısa adı ile "*Buyruk*" diye bilinen bu yapıt, Alevîler arasında en çok okunan kitapların başında gelir. Yapıtın pek çok Yazmasının bulunması bu savın kanıtıdır. *Buyruk*, çağlarca elden ele gezer. Alevîlerce Kur'an'ı açıklayan ve tamamlayan bir kitap olarak benimsenir.

Yapıtın Alevîlerce böylesine üstün tutulması onun Alevî inanç, töre, tören ve söylencelerini içermesinden kaynaklanır. Bu yapısı ile Buyruk, bir yol ve süreğin iç tüzüğü, daha doğrusu anayasasıdır. Çağlarca baskı altında tutulan bir halk tabakasının el kitabıdır. Yüzyıllar boyu karanlıkta kalmıştır. Varlığı bilinmesine karşın yadsınmıştır.

Adı

Yapıt, Alevîler arasında "İmam Cafer Buyruğu" ya da kısaca "Buyruk" adı ile tanınır. Alevîler arsındaki bu değişmez adına karşın, bilim çevrelerinde yapıtın için değişik adlar ileri sürülmüştür. Yapıttan ilk sözeden Prof. Dr. Mehmet Fuat Köprülü, yapıtın gerçek adının *"Menâkıb-ı Evliya"* olduğunu söyler.[1] Özel kitaplığında bulunan yazmaya dayanarak yapıtın yazarı, içeriği ve konusunda

1 Mehmet Fuat Köprülü: **Türk Edebiyatında İlk Mutasavvıflar,** Ankara 1977.

kısa bilgiler verir. Yapıtın önemine değinir. Bundan sonra Köprülü'nün savları bilim çevrelerince benimsenir. Kitabın yeni yazı ile yapılan ilk baskısında da Köprülü'nün söz konusu görüşleri egemen olur. Yayıncı Sefer Aytekin, yapıta yazdığı kısa önsözde yapıtın *"İmam Cafer Buyruğu", "Menâkıb-ı Evliya", "Menâkıbnâme", "Fütüvvetnâme"* gibi çeşitli adlarla anıldığını söyler[2] ve Buyruk dizisinde *"Menâkıb-ül Esrâr Behcet-ül Ahrar Telif-i Seyyid Şah Hatayî"*nin yayınlanacağını okurlarına muştular.[3] Ancak *Buyruk*'u yayınlamasından sonra yedi yıl yayıncılığını sürdüren Aytekin, bu yapıtı bir türlü yayınlayamaz. Çok daha sonra yayınlanan bir bilimsel yapıtta da Köprülü'nün savı yinelenir. Mehmet Eröz, Anadolu Kızılbaş Türkmenlerinin gönlünü kazanmak için sözlü propagandanın yanısıra iki yazılı metinin olduğunu bildirir. Bunlardan birinin, *Şeyh Safiyüddin-i Erdebilî* ile oğlu *Şeyh Sadrüddin*'in konuşmalarını ve onların tarîkatın ilkelerini açıklayan sözlerini içeren ve Şah Hatayî'ye dayandırılan *"Menâkıb-ül Esrar"* olduğunu ileri sürer. İkincisinin ise Şeyh Safî'ye dayandırılan *"Buyruk"* olduğunu savunur.[4] Bu savlarını ise Abdülbaki Gölpınarlı'nın eski bir yazısına dayandırır.[5]

Buyruk üzerine en sağlam bilgileri Abdülbaki Gölpınarlı verir. Gölpınarlı'ya göre, Çaldıran'da Yavuz'a yenilen Şah İsmail (öl. 1524) ve ondan sonraki Safevî hanedanı kendilerine en büyük karşıt gördükleri Osmanoğulları ülkesindeki etkinliklerini sürdürmek için Anadolu Alevîlerine halifeler yollarlar. İran'da kendilerini Caferî mezhebinin yol eri ve yayıcısı tanıtırlar. Anadolu Alevîlerine kendilerini halifeler aracılığı ile İmam, hatta Mehdi; en azından Mehdi'nin öncüsü, muştulayıcısı kabul ettirmeyi amaç edinirler. Şah

2 **Buyruk** (Yayınlayan: Sefer Aytekin), Ankara 1958, s.3.
3 **Buyruk** (yayınlayan: Sefer Aytekin), Ankara 1958, s.4.
4 Mehmet Eröz, **Türkiye'de Alevîlik - Bektaşîlik,** İstanbul 1977, s.95.
5 Abdülbakî Gölpınarlı, "Bir Kitabiyat", **Ülkü Mecmuası,** Temmuz 1936, Sayı 41.

İsmail'in oğlu Şah Tahmasb zamanında (1576) Bısatî adlı biri *"Menâkıb'ül-Esrâr Behcet'ül Ahrar"* adlı kitabı yazar. Alevîler buna "Büyük Buyruk" adını verirler.[6]

Bu bilgilerin ışığında Buyruk'un gerçek adı "Menâkıb'ül-Esrâr Behcet'ül Ahrar"dır.

Yazarı

Alevî halkın büyük bir bölümü Buyruk'un İmam Cafer'den kaldığına inanır. Nitekim yapıtın önsözü durumundaki ilk bölümünde, yapıtın içindeki tüm sözlerin İmam Cafer Sadık'ın olduğu, onun sözlerinin açık ve kesin olduğu belirtilir.[7] Alevîlerce kitabın yazarının İmam Cafer olduğuna inanılması şu iki ana nedene dayanır:

1. Anadolu Alevîliği, Caferî mezhebine bağlıdır.

2. Buyruk, Alevî ilke, töre, tören ve söylencelerini içerir.

İmam Cafer (699-765), On İki İmam'ın altıncısıdır. Beşinci imam Muhammed Bakır'ın oğludur. Bilgisinin derinliği ile On İki İmam arasında önemli bir yeri vardır. İmam Cafer-i Sadık, inançlarını düzenli bir biçimde anlatması, görüşlerini belli kurallara bağlamasından dolayı Şiîlik'in bir mezhep olarak kurucusu sayılır. Bu nedenle bütün Şiî kuruluşlar, özellikle Alevîler, kendilerinin Caferî mezhebine bağlı olduklarını söylerler.

Kaynakların bildirdiklerine göre İmam Cafer'in din ve iman konularında 15 kitabı vardır.[8] Ancak, bu kitapların çoğu günümüze ulaşmamıştır. Alevîler arasındaki en önemli kitabı, İmam Cafer adına düzenlenen bizim sözünü ettiğimiz *"Buyruk"*tur.[9]

6 Abdülbakî Gölpınarlı: **Şiîlik,** İstanbul 1979, s.178.
7 **Buyruk** (Hazırlayan: Fuat Bozkurt), İstanbul 1982, s.5.
8 Abdülbakî Gölpınarlı: **Şiîlik,** İstanbul 1979, s.426'da İmam Cafer'in kitaplarının listesi verilir. Hangi konularda yazıldığı anlatılır.
9 İsmet Zeki Eyüboğlu: **Bektaşîlik,** İstanbul 1980, s.90-91.

Ne ki, Buyruk'un İmam Cafer'in elinden çıktığı kanıtlarından yoksunuz. İslâmla ilgili tüm söylencelere, Kur'an'dan verilen ayetlere, Peygamber'e dayandırılan hadislere karşın *Buyruk,* İmam Cafer'in sözlerinden kaynaklandığı da kesin değildir.

Bilim çevreleri Buyruk'un adında olduğu gibi yazarı konusunda da kimi değişik görüşler ileri sürmüşlerdir. Bu konuda da Köprülü'nün görüşü yaygınlık kazanmıştır. Böylece, *"Buyruk"* diye bilinen bu kitabı "Şah İsmail'in dedesi Şeyh Safî'nin yazdığına inanılır. Buyruk, Şah Hatayî'den deyişler içerir. Çeşitli vesilelerle Şah Hatayî'den söz edilir. Bunların sonradan eklendiği düşünülebilse de pek akla yatkın gözükmez.

Başka bir sava göre Buyruk'un yazarı Şah İsmail (Hatayî)'dir. Buyruk içerik bakımından büyük önem taşımasına karşın, dil ve anlatım bakımdan savruktur. Şah Hatayî gibi büyük bir ozanın böylesine dağınık bir kitap Yazması düşünülemez. Ayrıca, Buyruk'ta Şah İsmail'den sonra yaşamış ozanlardan deyişler vardır. Bu durumda, Buyruk'un Şah İsmail'in olduğu savı da Şeyh Safî'nin yazdığı savı gibi tutarsızdır.

Gölpınarlı, Buyruk'un Şah İsmail'in oğlu Şah Tahmasb zamanında (1576) **Bısatî** adlı birince yazıldığını ileri sürer.[10] En güvenilir kaynak olması nedeniyle biz de bu görüşe katılıyoruz.

İçeriği

Alevîliğin temel kitabı olması nedeniyle Buyruk, Alevîliğin ana sorunlarına karşılık vermek ister. Abdülbaki Gölpınarlı kendisinde bulunan yazmanın içeriğini şöyle verir:[11]

10 Abdülbakî Gölpınarlı: **Şiîlik,** İstanbul 1979, s.178.
11 Abdülbakî Gölpınarlı: y.a.g.e., s.178.

- Safiyüddin'in Alevîliğin farz ve sünnetleri üzerine sözleri,
- Gerçek ötesi söylenceler,
- Fütüvvet ehlinin gelenekleri, törenleri,
- Şah Tahmasb'ın soykütüğü,
- *Hatayî* mahlaslı, Şah İsmail'in hece ile yazılmış yirmi deyişi, bir manisi, aruzla yazılmış sekiz şiiri,
- Pîr Sultan'ın üç deyişi,
- Kul Mazlum'un bir deyişi,
- Kul Himmet'in dört deyişi,
- *"Alî İsmail'em geldim, âlemi seyran eylerem*
Zülfekâr durmaz kınında, günde yüzbin kan eylerem"

dizeleriyle ya da dörtlüğüyle başlayan "Şah Âdil" mahlaslı bir deyiş,

- *"Kul Adil"* mahlaslı heceyle yazılmış bir deyiş,
- *"Kul Adil"* mahlaslı aruzla yazılmış bir muhammes, (Gölpınarlı'ya göre Kul Adil ve Şah Adil de Hatayî olmalıdır).
- *"Şah Tahmasb Pîr Şah"* redifli On İki İmam'ı öven aruzla yızılmış bir şiir.

Tüm bu içeriği ile Gölpınarlı'nın elinde bulunan yazmanın çok kapsamlı bir yazma olduğu ortadadır. Sefer Aytekin ve bizim kullandığımız İzmir Yazması özellikle yukarıda verilen şiirler bakımından eksiktir. Bugüne değin Gölpınarlı Yazmasını elde edemedik. Umarız bir gün elimize geçer ve yukarıdaki şiirleri de ekleriz.

Bizim esas aldığımız İzmir Yazması 58 başlık altında toplanmıştır. Öbür yazmalardan tamamlayacağımız bu 58 bölümü 40 bölümde birleştirdik. Bizim hazırladığımız Buyruk bütünü içinde şu konuları içerir:

1. **Söylenceler:** Söylenceler, halkların belgelenmemiş belleğidir. Buyruk'ta yer alan söylencelerse, Alevî inançlarının kökenini açıklamaya ve doğruluğunu kanıtlamaya çalışan anlatılardır.. Öykünün sonunda Alevîlere bu öyküden nelerin kaldığı, ne gibi dersler alınması gerektiği biçiminde yargılara varılır. Buyruk'ta içinde söylence bulunan bölümler şunlardır: "Kırkların Cemi", "Muhammed ile Ali'nin Musahip Olması", "Mürşid", "Zakir", "Mürid", "Rıza", "Sevgi", "Kuşku", "Uğru", "Utanma", "Secde".

2. **Törenler:** Alevî dinsel törenlerinin nasıl yapılacağı, koşulları tüm ayrıntıları ile anlatılır. Ancak, Buyruk'ta verilen dinsel törenlerden kimisi günümüzde Alevîler arasında unutulmaya yüz tutmuştur, "Oğlan İkrarı Alma", "Kız İkrarı Alma", "Ev Ondalama", "Ocak Kazdırma" gibi törenlerin Tahtacılar arasında işlerliğini sürdürdüğü bildirilmektedir.[12] Buyruk'ta dinsel törenlerin anlatıldığı bölümler şunlardır: "Musahip", "Aşina", "Peşine", "Oğlan İkrarı Alma", "Kız İkrarı Alma", "Ocak Kazdırma", "Erkândan Geçme", "Tarik", "Ölmeden Önce Ölmek", "On İki Hizmet".

3. **İlkeler:** Alevîliğin ana ilkeleri, koşulları ve bu ilke, koşulların nasıl yerine getirilmesi gerektiği anlatılır. İlke ve koşulların yerine getirilmemesi durumunda verilecek cezalar belirtilir. Kimi zorlukların nasıl çözüleceği vurgulanır. Buyruk'ta bu tür bölümler şunlardır: "Tarîkatın Farzları", "Dört Kapı, Kırk Makam", "Üç Sünnet, Yedi Farz", "Kimi Sorunların Çözümü".

12 A.Yılmaz: **Tahtacılarda Gelenekler,** Ankara 1948.

4. **Töreler:** İnanılması, saygı duyulması gereken kavramlar anlatılır. Bu kavramları *canlı* ve *cansız* olmak üzere iki bölüme ayırabiliriz.

Canlı kavramlar "Pîr", "Rehber", "Zakir", "Sofu", "Mücerret" bölümlerinde işlenir. Bu kişilerin ne gibi özellikleri olması gerektiği anlatılır. Bu bölüme sokabileceğimiz "On İki İmam", "On Dört Masum-u Pak", "On Yedi Kemerbest" bölümünde ise Alevîlerce kutsal sayılan kişilerin adları öğretilir.

Cansız kavramlar ise "Dar", "Secde", "Niyaz", "Tac", "Tanrı'nın Adları", "Kimi Sorunların Çözümü", "Dört Ana Nesne", "Velayetnâme" bölümlerinde açıklanır. Bu kavramların ne demek olduğu, kimlerden kaldığı belirtilir.

İşlevi

Buyruk, tüm Alevîliğin tüzüğü durumunda olan bir kitaptır. Yukarıda, içeriği bölümünde anlattığımız gibi Alevî inanç, ilke, töre, tören ve söylencelerini anlatır.

Ancak, Buyruk Erdebil Tekkesinin süreğidir. Bu durumu şöyle açıklayabiliriz: 16. yüzyılda İran'da Safevi devletinin kurulması ile Anadolu Alevîliği ikiye bölünür. Hacı Bektaş Tekkesi ve yandaşları "Bektaşî" adını alarak Osmanlı Devletinin yanında yer alır. Buna karşı "Kızılbaş" adı ile anılan Alevîler, Safevi devletini desteklerler. Bu aşamada Erdebil Tekkesi, Anadolu Kızılbaşlarının gönlünü kazanmak, kendi yanına çekmek için Anadolu içlerine misyonerler sokar. Bu dervişler genelde sözlü propaganda yaparlar. Şah İsmail ve oğulları döneminde yayılmacı dervişler sürekli olarak Anadolu içlerine gönderilir. İşte, Buyruk, 16. yüzyılın ikinci yarısında Erdebil yayılmasının el kitabı olarak hazırlanır. Amacı Safevilere yandaş kazandırmaktır. Nitekim 2. Hacı Bektaş Yazması'nın bitiminde şöyle bir kesit bulunur:

(Bu kılavuzu) Selman-ı Farisi, Şah'ın kendisinden öykülemiştir. Al-i Abâ[13] *nın soyağacıdır. Bunu Farsça olarak buyurmuştu. Horasan Erenleri Rum'a ayak bastıklarında Farsçadan Türkçeye çevirmişlerdir. Ve bunu tarîkat erenleri aziz canları gibi saklasınlar. El ele, el hakka!*

Bu güdümlü amacı nedeniyle *Buyruk*'da yer yer Bektaşî töreleri ile çelişen bölümler bulunur. Sözgelimi, bizim Buyruk'un Pîr ve Mücerret bölümleri bu savın özgün örnekleridir. Pîr bölümünde "yalnız ve yalnız Muhammed-Ali'nin soyundan olan kimsenin pîrliği geçerlidir" denir. Oysa Bektaşîlik'te böyle bir koşul söz konusu değildir. Mücerret bölümü ise tümüyle Bektaşîlikteki evlenmemiş babalar örgütüne ağır bir eleştiri durumundadır. "Mücerretin imamlığı, mürşitliği söz konusu olamaz. Mücerreti bir kimse ulu Tanrı'nın gücünü, enbiyanın mucizesini, evliyanın velayetini, şeyhlerin kerametini ve bilginlerin ilimlerini gösterse ve yeşil kanat ile göğe uçsa vurup kanadını kırın! Ona imamlık ya da mürşitlik yaptırılmaz!" denir.

Buyruk ile Ahmet Yesevi'nin olduğu söylenen *Fakrnâme* arasında büyük koşutluk vardır.

Buyruk'da anlatılan, töre tören ve ilkeler en sağlam biçimde Tahtacılar arasında yaşar.

"Büyük Buyruk" diye tanımlanan Erdebil Tekkesinin bu kitabı yanında bir de *"Küçük Buyruk"* adlı kılavuz kitap vardır. Gölpınarlı'nın verdiği bilgilere göre söz konusu kitap Büyük Buyruk'la aynı içerikte 25 sayfalık bir kitaptır. *"Dergâh-ı âlîda Seyyid Abdülbâkî Efendi Hazretleri, evliyaya muhib olan mü'minlere gönderdiği mektub"* başlığını taşır. Nice zamandır geleceğim diye söz veren ve beklenen Şah'ın Zülfikâr'ını çekip kalktığını muştular.[14]

13 **Al-i Abâ:** Muhammed Peygamberin üzerine abasını örttükleri, Ali, Fatıma, Hasan, Hüseyin.

14 Abdülbakî Gölpınarlı: y.a.g.e., s.178-179.

Yazmaları

Buyruk, pek çok Yazması olan bir kitaptır. Her Alevî köyünde birkaç Yazması bulunur. Bu, onun çok okunan bir kitap olmasından kaynaklanır. Yazmalar arasında kimi zaman önemli ayrılıklar görülür.

Şimdilerde elimizin altında İzmir, Malatya ve öbür yazmalar bulunmaktadır. Ancak, Gölpınarlı Yazması'nın içeriğinin daha değişik olduğu anlaşılmaktadır.

Baskıları

1. Sefer Aytekin, Buyruk, Emek Matbaası, (Ankara 1958): Buyruk'un yeni yazı ile ilk baskısıdır. Sefer Aytekin'in yayını da bizim elimize geçen İzmir Yazması'na dayanır. Günümüze değin yapılan yayınlar arasında Sefer Aytekin yayını en özgün olan yayındır. Aytekin İzmir Yazmasını en küçük bir değişmeye uğratmaksızın yeni yazı ile yayımlamıştır. 152 sayfa tutan İzmir Yazmasından sonra Maraş, Alaca, Gümüşhacıköy, Malatya ve Hacıbektaş yazmalarından kimi bölümleri eklemiş, ayrıca Alevî dinsel törenlerinde kullanılan gülbenk ve tercümanları vermiştir.

Sefer Aytekin'in Buyruk'u özgün; ama kullanışsızdır. Kitap gerçekte halk için yayınlanmasına karşın bilim çevreleri için bile anlaşılamayacak ölçüde karışıktır. Bu baskıdaki eksikleri şöylece özetleyebiliriz:

- Yazmadaki anlatım ve tümce bozukluklarına dokunulmamıştır.
- Bölümlerde konu bütünlüğü sağlanmamıştır.
- Arapça bölümler olduğu gibi bırakılmıştır.
- Ele geçirilen yazmalarda bir karşılaştırmaya gidilmemiştir.

- Herhangi bir sözlük ya da açıklama bölümü verilmemiştir.

2. **Hasan Ayyıldız'ın hazırladığı İmam-ı Cafer Buyruğu,** (İstanbul 1962): Sefer Aytekin'in yayınladığı Buyruk'un daha anlaşılır biçimde bir özetidir. 70 sayfa tutan bu özetin ardından "Kırk Sual Kırk Cevap" adlı bir kitap verilmiştir. Ticari amaçla hazırlanmış önemsiz bir yayındır.

3. **Fuat Bozkurt'un hazırladığı Buyruk,** (İstanbul 1982): Geniş okur kesimi için hazırlanan bu baskıda Sefer Aytekin'in kullandığı İzmir Yazması, öbür yazmalarlardan alınan bölümlerle işlenerek verilmiştir. Kullanışlı ve anlaşılır olmasına karşın kimi yönlerden eksiktir. Bu eksikleri şöyle özetleyebiliriz:

- Değişik yazmalarlardan alınan bölümlerle konu bütünlüğü sağlanmış; ancak bunların hangi yazmadan alındığı belirtilmemiştir.
- Yapıtı tanıtan bir giriş verilmemiştir.
- Açıklayıcı notlar verilmemiştir.
- Herhangi bir sözlük konmamıştır.

4. Bunun dışında Buyruk'dan kimi bölümler başka kitaplarda verilmiştir. Bu tür kitaplara şu iki kitabı örnek gösterebiliriz:

a. F. V. Hasluck: **Bektaşîlik Tetkikleri** (Çeviren: Ragıp Hulusi), İstanbul 1928.

b. A. Yılmaz: **Tahtacılarda Gelenekler,** Ankara 1948.

Hazırlanışı

Buyruk'u yeniden baskıya hazırlarken şu yenilikleri yapıyoruz:

a. Esas aldığımız İzmir Yazması daha önce Sefer Aytekin tarafından hiç değiştirme yapılmaksızın yayınlandığı için hangi bölümlerin o yayında hangi sayfalarda olduğu gösterildi.

b. İzmir Yazması'nda 58 başlıkta verilen konular 41 başlıkta derlendi. Anlatılanlar, konularına göre düzenlendi. Böylece yapıtın anlaşılır olması sağlandı.

c. Buyruk'un özgünlüğü korunmak istendi. Bu nedenle metin içinde en küçük açıklama yapılmadı. Bunun yerine açıklamalar bölümü kondu ve burada konuların ne üzerine olduğu ve ne anlatmak istediği belirtildi. Metinde geçen olaylardaki kimi yanlışlar ve eksikler gösterildi.

d. Yapıtın anlaşılmasını kolay duruma getireceği düşüncesi ile bu giriş bölümü eklendi.

Bu biçimi ile yayınımızın gerek bilim çevreleri gerekse halk için daha kolay anlaşılır ve güvenilir olacağı düşünüldü. Tüm uğraşlarımıza karşın yayınımız yeterli olgunluğa ulaşamadı. Bu, elimize iyi yazmaların geçmemesinden kaynaklandı. Ancak, Alevî gelenekleri gibi ilginç bir konunun gün ışığına çıkmasına yardımcı olması düşüncesiyle yapıtı bu biçimi ile yayınlamayı gerekli gördük. Tüm eksik ve yanılgılar için dostların hoşgörüsünü dileriz. Saygılarımızla.

Osnabrück, 1 Nisan 1985

Esirgeyen ve Bağışlayan Tanrı'nın Adıyla[15]

Bu Buyruk, tümüyle İmam Cafer Sadık'ın sözlerinden oluşur. Onun sözleri açık ve kesindir. İnananlara Şeriat, Tarîkat, Mârifet, Hakikat kapıları ile bunlara ilişkin bütün erkân anlatılmıştır. Tarîkat yolunun pîrleri ile erkâna varan talip, sofu kardeşlerin neler yapmaları gerektiği tüm inceliği ile açıklanmıştır. Resul soyundan gelen pîrler ve inananlar buna göre davransınlar, buna göre yol erkân sürsünler!.. Buna göre davransınlar ki, onların Muhammed ümmeti oldukları belli olsun. Ve de o zaman onlara Müslüman denebilsin!

Bu Buyruk, tümüyle İmam Cafer Sadık'ın sözlerinden oluşur. Onun sözleri açık ve kesindir. İnananlara Şeriat, Tarîkat, Mârifet, Hakikat kapıları ile bunlara ilişkin bütün erkân anlatılmıştır. Târikat yolunun pîrleri ile erkâna varan talip, sofu kardeşlerin neler yapmaları gerektiği tüm inceliği ile açıklanmıştır.

Resul soyundan gelen pîrler ve inananlar buna göre davransınlar, buna göre yol erkân sürsünler!..

Buna göre davransınlar ki, onların Muhammed ümmeti oldukları belli olsun. Ve de o zaman onlara Müslüman denebilsin!

---

15 İzmir Yazması "Bismillahirrahmanirrahim" adlı bölüm (s. 6). Bu bölüm Buyruk'un önsözü durumundadır. Bütün yazmalarda yer alır. Çok kez anlaşılmaz tümcelerden oluşan bölümün ana içeriği buarda anlatıldığı gibidir.

1

KIRKLARIN CEMİ[16]

Hz. Muhammed bir sabah erken Miraç'a[17] gidiyordu. Ansızın yoluna bir aslan çıktı. Aslan üzerine kükremeye başladı. Muhammed ne yapacağını şaşırdı. Birden bir ses duydu:

"Ey Muhammed, yüzüğünü aslanın ağzına ver!"

Muhammed söylenileni yaptı. Yüzüğünü aslanın ağzına verdi. Aslan nişanı alınca sakinleşti. Muhammed yoluna devam etti. Göğün en yüksek katına erişti. Orda dostuna kavuştu. Onunla doksan bin söz konuştu. Bunun otuz bini şeriat üzerine idi ve inananlara indi. Kalan altmış bini ise Ali'de sırr oldu.[18]

---

16 İzmir Yazması (s. 7), "Kırkların Cemi" adlı bölüm. Bu bölüm de tüm Buyruk yazmalarında yer alır. Maraş Yazması'nda da aynı bölüm bulunur (s. 155-161).

17 **miraç,** sözcük olarak "merdiven" demektir. İslâm'da Muhammed Peygamberin Tanrı katına çıktığı gece anlamına gelir. İslâm inançlarına göre Muhammed Tanrı ile görüşmek üzere İ.S.619 yılının Recep ayının 27. günü göğe çıkar. Bu yüzden o günün gecesi Miraç kandilidir. Bu olayı doğrudan Muhammed kendisi anlatmıştır. Müslümanların bir bölümü bu olayın doğrudan olduğuna, bir bölümü de düşte olduğuna inanırlar. Bu inanca göre Tanrı'nın kendisini çağırdığını Peygambere dört büyük melekten Cebrail bildirir. Peygamber göre Cebrail'in atı Burak ya da Refref'le çıkar. Kimi anlatımlara göre Muhammed göğe atla değil de Cebrail'in kanadında çıkar. Tanrı göğün son katı sayılan yedinci katındadır. Muhammed Tanrı'ya iki yay boyu kalıncaya dek yaklaşır. Onunla konuşur. Tasavvuf felsefesine göre Tanrıya duyulan büyük sevgi insanı bu düzeye ulaştırabilir. Bu olaya "Mirac-ün-nebevî" (Peygamberin göğe çıkışı) denir. Hıristiyan inançlarında da bunun bir benzeri vardır. İsa'nın çarmıha gerildikten sonra göğe çıktığına inanılır.

Birkaç söylencenin Alevîler arasında önemli bir yeri vardır. Bu söylencelerden birine göre Tanrı ile Muhammed arasında yalnız bir perde kalır. Muhammed Tanrı'nın yüzünü görmek ister. Muhammed'in üstelemesi üzerine Tanrı buna izin verir. Muhammed aradaki perdeyi kaldırdığında karşısında Ali'yi görür. Bu inanca göre Ali Tanrı'dır ya da Tanrı Ali'nin görünümünde Muhammed'e gözükmeyi yeğler.

18 Muhammed Tanrı ile başbaşa olmasına karşın konuşulan doksanbin sözden altmış bini Ali'de kalır. Bu da Ali ile Tanrının birlikte olması gibi bir inancı gösterir.

Cennette Hz. Muhammed'e bal, süt ve elmadan oluşan bir yemek geldi. Bunlar özellikle seçilmiş yiyeceklerdi. İnsan için sütün yüz yararı, balın yüz yararı vardı. Elma da katılınca bu üç yiyeceğin binbir yararı bulunuyordu. Balın peteği insanın mayası, sütün memesi ana rahmi, elmanın kabuğu derisi sayılırdı. Tanrı, süte sevgiyi, bala aşkı, elmaya dostluğu bağışladı. Üçünü de cennet ürünü olarak insanlara yolladı.[19]

Hz. Muhammed miraçtan dönerken şehirde bir kubbe gördü. Bu kubbe ilgisini çekti. Yürüyüp onun kapısına vardı. İçerde birileri sohbet ediyordu. Hz. Muhammed içeri girmek için kapıyı vurdu. İçerden bir ses geldi:[20]

"Kimsin, ne için geldin?" diye sordu.

Hz. Muhammed:

"Ben peygamberim. Açın içeri gireyim. Erenlerin güzel yüzlerini göreyim!" diye karşılık verdi. İçerden:

"Bizim aramıza peygamber sığmaz. Var peygamberliğini ümmetine yap." dediler.

Bunun üzerine Muhammed kapıdan çekildi. Tam gideceği sırada tanrı'dan bir ses geldi:

"Ey Muhammed o kapıya var." buyurdu.

Tanrı'nın bu buyruğu üzerine Hz. Muhammed yeniden o kapıya varıp kapıyı çaldı.

İçerden:

---

19 Kimi Buyruk yazmalarında cennette Muhammed'e bal, süt, elmadan oluşan bir yemek geldiği belirtilir. Bu olay Hatayi'nin Miraçlama adlı şiirinde de işlenir:

Kudretten üç hon geldi; süt ü elma, baldan aldı
Muhammed destini sundu, nuş etti azametullaha

İzmir Yazması'nda bu olay bir bölümde verilir. Buyruk s.143 "Bal, Süt, Elma" adlı bölüm. Bölümün girişi şöyledir: Şahı Merdan Ali, Furkanda nakli şöyledir ki: Hazreti Fahr-i kâinat miraca gidince çok taam yer idi. Amma iki taamı cennetten gelirdi."

20 İzmir Yazması (s. 7). Maraş Yazması'nda bu bölüm biraz değişiktir (s. 155). Maraş Yazması'nda "Günlerden bir gün, Resul Hazretleri safayı safanın kapısına vardı" denir. Oysa inanca göre Muhammed Kırkların cemine miraca gittikten sonra uğrar.

"Kim o?" diye sordular.

Hz. Muhammed:

"Ben peygamberim. Açın içeri gireyim mübarek yüzlerinizi göreyim." dedi.

İçerden:

"Bizim aramıza peygamber sığmaz, ayrıca bize peygamber gerekli değil." dediler.

Tanrı'nın elçisi bu sözler üzerine geri döndü. Oradan uzaklaşacağı sırada Tanrı yeniden buyurdu:

"Ey Muhammed, geri dön! Nereye gidiyorsun? Var o kapıyı arala." buyurdu.

Tanrı'nın elçisi yine o kapıya vardı. Kapının tokmağını çaldı.

İçerden:

"Kimsin?" diye ses geldiğinde:

"Yoktan var olmuş bir yoksul oğluyum. Sizi görmeye geldim. İçeri girmeme izin var mı?" diye karşılık verdi. Yeniden geri dönüp geldiğini bildirmedi.

O anda kapı açıldı. İçerdekiler:

"Merhaba, hoş gelip uğur getirdin; gelişin kutlu olsun ey kapılar açan!" diye karşılayarak içeri çağırdılar.[21]

O mecliste Kırklar oturmuş aralarında söyleşiyorlardı.[22]

Peygamber Hazretleri:

"Kutsal kapı, hayırlar kapısı açıldı. Bismillahirrahmanirrahim." diyerek önce sağ ayağını içeri atıp o kapıdan içeri girdi.

---

21 Muhammed Kırklar kapısına vardıktan sonra bir sorgulamaya tutulur. Bu sorgulama bölümü İzmir Yazması'nda bulunmaz. Buraya, Maraş (s. 155-156) Yazması'ndan eklenmiştir.

22 İzmir Yazması'nda bu kesim daha değişik anlatılır. Muhammed içeri girerken Kırklar ayağa kalkıp saygı gösterisinde bulunurlar. Bundan sonraki bütün bölüm İzmir Yazması'nda çok kısadır. Kalan bölüm Maraş Yazması'nda tamamlanmıştır.

İçeride otuz dokuz inanmış can oturuyordu. Hz. Muhammed bakınca bunların yirmi ikisinin er on yedisinin bacı olduğunu gördü.[23]

"Muhammed peygamber geldi." diye gaipten bir ses geldi.[24] Hz. Muhammed'in içeri girmesi için inananlar ayağa kalktılar. Tümü ona yer gösterdi. Hz.Ali de o mecliste idi. Hz.Muhammed, Hz.Ali'nin yanına oturdu. Ama onun Hz. Ali olduğunu anlamadı. Hz.Muhammed'in aklında birtakım sorular belirdi. "Bunlar kimler? Tümü aynı düzeyde. Büyükleri hangisi, küçükleri hangisi?" diye düşündü. Soru sormayı gereksiz görüyordu. Ama dayanamadı:

"Sizler kimlersiniz? Size kim derler?" diye sordu.

İçerdekiler:

"Biz Kırklarız." diye karşılık verdiler.

Hz.Muhammed:

"Peki, sizin ulunuz kim, küçüğünüz kim, ben anlayamadım." dedi.

Kırklar:

"Bizim ulumuz da uludur. Küçüğümüz de uludur. Bizim kırkımız birdir, birimiz kırktır." diye karşılık verdiler.

Hz. Muhammed:

"Ama biriniz eksik, o birinize ne oldu?" diye sordu.

Kırklar:

"O birimiz Selman'dır. Taşraya çıktı. Pars'a[25] gitti. Ama niçin sordun? Selman da burda. Onu aramızda say." dediler.

---

23 157, Maraş Yazması. (s. 157)

24 İzmir Yazması (s.7,)

25 **Pars:** İran. Maraş Yazması'nda (s. 157-158) açıkça "Pars" yazılıdır. Doç.Dr. Bedri Noyan sözcüğün "parsa" biçiminde olması gerektiğini ve "dervişin gerekli şeylerden toplamaya çıkması" biçiminde açıklamıştır. Ancak, "parsa" sözü "dine çok bağlı, hep onunla uğraşan kimse" anlamına gelir. Noyan'ın açıklaması bu bakımdan doğru olamaz. Bundan sonraki bölüm Buyruk s.9 İzmir Yazması'nda "Hakk'ın Sırrı Hakikat" bölümünde verilir. Daha sonra gelecek "Muhammed ile Ali'nin Musahip Olması" bölümünün aynıdır. Bu nedenle bölüm bitirilip yeni bölüme geçilmiştir.

Hz. Muhammed, Kırklar'dan bunu göstermelerini istedi. O zaman Hz. Ali[26] kutsal kolunu uzattı. Kırklar'dan biri "destur" diyerek Hz. Ali'nin koluna bıçak vurdu. Hz. Ali'nin kolundan kan akmaya başladı. Bu sırada tüm Kırklar'ın bileğinden kan akıyordu. O anda pencereden bir damla kan girip ortaya damladı. Bu kan, taşrada bulunan Selman'ın kolunun kanıydı. Sonra Kırklar'dan biri Hz. Ali'nin kolunu bağladı. Öbür Kırklar'ın da tümünün kanı durdu.

O sırada Pars'dan Selman-ı Farisî'nin geldiğini gördüler. Selman bir üzüm tanesi getirdi. Kırklar bu üzümü getirip Hz.Muhammed'in önüne koydular:

"Ey yoksullar hizmetkârı, bir hizmet et de bu üzüm tanesini bize paylaştır." dediler.

Hz. Muhammed duruma baktı. "Bunlar kırk kişi, üzüm tanesi bir tane. Ben bu üzümü nasıl böleyim?" diye düşünceye daldı. O anda Tanrı Cebrail'e:

"Sevgilim (Muhammed) zorda kaldı. Tez yetiş cennetten bir nur tabak al, ilet. O üzümü bu tabak içinde ezip şerbet eylesin. Kırklar'a verip içirsin." diye buyurdu.

Cebrail cennetten nurdan yapılmış bir tabak alıp Tanrı'nın elçisinin karşısına geldi. Tanrı'nın selamını ileterek o tabağı Muhammed'in önüne koydu:

"Şerbet eyle, ey Muhammed" dedi.

O sırada Kırklar, Hz. Muhammed üzümü ne yapacak, diye seyrediyorlardı. Birden Hz. Muhammed'in önünde nurdan tabağın belirdiğini gördüler. Tabak güneş gibi ışık veriyordu. Hz.Muhammed tabağın içine bir damla su koydu. Sonra parmağı ile o üzüm tanesini nurdan tabak içinde ezip şerbet

26 İzmir Yazması'nda (s. 8) "Kırkların bir kolunu" uzattı denir. Buna karşılık Maraş Yazması'nda (s. 158) Hz. Ali kolunu uzattı denir.

eyledi. Tabağı Kırklar'ın önüne koydu. Kırklar o şerbetten içtiler. Tümü ilk yaratılıştaki gibi sarhoş oldular. Oturdukları yerden ayağa kalktılar. Bir kez "Ya Allah!" diyerek el ele verdiler. Üryan büryan semaha girdiler. Hz. Muhammed de bunlarla birlikte semaha girdi. Kırklar'ın semahı ilahi bir nur içinde sürdü. Semah ederken Hz. Muhammed'in başından mübarek imamesi[27] düştü. İmame kırk parça oldu. Kırklar'ın her biri bir parçasını aldı. O parçayı etek yapıp kuşandılar.[28]

Hz. Muhammed bunlara pîrlerini ve rehberlerini sordu. Kırklar:

"Pîrimiz, Şahımerdan Ali'dir; kuşkusuz, tartışmasız ve rehberimiz, Cebrail Aleyhisselamdır." dediler.

Bunun üzerine Hz. Muhammed, Hz. Ali'nin orda olduğunu anladı. Hz. Ali, Hz. Muhammed'in yanına doğru yürüdü. Hz.Muhammed, Hz. Ali'nin geldiğini görünce saygı ve sevgi ile eğilerek Hz. Ali'ye yer gösterdi. Kırklar da Hz. Muhammed'e katılarak, Hz. Ali karşısında saygı ile eğilerek yol açıp yer gösterdiler. Bu sırada Hz. Muhammed, Hz. Ali'nin parmağında nişan-ı mührü gördü.[29]

---

27 **İmame:** Sarık. Buyruk s.8, İzmir Yazması'nda bu sezcük "şemle": (Kıldan baş örtüsü, sarık) biçimindedir.

28 Maraş Yazması'nda (s. 150) konu burada biter ve Hz.Muhammed evine döner. İzmir Yazması'nda "Hakk'ın Sırrı Hakikat" bölümü buranın devamıdır (s. 9). Alevî inançlarına göre semahlar da Kırkların Ceminden kalmıştır.

29 İzmir Yazması (s.9).. Maraş Yazması (s.159) ve Alevîler arasında anlatılanlar biraz değişik. Onlara göre Muhammed evine döndükten sonra Hz. Ali gelir ve Muhammed'in aslanın ağzına verdiği yüzüğünü önüne kor.

2

MUHAMMED İLE ALİ'NİN MUSAHİP OLMASI[30]

30 İzmir Yazması; (s. 9 ve 11) Maraş Yazması. (s. 159-161). Bu anlatılanlar Şii-Sünni çatışmasının başlangıcına uzadığına inanılır. Olay şöyledir: *(Abdülbaki Gölpınarlı: Sosyal Açıdan İslâm Tarihi, İstanbul 1975, s. 155-157)*

Hz. Muhammed "Haccı ve umreyi Allah için tamamlayın" ayeti (II, Bakara 196) inince ellerinin parmaklarını kenetler. "Umre, kıyamete dek hac törenine dahil oldu" buyurur. Yanındakilere hac ve umre törenini tamamlayıp Medine'ye doğru yola çıkar. Topluluk, Zilhicce ayının onsekizinci perşembe günü Mekke ile Medine arasındaki Cuhfe denen yerdeki Gadîru Humm alanına gelirler. Hz. Muhammed'e "Ey Peygamber, bildir sana rabbinden indirilen emri ve eğer bu tebliği ifa etmezsen onun elçiliğini yapmamış olursun ve Allah seni, insanlardan korur; şüphe yok ki Allah, kâfir olan kavme, doğru yola gitmek hususunda başarı vermez!" anlamındaki ayet (V, Mâide 67) iner. Bu ayetin gelişinden sonra Gadir-i Humm'da konaklarlar. Oradaki ağaçların altına giderler. Peygamber, sahabelerden ilerde gidenlerin dönüp gelmelerini, geride kalanların yetişmelerini buyurur. "Namaz, insanları biraraya toplar" diye çağırtır. Herkes toplanınca öğle namazı seferi olarak kılınır. Hz.Muhammed'e deve hamutlarından üç kademe bir minber yapılır. Namazdan sonra Hz.Muhammed o minbere çıkar. Ali'yi yanına çağırır. Ali'yi de minbere çıkarırlar. Hz. Muhammed Ali'yi sağ yanına alır. Sonra şu hutbeyi okur:

"Hamd Allah'a; ondan yardım dileriz, ona inanmışız, ona dayanmışız, kötülüklerden, yaraşmayan işlerden ona sığınmışız, yol yitirenlere ondan başka yol gösteren yoktur. O kime yol gösterdiyse o kipi sapmaz, sapıtmaz. Şehadet ederim ki O'ndan başka yoktur tapacak, Muhammed de onun peygamberidir ancak.

O'na hamdü senadan, birliğine şehadetten sonra ey insanlar, acıyan ve her şeyi bilen Allah, bildirdi bana, davet edildim katına, yakında davetine icabed edeceğim, ebedi yurda gideceğim.

Ben de uhdemdeki vazifeden sorumluyum, siz de uhdenizdeki vazifeden sorumlusunuz. Bu hususta ne dersiniz, nedir düşünceniz?"

Sahabeler bağrışarak "şehadet ederiz ki bildirdin, öğüt verdin, görevini yerine getirdin, Allah sana ecirler versin" derler.

Sonra Hz.Muhammed şöyle buyurur:

"Ahirette havuz kıyısında bana ulaşacaksınız, havuzumun boyu, San'â ile Busrâ arası kadar; kıyısında, gökteki yıldızlar kadar çok kadehler var. Ben önce varacağım; siz gelince de aranızda bıraktığım iki paha biçilmez şeye ne yaptınız, sizden soracağım. Sizin aranızda iki paha biçilmez şey bırakıyorum; biri öbüründen daha büyük; Allah'ın gökten yere uzatılmış ipi; Allah'ın kelamı, Ehlibeytim. Bu ikisi havuz kıyısında bana ulaşıncaya dek birbirinden ayrılmaz; bunu rabbimden ben diledim. Bu ikisine yapışır, salınırsanız benden sonra ebedi olarak sapmazsınız, yol yitirmezsiniz."

Hz. Muhammed sonra şu soruyu sorar:

"Ey insanlar, bilmez misiniz ki ben, inananlar üzerinde, kendilerinden ziyade tasarruf ve vilayet sahibiyim ve bilmez misiniz ki her erkek mü'min ve her kadın mü'min üzerinde, kendisinden ziyade tasarruf ve vilayet hakkım var?"

Sahabeler hep bir ağızdan "evet" diyerek onaylarlar. Bunun üzerine Hz.Muhammed sağ yanında duran Hz.Ali'nin elini tutup kaldırır. Her ikisinin de koltuklarının beyazlığı görünür. Hz. Muhammed'in yüce sesi ile buyurur:

"Ben kimin mevlâsı isem (kimin üzerinde tasarruf ve vilayetim varsa), bu Ali onun mevlâsıdır (onun üzerinde tasarrufu ve vilayeti vardır)."

Sonra minbere oturur. Ellerini açar ve şu duayı okur:

"Allahım, onu seveni (vilayeti kabul edeni) sev, ona düşman olana düşman ol, ona yardım edene yardım et, onu hor tutanı hor-hakir eyle, nereye döner, yönelirse hakkı onunla beraber et".

Bu olay "Veda Haccı", Peygamber'in sözleri "Hadis-i Gadir" olarak anılır. Ancak, gerek olayın akışı, gerekse peygamberin sözleri tartışmalıdır. Sünniler peygamberin sözlerinin bu içerikte olmadığını söylerler. Alevîler ise Peygamberin kendi yerine doğrudan Hz. Ali'yi vekil gösterdiğini söyleyerek daha sonraki halife seçimlerine hile karıştığını ileri sürerler. Buyruk'ta "Muhammed ile Ali'nin Musahip Olması" bölümünde anlatılanlar "Veda Haccı" olayına dayanır.

Hz. Muhanned, Kırklar Cemi'ne katıldıktan sonra, kalkıp evine döndü. Bütün sahabeler Hz. Muhammed'in ziyaretine geldi.[31]

Sahabeler Hz. Muhammed'e:

"Ey Tanrı'nın Elçisi, Tanrı aşkına bize yüce Tanrı'nın söylediklerini anlat, biz de işitelim!" dediler.

O zaman Hz.Muhammed onlara şöyle buyurdu:

"Ey inananlar, Tanrı'nın sırrı hakikattir! Hakikat ise haklıyanındır. Gelin hakikate talip olun ki Tanrı'nın sırrına eresiniz."[32] buyurdu.

Sahabeler:

"Hakikat nedir ey Tanrı'nın elçisi?" diye sordular.

O zaman Hz.Peygamber bunlara şöyle karşılık verdi:

"Hakikat, dil ile ikrar, kalp ile tasdik etmektir. İnanıp iman getirmektir.[33] Önce özünü sonra toplumu sev. Dilini, cesedini sev.[34] Kendini severek gönüllü olarak bir pîre teslim et. Onun buyurduklarına uy!".[35]

O zaman sahabeler, Hz.Muhammed'e şöyle dediler:

"Ey! Tanrı'nın elçisi, biz hakikati kabul etmeye geldik. Sen buyur biz tutalım."[36]

Bu sırada Cebrail geldi:[37]

"Ey Muhammed, Tanrı Ali'yi vasiyet etmeni buyurdu!" dedi.

---

31 İzmir Yazması'na göre bu olay Kırklar katında geçer. Oysa içerik bakımından bu olası değildir. Maraş Yazmasından (s. 150-161) ekledik.
32 Maraş Yazması (s. 160).
33 İzmir Yazması, (s. 9).
34 İzmir Yazması, (s. 10).
35 Maraş Yazması, (s. 160).
36 İzmir Yazması (s. 9) ve Maraş Yazma'sı (s. 160).
37 İzmir ve Maraş yazmalarında Cebrail'in gelmesi bulunmaz. Hacı Bektaş Yazması'ndan (s. 234) eklendi.

Hz.Muhammed bundan kaçınmak istedi. Bunun üzerine Cebrail yeniden geldi:

"Ey Muhammed, Tanrı'nın buyruğunu yerine getirmekten niçin kaçınıyorsun?" diye sordu.

Hz. Muhammed:

"Ama minber yok." diye karşılık verdi.

Cebrail:

"Ey Muhammed, yüce Tanrı 'Ali'yi vasiyet eyle' diye buyurdu!" dedi.

Hz. Peygamber bundan kaçınmak istedi. Bunun üzerine Cebrail yeniden geldi. Hazretin ulu kapısına yükseldi. Şöyle dedi:

"Ey Muhammed, Tanrı'nın buyruğunu yerine getirmekten niçin kaçınıyorsun?"

Peygamber (Tanrı'nın selamı üstünde olsun):

"Peki ama, minber yok." diye karşılık verdi.

Cebrail:

"Tanrı, deve palanından minber yapıp, üzerine çıkıp vasiyet etmeni buyurdu." dedi.

Bunun üzerine Hz.Peygamber işaret etti. İnananlar deve palanından minber düzdüler. Hz.Muhammed, o minberin üzerine çıktı. Önce güzel bir hutbe okudu. Sonra şunları söyledi:[38]

"Ey inananlar, hakikat Şahımerdan Ali hakkında geldi! Varın Hz. Ali'ye iradet getirin."[39]

Bunları söylerken Hz. Ali'nin elini tuttu. Onu da minber üzerine çıkardı. Kutsal elleri ile kuşağını açtı. Ali'yi bağrına

38 Hacı Bektaş Yazması (s. 234)
39 Maraş Yazması (s. 160).

bastı ve gömleği içine çekti. İkisi bir gömleğe girdi. İkisi bir gömleğin yakasından baş gösterdi. İki baş bir gövde gözüktü. Ve Hz. Peygamber Ali konusunda şu hadisi okudu:[40]

"Senin kanın benim kanım, senin etin benim etim, senin vücudun benim vücudum, senin ruhun benim ruhum, senin canın benim canımdır."[41]

Olayı izleyen sahabeler bu sözleri duyunca şaşırdılar. Bunlardan biri hasetle şöyle sordu:

"Ey Tanrı'nın elçisi, kutsal gömleğinizi çıkarın, bir de biz görelim!"

Bunun üzerine Hz.Peygamber, kutsal teninden gömleğini çıkardı. Tüm orda olanlar, Veli ile Nebi'nin iki cisimlerinin bir olmuş olduğunu gördüler.

"İnandık, ey Tanrı'nın elçisi!" dediler.

Peygamber kutsal gömleğini yeniden giydi. Bundan sonra Muhammed Mustafa şöyle buyurdu:

"Ben kimin mevlâsı isem Ali de onun mevlâsıdır" deyip Hz. Ali'nin elini tuttu ve baş parmağını baş parmağına koydu kendisine vekil olması için kendi yerine dikti ve bu ayeti okudu:[42]

"Ey Muhammed, şüphesiz sana baş eğerek ellerini verenler Tanrı'ya baş eğip el vermiş sayılırlar! Tanrı'nın eli onların ellerinin üstündedir. Verdiği bu sözden dönen ancak kendi aleyhine dönmüş olur. Tanrı'ya verdiği sözü yerine getirene Tanrı büyük ödül verecektir."[43]

---

40 İzmir Yazması (s. 11). "Peygamber ile Ali'nin Musahip Olması" adlı bölüm.
41 İzmir Yazması. s.11, Maraş Yazması (s. 160) ve 2. Hacı Bektaş Yazması (s. 234). Bu sözler çok ünlü olup Buyruk'un tüm yazmalarında Arapça olarak verilmiştir.
42 2. Hacı Bektaş Yazması (s. 236)
43 Feth Suresi 10 Ayeti. Özgün metinde Arapça olarak verilmiştir.

Ayeti okuduktan sonra inananların en büyüğü Ali üzerine andın koşulları olarak bu dört hadisi okudu: "Birinci: *Tanrı buruklarına saygı.* İkinci: *Tüm yaratılmışlara sevgi.* Üçüncü: *Yaşamda esenlik.* Dördüncü: *Öbür dünyada şefaat.*"[44]

Bundan sonra Emirelmümin Ali katında şu duayı[45] okudu:

"Tanrı'm, ona bağlananlara yardım et ve onun düşmanlarına düşman ol! Ona yardım edenlere yardım et. Onunla uğraşanları zayıf kıl. Onu yüceltenleri yükselt. Onun kurtuluşunu çabuk kıl. Tüm çağlar boyunca ister insan, ister cinlerden olsun, ona karşı olanları mahvet. Şefaatlerini, ona ve ona katılanlara, onun yandaşlarına bağışla! İyi inanlara, onlarla birlikte doğru yolu göster. Onların arasına kat. Kıyamet gününde inanları onların katından ayırma. Kesindir ki, sen acıyan ve bağışlayansın. Acımanla inananları koru!"[46]

Bu duayı okuduktan sonra Hz. Peygamber, Hz. Ali'den kendi kutsal seccadesini getirmesini istedi. Hz.Peygamberin seccadesini getirdi. Hz.Muhammed o minberden aşağı indi. Hz. Ali, minber ayağına Hz. Resul'ün izniyle, seccadeyi Kıbleye doğru serdi.[47] Hz.Resul kutsal kuşağını seccadenin üzerine bıraktı.[48] Seccadeden üç adım uzaklaştı. Birinci adımı Tanrı'nın adını anarak, ikinci adımı Cebrail'in adını anarak, üçüncü adımı kendi adını anarak attı.

Bunun üzerine Erenler Şahı Ali kuşağını seccadenin eteğine bıraktı. Kutsal incilerini o seccade üzerinde bıraktı.[49] Hz. Resul toplumuyle birlikte ayağa kalktı ve Resulullah kuşağını seccade üstünden aldı.[50] Şöylece söze başladı:

44 Hacı Bektaş Yazması (s. 236)
45 İzmir Yazması (s. 87) "Muhammed'in Elini Ali'ye Vermesi" bölümü.. Maraş Yazmasında "dua" sözü yerine "ayet" sözü geçer. Ancak bu sözler Kur'an'da bulunmadığından ayet değildir.
46 İzmir Yazması (s. 88)
47 Hacı Bektaş Yazması (s.236).
48 İzmir Yazması (s. 88).
49 Hacı Bektaş Yazması (s.236).
50 İzmir Yazması (s.88).

"Bu inciler tanesi, Cebrail Aleyhisselam'ın miraç gecesi benim belime bağladığı kuşak. Beni miraca davet ettikten sonra belime kuşattı. Ben de senin beline kuşatıyorum."[51] dedi.

Kuşağı Ali'nin beline bağladı.[52] Birinci düğümü Tanrı'nın, ikinci düğümü Cebrail'in, üçüncü düğümü kendi adını anarak "Muhammed Resulullah" deyip düğdü. O sıkı bağın uçlarından birini sağ, birini sol yana soktu. Bunun üzerine şunu okudu:

"Lâ ilâhe illallah, Muhammed Resulullah, Ali'yyün veliyyullah."

Ali kuşandıktan sonra Resul Aleyhisselam oturdu. Ardından bütün sahabeler oturdu. Sonra Hz.Resul Aleyhisselam:

"Ey inananlar!" diye seslendi.

İnananlar bir an kulak kesildi.

Hz. Resul:

"Her iki kişi birbirinizi kardeşliğe kabul edin." buyurdu.

O zaman her inanan kendisine bir kardeş buldu. Her iki kişi birbirini kardeşliğe kabul etti. Hz. Ali yalnız kaldı. O, inananların en büyüğü ayağa kalktı:

"Ey Resulullah, ben kiminle kardeş olayım?" dedi.

Resul Aleyhisselam şöyle söyledi:

"Ey Ali, sen benim kardeşimsin! Tıpkı Musa ve Harun gibi. Bundan sonra sen de seni izleyenlerin ve inananların belini bağla!"

---

51 2. Hacı Bektaş Yazması (s.236), İzmir Yazması s.88'de.

52 İzmir Yazması (s.88')de Kuşağı Selman-ı Farisi'nin bağladığı belirtilir, Maraş Yazması'nda bu kesim bulunmaz.

Bundan sonra inananların en büyüğü, imamların en bilgesi, kutsal Ebu Talip oğlu Ali, Tanrı'nın keremi üstüne olsun, üç kişinin belini bağladı. Hz.Resul katında birinci Selman-ı Farisî'nin, ikinci Kanber'in, üçüncü olarak da Süheyl'in kuşağını bağladı.[53]

İnananlar bu olayı kutlamak istediler. On bağ hurma getirdiler.[54] Peksimet ve hurmayı yağ ile çengel eylediler. Hz.Ali, Hz.Resulullah'ın önünde peksimet yağ ve hurmayı lokma yaptı. O lokmadan tüm inananlara sundu.[55] (Bu lokmayı Tanrı) Hazreti Şahıvelayet'in taliplerine kısmet etti.[56] Bir parça lokma arttı.[57]

O sırada Hasan, Hüseyin ve Fatıma-tüz-Zehra Medine'de bulunuyordu. Ve ondan sonra bir içten gelen sevgi ve dört itikat ile imam pîr ve Şahı Velayet İmam Hasan, İmam Hüseyin ve Fatıma-tüz-Zehra'ya o yiyecekten kısmet olmasını ikrar ettiler.[58] (O artan lokmayı) bir kutu içine koydular ve Selman-ı Farisî'ye verdiler. O hanedanın hizmetkârı idi. Selman kutuyu hiç yere koymaksızın Medine'ye ulaştırdı. Orda sehbanın üzerine bıraktı.

Böylece o helvayı bir şehirden bir şehire gönderdiler. O lokma Muhammed Mustafa Aleyhisselam'ın önünde olmuştu. Ehl-i beyt'e gönderilmişti. Tarîkat ehli şimdi de öyle yaparlar. Sonuçta, tarîkat içinde Şeyh Muhammed Mustafa'dır, nakip Emirelmümin Ali'dir.[59]

Selman, onu Medine'ye getirdi. Sevgi belirtmek için sofular arasında lokma göndermek bu olaydan kaldı.[60]

53 2. Hacı Bektaş Yazması s. 236-237.
54 İzmir Yazması s.88.
55 2. Hacı Bektaş Yazması s.237.
56 İzmir Yazması s.88.
57 2. Hacı Bektaş Yazması (s. 237).
58 İzmir Yazması s.88.
59 2. Hacı Bektaş Yazması s.237-238. İzmir Yazması s.88'de Halife Muhammed, Pîr Ali'dir denir.
60 İzmir Yazması (s.88).

Bir sözdür ki, Cebrail Aleyhisselam Adem Safiyullah Hazretlerinin belini bağladı. Ondan sonra birbirlerini kardeşliğe kabul ettiler. Bunun üzerine Tanrı'nın buyruğu ile bütün melekler Hz.Adem'e bir sahan içinde helva ile taze ekmek verdiler. Bu niyaz idi. Hz. Havva anamız orda yoktu ve lokmadan bir lokma Hz.Havva anamıza sakladı. Lokma saklamak ondan kaldı.[61]

Bunun ardından Tanrı'nın elçisi yüzünü kutsal Medine toprağı sürdü ve veda dileğini iletti.

O anda Cebrail geldi:

"Ey Muhammed, Ulu Tanrı sana selam iletti! 'Vaktine hazır olsun, vakti doldu. Yüzyüze gelelim. Bundan sonrası için Erenler Şahı Hz.Ali keremullah'ı salık versin." buyruğunu iletti." dedi.[62]

Hz. Muhammed'le Hz. Ali'nin muhasip olmaları üzerine kimi sahabeler karşı çıktılar:

"Bak, hem kızını verdi, hem de şimdi kardeşim dedi." dediler. İnançlarını bozup inançsız oldular. Sonuçta yüce soya (Al-i Aba'ya) zarar verdiler. Lanetli oldular. Al-i Aba düşmanlarına binlerce lanet olsun denmiştir.[63]

---

61 İzmir Yazması (s.86).
62 İzmir Yazması (s.11), Maraş Yazması (s. 161).
63 Maraş Yazması (s. 161.)

3

PİR[64]

O zamandan bugüne değin, şeriat, tarîkat, mârifet, hakikat gibi pîrlik ve secde de Muhammed-Ali'den kaldı. Bu nedenle Resul soyundan başkasının pîrlik yapması ve ona talip olmak caiz değildir. Buna karşı davranan kişinin yediği içtiği haramdır. Tarîkatı murtad, hakikatı murtaddır.[65] Ve de irşadı, biatı ve tövbesi geçerli değildir. Çünkü Resul soyuna biatı yoktur. Sermayesiz kalmıştır. Onun aslı kesinlikle yoktur. O kimse on iki imam dergâhından nasipsizdir.

Hazreti Resul, bir hadiste "Ulu Tanrı bir kelam-ı kadiminde 'asıl asıldır' buyurmuştur." der. Zira ezelden hırka, meftul,[66] irşad, tövbe, pîrlik ve seccade; bunların tümü, Şah-ı Merdan Ali'ye gelmiştir. (Bu nedenle) şimdi Şah oğlu ve soyu olmayan kimseye pîrlik yapmak caiz değildir. Muhammed-Ali soyundan olmalı ki pîrliği caiz ola.

(Ancak pîr olmak için Muhammed-Ali soyundan olmak da yeterli değildir). Pîrin ilmi ile etkin olması gerekir. Pîrin dört kapı, kırk makam, on iki erkân, on yedi kemerbest, üç sünnet-yedi farz, bir farz şeyhlerin büyük ilminden bilgi sahibi olması gerekir. Tarîkata göre durup oturması, hakikate

64 "Pîr" konusu Buyruk'un çeşitli bölümlerinde dağınık biçimde işlenir. Bu ilk kesim Buyruk s.12-17 arasında yer alan "Pîrlik ve Taliplik" adlı bölümdür.

65 Sözcüğün özgün biçimi *murted*'dir. Müslümanlığı bırakıp başka bir dini seçen" anlamına gelir. Halk arasında sözcük ünlü uyumuna girmiş ve *murtad* biçimine dönüşmüştür.

66 **meftul:** Fitil gibi yapılmış, örülmüş. Burada yünden örülmüş tığ-ı bend anlamında kullanılmıştır.

hakikat ile yol sürmesi gerekir ki pîrliği caiz olsun. Çünkü talip ve yol mürşidindir. Mürşit, cihanda serseri gezemez. Ahireti harap edemez. Mayaya, Muhammed-Ali'den konulan damızlık ve sikkeyi bozamaz![67]

İmam Cafer Sadık Hazretleri bir sözünde şöyle buyurur:

"Gerek pîr gerek talip olsun, her yol ehlinin belli görevi ve yükümlülüğü vardır. Bir pîr talibe doğru yolu göstermezse, o nasıl pîr olur? Bir talip kendine gösterilen doğru yolu bilmezse, o nasıl talip olur? Çünkü insanın kâmil ve cahil yapısı vardır. Pîr ve talibin yapısı kâmil olmalı ki, ikrarları kabul olsun! Emeği, kurbanı, adağı ve yakarışı kabul olsun! Emeği boşuna dökülüp saçılmasın."[68] Nitekim bu konuda hadis vardır:

"Yaptıkları her işi alır ve onu toz duman ederiz."[69] buyrulmuştur.

Pîr kâmil olmalı ki talibi pişirebilsin, talibi yola getirebilsin. (Böylece talip) Tanrı'yı ve pîri bilir duruma gelsin.[70]

İmam Cafer Sadık Hazretleri bu konuda şöyle buyurur:

"Yolun ve erkânın iki yön üzerinedir. Birine kâmil yön, birine cahil yön derler."

İmdi, cahil pîrler biat ve irşatları[71] evlâd-ı Resul'den olmayanlardır. Biat ve irşatları evâd-ı Resul'den olmayanlar suyun ana gözüne ermemişlerdir. Sermayesiz kalmışlardır.

---

67 İzmir Yazması (s. 12).

68 Buyruk'ta insanın olgunlaşmasına çok önem verilir. Kamil ve cahil insan sözcükleri ile eğitim düşünülür. Son yıllarda bu konuda bir araştırma yapılmıştır. Belkıs Temren: *Bektaşîliğin Eğitsel ve Kültürel Boyutu*, Kültür Bakanlığı y, Ankara 1995.

69 İzmir Yazması (s.13). *Buyruk*'da bu bölüm Arapça olarak verilmiştir. Gerçekte hadis değil ayettir. Al-Furkan (25) suresinin 21 ayetidir.

70 İzmir Yazması (s. 27).

71 **biat:** Birinin hakemliğini kabul etme, 2. El sıkışma, 3. Saçak öpme. irşad: İrfan sahibi birinin, ârifin bir kimseye tarîkatı ve Tanrı yolunu göstermesi.

Onların tövbeleri geçerli değildir. Talip tutmaları, ikrar vermeleri caiz değildir. Şeriatte murtad,[72] tarîkatta murtad mârifette murtad hakikatte murtaddırlar. Böyle bir pîrin yoldan, erkândan ve cemden sürgününe karar verilir mi? Elcevap: Verilir! Bu nedenle (onların) ikrarına inanılmaz. Onların yedikleri haramdır.

İmdi, kâmil yönü olan pîrler, Resul soyuna erişen pîrlerdir. İkrarları, biatları Resul soyundan olmalıdır. İkrar ve imanı kabul olmalı ki, tarîkatleri ve hakikatleri kâmil olsun. Pîrlik etmek caiz olsun. Pîrin hem kâmil olması hem de dört kapının ne olduğunu bilmesi gerekir ve de ayetlere de amil olması gerekir. Hem de amel etmesi gerekir. Ve de Makamları da bilmesi gerekir.[73]

Ve bir sözünde İmam Cafer Sadık Hazretleri şöyle buyururlar:

"Adem'den, son peygamber Muhammed Mustafa Hazretleri'ne gelinceye değin mezhep, yol erkân yoktu. Hz. Muhammed Mustafa ve Aliyyel Murtaza Hazretleri geldi. Yeşil hat ile vahiy indi. (O vahiyde):"

"Muhammed içinizden herhangi bir adamın babası değil, o Tanrı'nın elçisi ve peygamberlerin sonuncusudur. Tanrı her şeyi bilir."[74] dendiği zaman din ortaya çıktı. Hz. Ali hakkında (şunlar) indi:

"Zülfikârdan üstün kılıç, Ali'den üstün yiğit yok."[75]

---

72 Bkz. Dipnot 54.

73 İzmir Yazması (s. 20) "Vech-i Kâmil, Vech-i Câhil" başlıklı bölüm.

74 Buyruk'ta bu bölüm Arapça verilmiştir ve Kur'an'ın Al-Azhab (33) suresinin 40. ayetidir.

75 Bu tümce Arapçadır. Tümce Hadis kitaplarında bulunmaz. Ancak, Taberi'de Uhud savaşında Cebrail'in bu sözü söylediği belirtilir. Taberi'deki kesit şöyledir: "Tanrı elçisi yine Kureyş kâfirlerinden bir bölüğü gördüğünde Ali'ye üzerlerine yürümesini emretti. Ali onların üzerlerine saldırarak topluluklarını dağıttı ve Beni Amir bin Lu'eylerden Şeybe bin Mâlik'i öldürdü. Bundan sonra gelerek: Ey Tanrı Elçisi! Bunun karşılığı samimi dostluk ve kaygı ortaklığıdır, dediğinde Tanrı elçisi: Ali benden, ben de Ali'denim, buyurdu, Cebrail de: Ben sizin her ikinizdenim, dedi. Bu sırada bir ses işitildi:

(Yine Muhammed):

"Evirip çeviren, güç kudret sahibi olan ancak Tanrı'dır."[76]

"Allahümme Salli Ali Muhammed ve Ali aley Muhammed" (dedi.)

(Bunlar) denince din ortaya çıktı. Lâm ve elif kondu. Lâm Muhammed, elif Ali demektir. Anlamı budur. O zaman şeriat ortaya çıktı. Tarîkat, (mârifet) ve hakikat sırroldu. ve şeriat Muhammed'in şanına geldi. Tarîkat, hakikat Ali'nin şanına geldi. Şeriat erkânı, tarîkat, mârifet ve kavl-i karar, seccade, biat, irşat, ikrar, iman, halife, bekai cavidan ve pîrlik Muhammed Ali'ye geldi.

Önü Muhammed Ali'dir. Sonu Muhammed Ali'dir. Oruç, Namaz, hac, zekât, kelime-i şehadet, dünyalık fitresi(nin) tümü Muhammed Ali'den kaldığı için evlâd-ı Resul'den başkasına pîrlik yapmak caiz değildir. Bunun anlamı nedir dersen, şu nedenle caiz değildir: Ulu Tanrı, kutsal Muhammed Hazretleri'ni sevdi ve tüm evreni ona olan sevgisi yüzünden yarattı. Çünkü Muhammed'i sevdi, Muhammed oldu; Ali'yi sevdi Ali oldu. Onun sevdiği sırrı sırullah ve sırrı babullah olduğu için, irşat kavil, biat, talip ve mürit(in tümü) Resul soyuna gelmiştir. (Bu nedenle) Resul soyundan başkasına şeyhlik, meşâyihlik ve pîrlik yapmak, talip tutmak ve iradet getirmek caiz değildir ve ikrarları geçersizdir. Yedikleri haramdır. Yuttukları murdardır. Bu konuda ayet vardır:

"Tanrı kötülük yapan halkı doğru yola götürmez."[77] denmiştir.

Onlar tarîkatte dönektir. Yüzleri kara domuz yüzüne benzer.

"Hakiki kılıç yalnız Zülfikâr'dır, yiğit de yalnız Ali'dir, deniliyordu." *(Taberi: Milletler ve Hükümdarlar Tarihi IV, MEB y, Çev. Zâkir Kadiri Ugan-Ahmet Temir, İstanbul 1992, s. 391-392).*

76 Bu tümce Arapça olup Hz. Muhammed'in hadislerindendir.

77 Bu ayet de Arapça verilmiştir. Tövbe (9) suresinin 80. ayetidir.

Bir sözünde İmam Cafer Sadık Hazretleri şöyle buyurur:

"Kur'an-ı azimüşşanda 'çocuklarınız dininizdir' buyrulmuştur. Din Muhammed, iman Ali'dir. Bu söze uymayanın dini, imanı olmaz."

Böylece Resul soyuna biat edip, ikrar getirirseniz dininiz imanınız kabul olur ve imana erişirsiniz. İkrarınız caiz olmalı ki işlediğiniz iş ve dileğiniz kabul ola. Sekiz cennet kapıları o kimse için açıla ve yedi tamunun kapısı yüzlerine bağlana.

Resul soyuna ikrar getirmeyen, biat etmeyen, iradet getirmeyen (kimseler) ister pîr ister talip kim olursa olsun; yedikleri haram, yuttukları murdardır. İkrarı caiz değildir. Tacı deliktir. Tarîkatta murdardır, yüzleri karadır. Erkâna, tarîkata ve hakikate sığmazlar. Nedeni, Resul soyundan reddolunmuşlar ve de sermayesiz kalmışlardır.

Kişi Resul soyuna kabul ettiği zaman suyun ana gözüne erer. (Resul soyunu kabul etmeyenlerin) evrenin yaratılışından beri sermayesiz olduklarını şundan anla ki, Resul soyu herkesin başıdır. On sekiz bin alem onların dostluğu ile övünmüştür ve de haklarında ayet gelmiştir. Suyun gözünün Muhammed-Ali olduğunu bilmeyenler boşuna emek harcamışlardır. (Bunlar üzerine):

"Yaptıkları her işi alır ve onu toz duman ederiz."[78] denmiştir.

Resul soyuna erişmeyen şeyhlerin, meşâyihlerin ve pîrlerin biatları ve ikrarları caiz değildir. (Onlar) sürgündür, yezittir. Yediği haram yuttuğu murdardır. İşledikleri günahtır. Çünkü, Hazreti Murtaza Ali'nin evladına ermemiş, sermayesiz kalmışlardır. Oysa elde sermaye olmayınca amaca ulaşılmaz ve bir şey alınmaz.

İmam Cafer Sadık Hazretleri şöyle buyururlar:

78 Al-Furkan (25) Suresinin 23. ayeti. Özgün metinde Arapçadır.

"Hazreti Resulullah'ın ve Hazreti Şahi Merdan Aliyyel Murtaza'nın evladına erişip biat kılanlar ve iradet getirenler din, iman, ikrar ve biata ermiş ola, yol ve erkânları geçerli ola. Ahirette sevapları kabul ola. Yarın ulu divanda aklanıp kurtulalar. İkrarları caiz ola ki emekleri kabul ola."[79]

(Ve başka bir sözünde) İmam Cafer Sadık Hazretleri şöyle buyururlar:

"Pîr olan kimsenin son derece kâmil olması gerekir. (Pîrlerin) dört kapı, kırk makam üç sünnet, yedi farzı bilmeleri, taliplere yolu erkânı öğretmeleri, gerekir. Bunlar nerden geldi ve neden oluştu, aslı nedir, kuralları nelerdir, hayası nedir, erkânı nedir, tövbesi nedir, farzı nedir, sünneti nedir, nafilesi nedir, işlemesi nedir, bunları bilmesi gerekir."

Şeriat kaçtır, tarîkat kaçtır, mârifet kaçtır, hakikat kaçtır bunları da bilmesi gerekir. Ondan sonra şeriat ne ile tamamlanır, mârifet ne ile tamamlanır, tarîkat ne ile tamamlanır, hakikat ne ile tamamlanır, bunları bilmesi gerekir. Bunlar nedir? Bu dört erkânı böylece bilmeyen pîrin pîrliği caiz değildir.

Şöyle bir söyleyişle, şeriat gemidir. Tarîkat denizdir. Mârifet dalgıçtır. Hakikat incidir.

İmdi, pîr olan kimsenin şeriat gemisine girmesi, tarîkat denizine açılması, mârifet dalgıcı olup hakikat incisine erişip onu çıkarması gerekir ki onun ikrarı geçerli olsun![80]

(Başka bir sorun da pîrin soyu ile olan ilişkisidir).

Şimdi zamanımızın (kimi) pîrleri:

"Ben falan post sahibinin oğluyum." diyerek övünürler.

Oysa bir kimse öldüğünde öbür dünyada "kimin oğlusun?" demezler. "Dünyada ne yaptın ne işledin?" diye sorarlar.

---

79 İzmir Yazması (s. 14-17).
80 İzmir Yazması (s. 18).

Hazreti İmam Zeynel Abidin'i Yezid melun zindana atınca, (İmam Zeynel Abidin) ağladı. (Zindandaki) muhipler:

"Ey İmam niçin ağlıyorsun?" diye sordular.

Hazreti İmam şöyle karşılık verdi:

"Dünyada bu duruma düştük. Dünyada durumumuz bu olunca, gör ahirette sonumuz ne olur?"

Muhipler:

"Ey İmam Muhammed Ali deden olduğuna göre daha sen niçin korkarsın?" dediler.

İmam Zeynel Abidin:

"Kabre vardığımda dedemi sormazlar. 'Kimin oğlusun?' diye sorulsaydı, 'İmam Hüseyin'in oğluyum.' demek bana yeterdi. Ancak (divanda) atamı dedemi sormazlar. Yalnız yapılan işleri sorarlar. Ne mutlu (divana vardığında) defterinde yanlış bulunmayan kula! vay o kula ki defterinde yanlış buluna!"[81]

(Pîrin günahı mı olur? gibi bir düşünce olmaz.) Son dönemlerde kimi talipler:

"Pîrin, rehberin günahı mı olur? Onlar ocakzâdedirler. Onların küfürü iman olur." derler.

Oysa gerçek onların düşündükleri gibi değildir. Nedeni, pîr bir günah etse beş günah yazılır. Talip bir günah etse bir günah yazılır. Çünkü ummadığın yerden sana bir söz gelse ona çok incinirsin ancak cahilden, düşmandan gelse "cahil bilmez, düşman düşmanlık etti." dersin. Sonuçta, ocakzâde Tanrı'nın sevgili dostlarının soyundandır.[82]

Pîr kendi konumunu düşünmeyip Tanrı'nın yasakladığı bir işi yaparsa Tanrı mahşerde ona:

81 Alaca Yazması "Soy İlge Öğünülmüz bölümü (s. 174-175).
82 Gümüşhacıköy Yazması (s. 196-197) ve Alaca Yazması (s. 182).

"Ey zalim sen, talibe örnek olup hayır işleyeceğine kitapsız oldun. Talip sana bakıp azdı. (Gerçekte) azdıran Şeytan'dır. Ancak sen neden oldun. Gel, imdi yaptıklarının hesabını ver!" deyip tamuya[83] yollar.

Bir pîrin karısından ayrılması, Yezid'e[84] kuşak çözmesi, kan dökmesi ya da Tanrı korusun, livata yapması büyük günahtır.[85] Bunları yapan pîrin derdine derman olmaz. O, yol düşkünüdür. Böyle bir pîrin yüzüne bakılmaz, ocağına varılmaz. Hiç bir şekilde ocağın eşiğinden içeri sokulmaz, konuk edilmez. Onun ayağının bastığı toprakta kırk yıl bet bereket olmaz. Böyle bir pîrin yanına varılmaz. Uçsa bile 'cazıdar' denir inanılmaz. O pîr, dergâhımızdan kovulmuştur. Aramızdan dışlanmıştır.[86]

Bir pîr ocağında birkaç tane genç türese, onların içlerinden birini ulu bilip pîr saymaları gerekir. Talipleri görüp soracak o pîr olur. Ancak, pîrin de başka ocaktan el alması gerekir. Kimileri ('veliler birbirlerini) göremez' gibi bir düşünce ileri sürmüşlerdir. Ancak velilerin kökü, atası birdir. Dolanıp bir yere gelinir. (Kökende) kişinin kendi kendini arıtması gerekir. Kişi kendi kendine sahip olmayınca pîr rehber doğru yola sokamaz.[87]

Bir pîrin soyu tükenirse, talipler hangi pîre özleri yatarsa ondan et tutarlar. Ancak pîrin Resul soyundan olması gerekir. Bir pîr bir talibe "Gel bana talip ol, tekkenişinim ol." derse onu azdırmış olur.[88]

Pîr olan kimsenin âlim ve kâmil olması gerekir.[89] Pîr ve rehberin okur-yazar olması gerekir. Şeriatta okur-yazar

83 **tamu:** cehennem (Sogutça).
84 **Yezid:** Muaviye'nin oğlu. Kerbela kıyımı onun buyruğu ile gerçekleşir. Bu nedenle Alevîlerin nefret ettiği bir kişidir. Yananlamda Anadolu'da Alevîler kendilerinden olmayan, kendilerine karşı olan Sünnilere "Yezid" derler. Sözcük burada yananlamda kullanılmıştır.
85 Alevî törensinde toplumdan atılmaya neden olan ana ilkelerdir.
86 Alaca Yazması (s.182) ve 1. Hacı Bektaş Yazması (s.222).
87 Alaca Yazması (s.183).
88 Alaca Yazması (s. 184) ve 1. Hacı Bektaş Yazması (s.-222).
89 Alaca Yazması (s.184).

olmayan müftü görülür mü ya da okur-yazar olmayan molla olur mu? Okur-yazar olup anlamı anlamak gerek. (Pîr) sorunu çözecek Tanrı'nın vekilidir. Tanrı'nın gönderdiği kitabı bilmeyen, hakkı nasıl bilebilir? İnsanlar doğuştan bilgi sahibi olsalardı, Tanrı peygamberlere kitap göndermezdi. Kitapsız pîr Şeytan'dır. Talipler ise pîre bağlıdır. (Kitapsız pîrin) izinden yürünmez, sözüne uyulmaz.[90]

Kimi yaratıklar "aktan okurum, karayı bilmem" derler. Kutsal Kur'an'ı inkâr ederler. Aktan okumak âşıklara özgüdür. Ancak onlarda kutsal Kur'an'ı överler. Onun buyruklarına göre davranırlar. Sözleri Kur'an'a uymayan aşığın sözüne itibar edilmez. Bilge kişi ham ile hası birbirinden ayırır, doğru yolu bulur.[91] Talip, pîr rehber ve âşığın söylediklerini anlamazsa mürşid ve üstaddan öğrenip doğru yola gitmelidir. Ayetsiz, kitapsız söz söyleyip, nasihat eden pîrin söylediği sözler geçerli değildir. Türkçe söz söylerse bir mürşitten alıp söylemesi gerekir. Söylenene sözün kesinlikle Kur'an'a uyması gerekir.[92] Aşığın serveti altın ise Kur'an mihenk taşıdır; üstatlar sarraftır. Bir sarrafa altın getirildiğinde önce mihenk taşına vurur. Altınsa alır, değilse geri çevirir.[93]

İlmin nihayeti gelmez kaleme
Erenler kalmaya kusr-u kaleme
Hattım okuyunca fakiri analar
Cem ehli ede, gülbenk, dua, senalar...[94]

Pîrin toplumun sorunlarını ve niteliklerini bilmesi gerekir. O zaman sağduyulu biçimde düşünebilir. Pîr ancak bundan sonra talibi görebilir, çiği pişirebilir.Talibi görmek zor bir iştir. Talibin köşesine kurulup:

---

90 1. Hacı Bektaş Yazması (s.233).
91 1. Hacı Bektaş Yazması (s.232).
92 1. Hacı Bektaş Yazması (s.233).
93 1. Hacı Bektaş Yazması (s.232).
94 1. Hacı Bektaş Yazması (s.233.)

"Ben falan pîrin oğlu falanım. Senin günahlarını bir araba kazığına takarım." deyip, yemek içmek, sefa sürmekle pîrlik olmaz.

Pîr, gecenin ikinci yarısından sonra kalkıp kıbleye karşı oturup gün doğuncaya değin Tanrı'ya ibadet ve niyaz etmelidir. O zaman pîrin nefesi keskin olur. Oysa, günümüzde pîrler yiyip içip kuşluğa değin yatıyorlar.

"Kur'an bizim dedemize indi. Bakalım ne buyurmuş? Biz, bu dünyaya niye geldik? Yarın Tanrı katına ne yüzle çıkarız? Bu taliplerin hakkını bizden sorarlarsa ne karşılık veririz?" diye düşünmeyen talibin vay haline! Gör onun başına neler gelir. Ustanın doğru sözü böyledir![95]

Son dönemde kimi pîrler:

"Mümin kulun malı murdar olmaz." deyip murdar olmuş hayvanı yerler. Ancak, yanlış akla hizmet ederler. Zira bıçak Hazreti İsmail'e çalındı. Bıçak hayvanın Kur'an'ıdır. Ama eski dönemlerde bir müminin bir malına bıçak erişmemişse, üç beş can gülbenk çekip o hayvan nişan verirdi. Ondan (sonra) boğazlayıp yerlerdi. Son zamanlarda gelenler buna güç yetirememelerine karşın yanlış fetva verip halka murdarı yedirirdiler. (Böylece) kanlı olurlar. (Böylesine kesilen hayvanı) yemek caiz değildir. Bu tür kesilenler haramdır.

(Tanrı) hayvana bıçak buyurmuştur .[96]

---

95 1. Hacı Bektaş Yazması s.223.

96 Alaca Yazması (k s. 191). Burada, hayvanların bıçakla tekbirlenerek kesilmesi anlatılmak isteniyor. İslâma göre, hayvanın yüzü kabeye dönük biçimde canı çıkmadan üç kez tekbirlenerek kesilmesi gerekir. Bu kurala uymaydan kesilen hayvanın yenmesi caiz değildir. Burada bıçakla kesmenin Hz. İsmail'den kaldığı belirtilip bıçağın kutsallığı vurgulanıyor. Eski dönemlerde, büyük dedelerin gülbenk okuyup hayvanda canlılık belirtisi göstermesi ile kesilmeden önce ölen hayvanların da yendiği söyeleniyor. (Büyük olasılıkla şamanik dönem geleneğine değiniliyor.) Ancak yaşanan dönemde böylesine sözü etkin, nefesi keskin dede bulunmadığı için, kesilmeden önce ölen hayvanın yenmesinin günah olduğu belirtiliyor.

4

MÜRŞİT[97]

Geçmiş zamanda ulu bir padişah vardı. Doğudan batıya her yana hükmederdi. Bir gün, padişah bir yazıya bahçe yaptırmak istedi. Kırk bin ırgatı kırk yıl çalıştırarak bahçeyi yeşertti. (Bahçenin) içinde acı tatlı olmak üzere sayısız meyve vardı. Yiyince deli olacak meyveler, yiyince akıllı olacak meyveler; cihanda her ne türlü meyve var ise içinde vardı. Binlerce bahçıvan (bahçenin bakımı ile) uğraşırdı. Padişah burada çalışanları uyardı:

"Bu bahçe vakıftır. Her gelen giden yesin. Yalnız iyice bakın. Acı meyve yiyenlere panzehir verin, ölmesinler. Eğer deli olacak meyve yerlerse akıllı edecek meyve yedirin." diye tembih eyledi.

Bütün bahçıvanlar padişahın bu buyruğunu akıllarında tuttular. (Gün geçti, ay geçti) bu bahçe yetişti, (meyveler) olgunlaştı. Bir gün bir bölük insan geldi. Bahçenin içine daldılar. Bahçıvanlar ne verdiyse kapı önünde yediler. Bahçenin acısını tatlısını tatmadılar. Biraz atıştırıp çekip gittiler.

---

97 Alaca Yazması, "Mürşit Nefesi" adlı bölüm (s. 175-177). Kılavuz, yol gösterici, aydınlatıcı anlamlarına gelen bu sözcük, Alevî inancında "bilge" demektir. Mürşit, bilgi, deneyim ve yaşam biçimi ile örnek alınacak kişidir. Tüm bu özellikleri ile yaşam kılavuzudur. Bu nedenle gerçek anlamda mürşit, soydan gelme dededen üstün bir konumda görülür. Bu yanı ile Alevîlik varoluşçu düşünceye yaklaşır. İnsanın kendisini yaratan bir cevher olduğuna inanır.

İkinci olarak başka bir insan topluluğu geldi. Bunlar bahçenin içine daldılar. Acısından tatlısına (değin tüm meyvelerden) yediler. Kimi delirdi kimi ağulandı.

Sonra:

"Aman ölüyoruz." diye çağrışmaya başladılar.

Bahçıvanlar koşup yetiştiler. Ağu kesen meyve verip ağulanmalarına engel oldular. (Bu insanla) böylece kurtulup esenlik içinde gittiler.

Üçüncüsünde, bir öbek insan daha geldi. Bunlar bahçenin içine daldılar. Gözlerinin gördüğü gönüllerinin çektiği her meyveyi yediler. Bu kez bunların tümü zehirlendi. Bahçıvanlar koşup geldiler:

"Aman, şu ağu kesen şerbeti için, iyileşin!" dediler.

Ama o adamlar:

"Sizin bahçeniz ağulu imiş, bizi ağuladınız. Şimdi şerbetinizle yine bizi ağulayacaksınız." diyerek verilen şerbeti içmediler. Tümü murdar oldular.

Şimdi ey inanan kardeşler! Dünya bu bahçeye benzer. Bahçıvanlar mürşitlerdir. Bu bahçeye ilk gelen adamlar, cihana bel bağlayan bir içim su, bir lokma ekmek ile yetinen insanlardır. Haram yemeksizin gelip gitmişlerdir.

İkinci gelen insanlar dünyanın içine dalan, bulduğunu yiyen kimselerdir. Yanlış yola gitmişler, ağızlarına geleni söylemişlerdir. Doğru yolu yitirip murdar olacakları zaman tıpkı bahçıvanlarda olduğu gibi mürşitler:

"Gelin bu kötü işleri bırakın. Tanrı'nın buyruğu budur. Peygamberin sünneti budur." demişler, yiyenlere şerbet vermişlerdir. Gerçekte, mürşit sözü ağrıya, ağuya karşı şerbettir.[98]

98 İzmir Yazması (s. 26-27).

Sonuçta talip ve yol mürşidindir.[99]

(Çünkü mürşit aydınlatan, eğiten, yol gösterendir.) Mürşit sözünü hak bilmeyen kimse inançsızdır.

Sofular, mürşit ve mürebbiye bağlıdır. Sofular mürşidine ve mürebbisine[100] nikahlı gibidir. Mürşit, mürebbi ve halifeden[101] yedi adım rızasız yere gitse boş olur. O sofunun nikâhını yenilemek eski erkândır. Nikâhını yenilemeden o sofuyu kabul etmek yezitliktir. Böyle bir sofunun yenileyen zahit'in[102] onu görmeye,[103] tasarrufa hakkı yoktur.[104]

Beş nesne mürşittir: Birinci (mürşit) Tanrı'nın kelâmıdır. İkinci (mürşit) aydır. Üçüncü (mürşit) güneştir. Dördüncü (mürşit) çerağdır. Beşinci (mürşit) yoldur. (Yol) süzülüp gelmiş olgun sohbettir ve Muhammed Ali'den kalmıştır.[105]

(Bu nedenle) mürşidin cihanda serseri gezip de ahireti harap etmemesi, Muhammed Ali'nin mayasına koyduğu damızlığı bozmaması gerekir.

---

99 İzmir Yazması (s.12).

100 **mürebbi:** Çocuk terbiyecisi, eğitimci. Sözcük *Buyruk*'da ve Alevîler arasında "Tarîkata girecek kimseyi eğitine kişi" anlamında kullanılır.

101 **halife:** Erdebil tekkesinin Anadolu Kızılbaşları ile ilişkilerini sağlayan üst düzeydeki görevli kişi. Halifeler özellikle Anadolu Kızılbaşlarının Erdebil'e gönül verdikleri 15-18. yüzyıllarda önemli görevler üstlenmişlerdir. Kızılbaşların Safevilerle bağlarının kopmasından sonra, tümden ortadan kalktıkları anlaşılır. Büyük olasılıkla bir bölümü ocak kurmuş, günümüzdeki dede soylarının atalarını oluşturmuşlardır.

102 **zahit:** 1. Din emirlerine aşırı bağlı, bütün düşüncesi bu emirlerin yerine getirilmesi olan, 2. (Sofularca) riyacı, irfansız, kaba sofu. 3. Alevîlerce, Kızılbaş olmayan.

103 İzmir Yazması (s.122).

104 İzmir Yazması (s.68).

105 İzmir Yazması (s.12).

5

REHBER[106]

Rehber olmak her kişinin hali ve yapacağı iş değildir. Rehberlik şöyle bir kimseinin hakkıdır: (Rehberin) şeriatta âmil, tarîkatta kâmil, sehâvet sahibi ve cömert olması gerekir. Gönül kapısı açık, dili tatlı olmalıdır. Sözü güçlü, yüreği tüm, Tanrı yaratıklarına sevgi dolu olmalıdır. Elinden, dilinden, eyleminden, konumundan, (durumundan) kimse incinmemelidir. Yüce ahlâk sahibi olmalıdır. Eksik ahlâktan sakınmalıdır. Kıskanç olmamalıdır. Kendisini nasıl bilirse başkalarını da öyle bilmelidir. Âlim olmalıdır ki, nur ala nur ola. Âlim demek, hakkı batıldan, batılı haktan, hayırı şerden, akı karadan ayırmak demektir.

Rehber sürekli ilerleme içinde olmalıdır. Halkın alçak gönüllülüğünü ve sevgisini arttırmalıdır. Tüm talipler arasında saygınlığı çok olmalı ve terakkisi yüce olmalıdır. Talibe sevgisi çok olmalıdır. Yol içinde bir kimse suçlu olsa o kimsenin durumunu görüp adalet, insaf ve yumuşak söz ile yol(un kuralları) içinde (onu) aklamalıdır.[107]

Bir rehber, bir pîr, bir muhasip birinin haksız bir iş yaptığını görüp de onu ortaya vermezse, (yapılan haksızlığa) göz yumup giderse onun rehberliği, pîrliği, musahipliği yalandır. Ceza günü yüzü karadır. (Haksızlık yapan) her ne

---

106 "Rehber" konusu Alaca Yazması (s. 164), Gümüşhacıköy (s.196) ve 1. Hacı Bektaş Yazması (s. 219). sayfalarında işlenir.

107 Alaca Yazması (s. 164).

kadar tutmasa da onu uyarmak gerekir. Boyunlarında olan farzı yerine getirmeleri gerekir.[108]

Rehber günah ettiğinde, talip onu görüp:

"Sen bu işi niçin ettin?" diye, yolu ile kuralı ile (onu uyarmasa) kör varıcılığı olur. Zira iman temiz olmayınca toplumun namazı doğru değildir.

Bir talip, pîrine rehberine:

"Eteğinin biri uzun biri kısa" dese, ancak bunu kendi nefsi yolunda dese günahkâr olur. Ama, (bunu) yol için dese sevaba nail olur. Aklı erip demese azaba nail olur.[109]

Son zamanlarda gelen talipler:

"Pîrin, rehberin günahı mı olur? Onlar ocakzadedir. Onların küfürü iman olur." derler; ancak gerçek öyle değildir.[110]

Bir rehber bir talibin hakkından gelemezse pîr onu çıkarıp talibi başka bir kişiye teslim etmelidir. Rehber ocaktansa, (talibi) rehberin bir kardeşine ya da amcazadelerinden birine teslim etmelidir. Pîr (ya da) rehber büyük günahlardan birini işleyip erkâna yaraşır olmaktan çıkmışsa talip o ocaktan kopmaz. Amcazadelerinden birine yapışmak erkândır.[111]

108 GümüşhacıköyYazması (s.196).
109 Malatya Yazması (s.219).
110 1. Hacı Bektaş Yazması (s.220).
111 Gümüşhacıköy (s.196) 1. Hacı Bektaş Yazması (s. 220).

6

ZÂKİR[112]

Bir keresinde Ulu Tanrı, Cebrail'e buyurdu:

"Ey Cebrail bana yeryüzünden haber getir!"

Cebrail, Tanrı'nın bu buyruğu üzerine cihanı dolaştı. Yeryüzünün belirsiz bir yerinde "tevhit" sözü ile bir zikir işitti. O zaman orda durakaldı ve yere indi. O anda yetmiş bin kanatlı meleğin de "tevhit" sözü çağrıştığını gördü. Olanları izledikten sonra varıp Tanrı katına çıktı. Durumu Tanrı hazretlerine bildirdi:

"Ey Perverdigâr, falan şeyhin taliplerinden gerçek talip olan adamları gördüm. Oturmuş adını anıyorlardı. Tevhidin avazı yerden göğe dolmuştu. Ben hayran oldum." dedi.

(Cebrail'in anlattıkları) ulu Tanrı hazretlerinin hoşuna gitti. Şöyle dedi:

"Ey Cebrail, o kullarımın ibadetlerini kabul ettim! Günahlarını yarlıgadım. Yer, gök meleklerini de yarlıgadım. Ey Cebrail, senin de günahından geçtim, âzât ettin!"

İmam Cafer Sadık Hazretleri:

"Her kim eceli yettiğinde öz günahını görse, o anda o ölenin günahından geçtim." buyururlar.

Ulu Tanrı Hazretleri:

"İzzetim ve celâlim için sınama amacı ile bana zikredene ve zakir olana gökten yetmiş bin lânet aşağı insin. Ancak saf olarak oturmuş olan cemaatin günahından geçerim." buyurmuştur.

112 İzmir Yazması "Halife, Pîr, Zakir" (s.77-78) başlıklı bölüm. Burada anlatılanlar aynen orada da vardır. Biz sıralamada küçük bir değişiklik yaptık. Öyküyü başa aldık.

Şimdi "halife" beş harftir. Birisi düşmüştür. (Bunu alfabenin harflerinden çıkarırsak) yirmi dokuz kalır. (Bu kalan) on iki - on iki bölündüğünde (geriye) beş kalır. Beş şeriattır. Hazreti Resul'ün şartıdır. Halife Muhammed Mustafa'nın işini işlemeli ki âyin-i erkân yerini bula. Şeriat tarîkatın kapısıdır. Bir kimse şeriatı yerine getirmezse tarîkata giremez.

"Pîr" adı dört harftir. O dört harf (yirmi dokuzdan çıkarıldığında yirmi dokuz) yirmi beş olur. On iki - on iki bölündüğünde (geriye) bir kalır. O bir tarîkattır.

"Tarîkat" da yedi harftir. Hazreti Emirelmüminin Ali Veliyullah'dır. O (tarihat) Ali işleği gerektirir ki âyin-i erkân yerini bulsun. O pîr kendini bilmezse pîrlik canına büyük olsun.

"Zâkir" adı dört harftir. (Bu dört harf yukarda kalan yirmi beş harften çıkarıldığında orası) yirmi bir olur. (Yirmi birden) on iki çıkarıldığında dokuz kalır. Dokuz ise doksan bin sözdür. Ulu Tanrı'nın sözüdür. Tanrı, bu doksan bin sözü Hazreti Muhammed Aleyhisselam'a bildirmiştir. İşte zâkirin bu doksan bin sözü içinde gezdirmesi gerekir ki ulu Tanrı var olsun. Zâkir yerde, gökte zikir sırasında tabibdir, arıdır. Zikirle uğraşan kimsedir.

Tanrı zâkir için:

"Cebrail'in hizmetini üstlenmiştir. Yer ile gök arasında yetmiş bin nur kanatlı melek zikretsin." buyurmuştur.[113]

Halife ve zâkirler öz adlarını bilmezlerse, öz adları kendilerine büyük ola. Tamunun yedi kapısı bunların yüzüne açıla. Ve cennetin sekiz kapısı yüzlerine örtüle. Şeytan aleyhillane gibi olalar.[114]

---

113 İzmir Yazması (s.77).
114 İzmir Yazması (s.76).

7

SOFU[115]

Sofu olan kimsenin oturduğu döşek postudur. Evi cennettir. Müminler(i) melektir. Müslümler(i) hûridir. Yiyeceği cennet ürünüdür. İçtiği su cennet sularıdır, cennet şarabıdır. Giydiği giysi cennet giysisidir. Yaktığı çırağ Tanrı'nın nurlu yüzüdür. Söylediği sözler Kur'an'ın sözleridir. Alıp verdiği soluk Tanrı'nın kutsal bin bir adıdır. Talibin, pîrin, mürşidin, rehberin,[116] meşâyihlerin[117] evi (sofunun) Mekke'si, Medine'si,[118] ve Kâbe'sidir.[119] (Onların) evlerinin eşiklerine niyaz eden sofu bin bir kez hacı ve gazi olur. Büyük ve küçük günahlardan kurtulur, arınır. Böyle bir sofu halk içinde gökteki meleklere benzer. Cennette huriye benzer. Yıldızlar içinde Ay ile Güneş'e benzer. İnsanlar içinde enbiyalara benzer. Sofu sularda bengisudur. Zemzeme benzer. Yiyeceklerde bala ve helvaya benzer. Yemişlerde hurma, elma ve incire benzer. Çiçeklerde güle,[120] nergize benzer. Kuşlarda tûtiye, bülbüle ve kumruya benzer.[121] Sofu, ilimlerde Kelâm-ı Kadîm'dir. Sofuların yüzleri kutsal Kur'an-ı Kerim'in yüzüdür. Yedi hat ve yedi Fâtiha'dır. Nefesleri bin bir addır. Ve zülüfleri on ikidir. Etleri üç yüz altmış altı harftir. Yüzündeki çizgiler Kelâm-ı Kadîm'in nutuklarıdır.

---

115 İzmir Yazması (s.131) "Sofi" adlı bölüm.
116 İzmir Yazması (s.131).
117 Malatya Yazması (s.210).
118 İzmir Yazması (s.131).
119 Malatya Yazması (s.210).
120 İzmir Yazması (s.131).
121 Malatya Yazması (s.210).

Evet, şimdi anlaşıldı ki sofuların, müminlerin ve müslümlerin birbirinin yüzüne bakmaları Kur'an okumaktır, birbirine ulaşmaktır. Zamanı geldiğinde iki aşığın birbirine kavuşmasıdır. Ulu Tanrı hazretleri on sekiz bin âlemde, yetmiş iki millet içinde sofuları ve güruh-u naci kullarını pek sever.

Amma, sofu odur ki, dört kapının, kırk makamın, on yedi erkânın[122] hizmeti onda var olsun. Yani sofunun tevhidi, mürşidine secde edip hak evinde müşahede edip Hakk'a yetmek, daha doğrusu özünü tanımaktır.

İmdi, cahil bu hikmetleri görür, küfür bilir. Bir insanın küfrü gitmedikçe imanı tamam olmaz. Sofunun orucu mürşidine saygı göstermektir; zekâtı mürşidine niyaz vermektir. Haccı mürşidine tecellâ etmektir. Sofunun gazası, mürşidine içtenlikle yürekten başını ve canını vermektir. Sofunun kıblesi ve Kâbesi mürebbinin ve rehberin yüzüne bakmaktır.

Bir sofu bir sofunun evine varsa ayakları ile ettiği günahlardan arınır.

Bir sofu bir sofunun elini öpse elleriyle ettiği günahlardan arınır.

Bir sofu bir sofunun yürekten yüzüne baksa gözleriyle ettiği günahlardan arınır.

Bir sofu bir sofuya gönül verip sevse gönül ve kalbi ile ettiği günahlardan arınır.

Bir sofu bir sofuya dünya yiyeceği yedirse, Tanrı ona cennet yiyeceği yedirir.

Bir sofu bir sofunun evine,[123] köyüne ve ülkesine gitse,[124] yüz bin rahmet, yüz bin bereket ve yüz bin hayır kazanır.

(Ev sahibi) sofu o sofuya güler yüz gösterse, o sofunun evinden köyünden yüz bin türlü kaza ve belâ uzaklaşır.

---

122 Gerçekte Alvelilikte on iki erkan vardır. Burada on yedi kemerbest ile karıştırılmış olmalıdır.

123 İzmir Yazması (s. 131-133) ve Alaca Yazması (s.172-173).

124 Alaca Yazması (s.173)

(Günlerden bir gün) Ulu Tanrı Hazretleri, yer ve gök meleklerine, cennet hûrilerine, Aya ve Güneşe, Yıldıza şöyle dedi:

"Gelin benim sofu kullarımın zevk sefalarını izleyin!"

Yer (ve gök) melekleri, cennet hûrileri, Ay ve Güneş bu sofuları seyrettiler. Sonra tümü Tanrı'ya secde ettiler:

"Ey Tanrı, bu birbirleriyle oturup mutlu sohbet eden kulların kimdir?[125] Onların değer ve saygınlıklarından bize de bağışla!" diye yakardılar, isteklerini bildirdiler.[126]

O zaman Tanrı Hazretleri şöyle buyurdu:

"Ey benim meleklerim, işte bu mutlu biçimde birbiriyle oturmuş sohbet eden (kişiler) bana sığınmış, selâmete kavuşmuş kullarımdır! Başkaları taşa, toprağa, ağaca secde ederken, bunlar beni görüp bana secde ederler. Her kim benim ile durup oturmak dilerse, bu kullarım ile dursun otursun. Onlar ile durup oturan, benim ile durmuş oturmuş sayılır.

İmdi, yedi deniz mürekkep olsa, ağaçlar kalem olsa, yedi kat gök kâğıt olsa, tüm insan ve cinler kâtip olsa, sofu ve seçkin kullarımın bir zerrecik özelliğini yazıp bitiremezler."[127]

Dünya ve ahiret işlerinde sofuluktan erdemli hayırlı bir uğraş bulunmaz. Bilge(kişi)nin gizemli sözü böyledir. Böylece bilesiniz![128]

Sofular, mürşidine ve mürebbisine nikâhlı gibidir. (Bir sofu), mürşitten mürebbiden ve halifeden rızasız yedi adım(lık bir) yere gitse boş olur. O sofunun nikâhını yenilemek eski bir erkândır. Nikâhını yenilemezse, o sofuyu kabul etmek yezitliktir. Bir sofunun eşini zahit görse o, eşinin nikâhını yenilemezse onunla ilişkide bulunması haramdır.

125 Alaca Yazması (s.174)
126 İzmir Yazması (s.133)
127 Alaca Yazması (s.173 ve s.174)
128 Alaca Yazması (s.174)

Bir müminin bacısının gönlü zahide düşse, o bacıyı öldürmekten başka erkân yoktur. Bir sofu ile bir sofunun bacısı arasında sevgi olsa onu lânetlemekten başka erkân yoktur. Bilgenin ve güzel mürşidin töresi ve gizemli sözü budur.[129]

Bir sofu bacısını haksız kazanç sağlamaya gönderse, sonra (o) mala tamah etse şeriata göre (o sofuyu) eşeğe bindirip yüzüne kara çalıp köyden köye ve şehirden şehire gezdirmek gerekir. Tarîkata göre başından tacı, arkasından giysisi, elinden asası alınır. O, dönek sayılıp hiçbir zaman sofular arasına sokulmaz. Mârifet kapısında ve cemde o kimse ile kimse bir sofrada oturmaz. (O sofu) ölürse namazı kılınmaz. Hakikat kapısında o kişiye secde ettirilmez. (O sofu) peygamber ise ona ümmet olunmaz. Nedeni, rızasız lokmasını yemiş olmasıdır.

Bir sofu bir sofunun gönlünü kırsa, bir sofuyu incitse, o yıktığı gönlü yapmayınca, o sofuyu mürşit, ustad, pîr rehber ve mürebbi kabul edemez; ancak, bunlar dünya malına dayanamayıp böylesi bir sofuyu kabul edecek olurlarsa bu kez toplumun onları kabul etmemesi gerekir.[130] Ayrıca, bir sofunun Tanrı ile kendi arasında bir günahı olursa, pîr yamacına gelip yargılanırsa onu bir daha sormak erkân değildir.[131]

Bir sofu büyük günah işlemişse, sofunun düşmanı yanındaysa hiçbir günah sorulmaz.

Bir sofu (toplum önünde aklanırsa) sonra da hasmı yanında iki gönül razı olursa o topluma alınır. Ondan öbür sofuyu niyazı istenir.

(Bir sofu bir kaç sofu ile birlikte günah işlediğinde) pîrin önüne gelip günahını bağışlatmak için durur. Birlikte günah işlediği adamlar da günahlarını ele vermeden o sofu

129 İzmir Yazması (s.122).
130 Alaca Yazması (s.169).
131 Alaca Yazması (s.169).

ile birlikte dururlar. Onlar (yanında duran suçlular) yeniden sorgudan geçirilmez. Birinin yüzü suyuna onunun; onunun yüzü suyu hürmetine yüzünün, yüzünün yüzü suyu hürmetine bininin günahından geçilir.[132]

Pîr'in önüne gelen sofuyu yargılamadan önünden göndermesi erkân değildir.

Bir sofu, bir sofuya yedi saat, yedi gün, yedi hafta, yedi ay, yedi yıl ya da yetmiş yıl için ikrarını verebilir. Ancak, ikrara sahibi geldiğinde ikrarını dava ederse iki kimse şeriata tanık, tarîkatta tanıklık, mârifette aşinalık ve sırr-ı hakikatte hak tanıklığı ile o sofuya ikrarını geri vermek erkândır. Mürşidin (bu durum üzerine) bilge sözü şöyledir:

> "Ot kökünün üstüne biter. Bir pınarın suyu bir pınara akmaz."[133]

İnsanoğlunun kuşaktan yukarısı yüce, aşağısı kirlidir. Ulu Tanrı yücededir, kirlide değil. Mekândan uzaktır. Cehennem yerin altındadır. Kirliye inilince cehenneme ulaşılır.

İnsanoğlunun kuşaktan yukarısı boğazına dek yedi kat göktür. Boğazından yukarısı arş-ı âlâdır. Kuşaktan aşağısı yedi kat yerdir. Bir kimse bir adamın boğazından yukarısına, ağzına, gözüne, yüzüne, saçına, sakalına, dinine ve imanına küfretse kesinlikle kâfir olur. Yeniden Müslüman etmek gerekir.[134]

Sofuya üç kimseden kaçmak yezitliktir: Birincisi seyitlerden, ikincisi mürşitten, üçüncüsü halifeden. Nedeni, bu üç kimsenin erkân sahibi olmalarıdır. Erkândan gizli iş yapmak aynı biçimde yezitliktir. (Böyleleri):

"Yol açmaktan korktuk, onun için erkân göstermedik." derlerse, bu yanıtları geçerli değildir. Zira erkân sahibi olan yüzünden bellidir.[135]

132 Alaca Yazması (s.169).
133 İzmir Yazması (s.135).
134 Alaca Yazması (s.180).
135 Alaca Yazması (s.170).

Sofu, yedi adım taharetsiz ve abdestsiz, cünüp yürümeyendir. Abdestsizlik kovulmuşluktur. Taharetsizlik habisliktir.[136]

Bir sofu bir sofunun eline varsa, ev sahibi ve konuk sofuya izzet ikram ederken:

"Ben de senin evine geldiğimde, böyle ikram edesin." diye düşünemez ve söylemez. Erkân, Allah-Muhammed-Ali'nindir. Sofu verdiği lokmayı Allah-Muhammed-Ali aşkına veren kişidir. Onu dillendirmek erkân değildir. Ettiği iyiliği ve yedirdiği lokmayı dillendiren kişi ikiyüzlüdür.[137] Böyle davranış Şeytan ve Yezid'den kalmıştır.[138]

Sofu sofuya ödünç lokma yediremez. Yedirdiği lokmayı kesinlikle isteyemez. Böyle bir davranış pîri, ustadı olmayan, gerçekte inanmamış sofulara özgüdür.[139]

İmdi böylece anlaşıldı: Bir sofu bir sofunun evine varsa, birincisi eşiği niyaz etmeli. İkinci, er ve bacılarına niyaz etmeli. Üçüncü, (sofunun) ocağına niyaz etmeli. O konuk sofunun ev sahibine armağanı ve hizmeti budur. Ev sahibi, eri bacısı o konuğa:

"Bugün saygın ve değerli konuğumuzsun. Bizim evimizle bir ilişkimiz kalmadı, o senindir." demek eski bir erkândır.[140]

İmdi, (şu) beş nesne ile sofuluk olmaz:

Birinci: Habislik. Sofuluk, sazla, sözle, cümbüşle, eğlenceyle olmaz. Bunlarla sofuluk olsaydı, çingeneler ve çalgıcılar sofuluğu kimseye bırakmazlardı.

İkinci: Sofuluk, oyunla halayla olmaz. Bunlarla sofuluk olsaydı çengiler onu kimseye vermezlerdi.

136 İzmir Yazması (s.62).
137 Alaca Yazması (s. 170).
138 İzmir Yazması s.135 ve Alaca Yazması (s. 170).
139 İzmir Yazması (s.137-138).
140 İzmir Yazması (s.136).

Üçüncü: Sofuluk uğrulukla olmaz. Uğrulukla sofuluk olsaydı, uğrular, yankesiciler, cepciler, eşkiyalar sofuluğu kimseye vermezlerdi.

Dördüncü: Sofuluk, eğilip doğrulmakla, secdeyle, namazla olmaz. Bunlarla sofuluk olsaydı, zahitler ve abitler sofuluğu kimseye bırakmazlardı.

Beşinci: Sofuluk içki içip eğlenmekle olmaz. Bir yerde erkekler toplanıp gülüp eğlenerek rakı-şarap içmeleriyle sofuluk olsaydı, onu bekri ve sarhoşlar kimseye vermezlerdi.

Sofuluğun aslının, edep, haya, ölçü, yakınlık, dostluk, inanç, hizmet, sevgi, rıza, ustad, mürebbi, müsahip, aşina, kazanç ve meşrep ile olduğu anlaşıldı. Sofuluk, başkasını incitme, cefa, zulüm, işkence ile olmaz. Kâmil mürşidin, ustadın ve erkân töreninin gizemle sözü budur.[141]

Sofu, pîrinin (söylediklerini), erkânın ve yolun gereklerini yerine getirmeli. Böylece, yüreğinden kuşku, ikircik, kışkırtıcılık, istemezlik, bulundurmayan, yüreğindeki insan sevgisi günden güne artan eksilmeyen kişi olmalı.[142]

Sofuluk gençken yapılıp, yaşlılıkta bırakılan bir uğraş değildir. Evlenmeden önce yapılıp evlenince bırakılan bir nesne ya da bunların aksi değildir. Böyle bir davranış Şeytan ile Yezid'den kalmıştır.[143] Böyle sofu, pîr, ustad, mürebbi ve müsahipten dönmüş demektir. (Böyle bir sofu) dönektir, kancıktır.[144]

Bir sofu, mürşit, mürebbi ve halifenin sözlerini öldürüp, çırağı devirip kandili söndürürse, bu anılan durumların tümünde mürşidi öldürmüş olur.

141 İzmir Yazması (s.137-137).
142 İzmir Yazması (s.137) ve (169-170).
143 İzmir Yazması (s. 137).
144 Alaca Yazması (s 179).

Böylece imdi, sofuya tarik çalmanın, (sofudan) kurban almanın ve (sofuya) sitem etmenin eski bir erkân olduğu anlaşıldı.

Bir sofu, pîrin ayakkabısını giyse, pîrden önce sofraya el uzatsa, seccadesinin üzerine otursa, atına binse, kılıcını kuşansa, pîr yayan yürüyüp, kendi atlı olsa, pîrden önce yürüse, pîrlerini yolda bırakıp kendi geri dönse, pîr söz söyleyince kulak ardı etse suç işlemiş sayılır. Bu anılan işlerden herhangi birini yapan sofu tarik vurularak ya da kurban alınarak cezalandırılır. Böylece erkân yerine gelmiş olur. Ölü diri kılınmış olur. Kötü işlerin bir daha yapılmaması için "hû" çekilir. Tüm bunları inkâr eden inançsız, kâfir olur.

İmdi, ey sofu, ey mümin, mutluluk bulayım dersen özünü toprağa indirmen gerekir!

(Özünü toprağa indirmek için şunları yapmalısın:)

1. Yumuşak sözlü ol.
2. Özverili ol.
3. Evveli, ahiri fark et, soysuzluk etme.
4. Tanrı'nın buyruğuna ibadet et.
5. Gönül kırma.
6. Her zaman Tanrı'nın sözlerini dilinden düşürme.
7. Toplumda uysal insan ol.

İmdi, insanı yoldan eden üç öge vardı:

1. Haya
2. Edeb
3. Gönül

Ve de üç nesne (kişi) gönlünü aydınlatır:

1. Hakikat ilmini okumak
2. Tarîkat ilmini okumak
3. Mârifet ilmini okumak

Üç nesne gönlü perişan eder:

1. Kötü yoldaş
2. Kötü komşu
3. Kötü avrat

İnsanda üç türlü ahlâk vardır:

1. Bühtan[145]
2. Gaflet
3. İstemezlik

Bunlardan uzak durmak erkândır.

Üç nesne gönlü doğru yoldan çıkarır; nasibini aldırır:

1. Vara yok demek
2. Kezzaplık[146]
3. Gönül incitme

Bunlar zararlıdır.

Varılması gereken dört nesne vardır:

1. Şeriat
2. Tarîkat
3. Mârifet
4. Sırrı hakikat

Önce şeriat, Hazreti Muhammed'in buyruğudur. Din içinde tarîkat işlektir. Hakk yolunda hakikat olgudur. İman için maarifet erkândır.[147]

Bir sofunun, üstad, pîr, mürşit, mürebbi, halife, müsahip, meşrep aşina ve kazancından erkân istemesi erkân değildir. Bunlar erkân sahibidirler. Erkân sahibinden erkân istemek erkân değildir. Tarik açsalar giysileri, yolları ve sözleri kendilerini keser. Evliyanın yolu enbiyânındır. Enbiyânın yolu Allah'ındır. Allah'ın yolu keskin kılıçtır.

145 **bühtan:** Birine yalan bir şey kondurma, iftira.
146 **kezzab:** Çok yalancı. Buyruk s.137.
147 İzmir Yazması (s. 69-70), "Sofinin Yolu" başlıklı bölüm.

Birinci eyvallah yolun sağındadır.

İkinci Allah'ın emri yolun solundadır.

Üçüncü, mürüvvet yolun önündedir.

Dördüncü, kerem yolun ardındadır.

İmdi, doğru yolu bırakıp eğri yola gidince birinci Allah'ın kılıcı keser. İkinci yolun soluna gideni eyvallah tutar. Üçüncü yolun önünde gideni mürüvvet tutar. Dördüncü yolun ardından gideni kerem tutar.[148]

Sofu olan kimseye üç yerde halife ve mürebbi(nin) günah buyurması erkândır:

Birincisi, evliyanın menâkıbı okunurken söz söylerse günahkâr olur.

İkinci, Seyyit Nesimi'nin ilim ve Kur'an'ı azimüşşan okunurken söz söylerse günahkâr olur.

Üçüncü, pîr karşısında dil olursa[149] günahkâr olur. Bu üç nesne büyük günahtır.

Sofudan sofunun yol öğrenmesi eski bir erkândır. (Bunun) anlamı nedir diye sorarlarsa, (Bunun anlamı şudur): (Bir sofu) yüzyıllık sofu olsa görmediği, bilmediği yerin acemisidir. Bir sofu şeriat evine girince, müsahip kazancı tutunca, o sofunun mürşidine ve mürebbisine erkân göstermesi erkândır. Sofunun kendi kendisinden müsahip, muhabbet ve kazanç istemesi erkândır.[150]

148 İzmir Yazması (s.137).
149 **Dil olmak:** Dili olmak, söz söylemek, yanıt vermek.
150 İzmir Yazması. (s. 137-138 ve 210)

8

MÜRİT[151]

Günlerden bir gün imam Cafer Sadık hazretleri inananlarla oturmuş söyleşirken inananlardan birine döndü:

"Yarın sana bir kimse gönderirim. Kızını ona ver." dedi.

Bu kimse evine geldi, akşam avradına İmam Cafer hazretlerinin dediğini haber verdi (sonra) yattı. Sabah olunca kalkıp hazırlandı.(Bu sırada) evin dış kapısından bir ses geldi. Dışarı çıkıp bakınca dışarda bir bozkurtun durduğunu gördü. "İmam Cafer'in dediği kişi bu olmalı." diye içinden geçirdi. Bir iki diye düşünmeksizin kızı çıkarıp kurdun eline verdi. Bu gelen kurt kızı alıp gitti.

Birkaç gün geçtikten sonra karısı şöyle dedi:

"Ey adam, İmam'ın sözü ile kızı (bir kurda) verdin! Kurt alıp gitti. Var şu karşıda olan meşeleri ara. Kızı kurt yediyse, kemiklerini devşir getir. Bir yere gömelim. Ondan sonra umut keselim."

Bunun üzerine bu kişi kalkıp kızını aramaya çıktı. Meşeliğin girişine varınca bir adamın bir kucak odun kesip bir ipin üzerine koyduğunu gördü. (Adam odunu) götürmek istedi. İp (yetişip) eline gelmediği için alıp götüremedi. (Bunun üzerine) vardı bir kucak (odun) daha kesip getirdi. İpin üzerine koydu ki götüre, yine götüremedi. Bu kez gidip

151 İzmir Yazması "Mürit Üç Türlüdür" başlıklı bölüm. (s. 128).

bir kucak odun daha getirdi koydu. (Odun) öncekinden daha çok oldu. Yine götüremedi. Sonunda adam şaşırıp kaldı.

Kızın babası olan kimse bu olayı gördükten sonra yine yola koyuldu. (Bu sırada) bir kaya deliğinden bir kuş çıkıp uçtu. Sonra döndü o deliğe girmek istedi ama giremedi.

Sonra (o kızın babası yoluna) gitti. Bir sürü kuşun uçuştuğu bir yere vardı.

Bir güzel kız ile bir yiğitin oturduğunu gördü. Kızın kendi kızı olduğunu anladı. (Yanlarına vardı) Selam verdi, selam aldı. O yiğit ve o kız ile görüştü. Bir süre onlarla konuştu.

Ondan sonra evine döndü.(Gördüklerini karısına) haber verdi. (Her ikisi de) mutlu olup sevindiler.

Ondan sora İmam Cafer hazretlerine gitti. Gördüklerini bir bir anlattı. O zaman İmam Cafer hazretleri şöyle dedi:

"Ey kişi gördüklerini sana açıklayayım! İlk gördüğün odun kesen mürebbidir. Bir kimseyi oğul edinir (ancak) sorununu çözüp hakkından gelemez. Dönüp birkaç tane daha bulur, onları da oğul edinir. Aynı biçimde hakkından gelemez. Oğulları da serseri olup gezer. Kendinin dünya ahirette yüzü kara olur. Belki de son döneminde imansız gider."

"O deliğe giremeyen kuşa gelince, o gidip bir rehbere ikrar vermiştir. Sonra hileli işler yapmıştır. Ardından verdiği ikrarı inkâr edip gözden düşmüştür. Artık bir daha içeri giremez, öylece kalır."

"Kızını alıp giden (o kurt gerçekte) o yiğit idi. Kurt sonunda gelip kızını alıp gitti. Tanrı'nın buyruğu yerini aldı."

"İmdi, mürit olup irade getirenin şeyhin buyruğuna yüz çevirmemesi gerekir. Yüz çevirirse imansız gider."[152]

152 **kör it:** Gözü gerçekleri görmeyen aptal, nankör insan; mürit ve tirit sözlerine uyaklı olsun diye uydurulmuş bir sözcük.

Mürit üç türlüdür: Birinci mürit, ikinci tirit,[153] üçüncü kör ittir.[154]

İmdi, müritin başını, malını evliyanın yoluna harcaması gereken kişi olduğu anlaşıldı.

Tirit, malını canını mürşide vermeyi küfür sayan kimsedir.

Kör it, ne malını ne canını mürşide veren kimsedir.

Bu yoldan ve ayini erkândan dönen talip murtad olur. Gerçek mürşidin bilge ve gizemli sözü böyledir.[155]

Burada anlatılan öykü Türeyiş Destanında ve Hun söylencesinde de vardır.
Türeyiş Destanında şöyle anlatılır:
Eski Türk hanlarından birinin çok güzel iki kızı vardır. Böylesine güzel kızları insana yaraşır görmez. Hakan bir düş görür. Düşünü yorumlatınca, kızların Tanrı ile evlenmek üzere yaratıldığına iyice inanır. Eninde sonunda tanrı gelecek bu kızları alacaktır. Bu inançla yüksek bir kule yaptırır. Kızlarını bu kuleye kapatır. Artık gece gündüz, gelip kızları ile evlenmesi için tanrıya yalvarır. Sonunda birgün beklenen Tanrı gelir, kulenin önüne dikilir.
Gök Tanrı bir erkek boz kurt biçimindedir. Bu erkek boz kurt bir süre durup bekler. Sonra kulenin çevresinde döner. Bunu gören kızlar, evlenecekleri tanrının bu boz kurt olduğunu anlarlar. Kuleden çıkıp kurda varırlar. Bozkurt kızları alıp gider. Onlarla evlenir. Bu evlilikten Dokuz Oğuz ile On Uygur boyları türer.
Hun Söylencesinde ise şöyledir:
Hun hükümdarlarından birinin oldukça güzel iki kızı vardı. Bir gün kendi kendine bu denli güzel kızları ademoğullarına vermek uygun olup olmayacağını düşündü ve sonunda onları tanrıya sunmaya karar verdi. Bu amaçla kendi imparatorluğunun sınırları üzerinde boş bir yer seçerek çok yüksek bir kule yaptırdı. Ve tanrıdan kızlarını kendisine eş olarak almasını yakararak ve dileyerek, onları götürüp kuleye bıraktı. Sonunda kulenin önünde yaşlı bir kurt gözüktü. Kulenin dibine yapışarak gece ve gündüz ulumaya başladı, dahası orada kendisine bir in yaparak üç ay hiç kımıldamadan orada kaldı. Kızlardan biri, kardeşine dedi ki: "Babamız bizi Tanrıya sunmak için burada bıraktı. Sakın bu kurt tanrı tarafından gelmiş olmasın? Ve hemen kuleden inerek kurdun yanına gitti; onun eşi oldu. Çocuklar doğurdu ve Huel-Hular onun soyundan türedi. (Ziya Gökalp. **Türk Uygarlığı Tarihi,** haz. Yusuf Çotuksöken, İnkılap y., İstanbul 1991, s. 72)

153 **tirit:** Ne anlama geldiği tam olarak anlaşılmıyor. "Yağcı, dalkavuk" anlamında halk arasında kullanıldığı anlama gelmesi olası.

154 **kör it:** Gözü gerçekleri görmeyen, aptal, nankör insan.

155 İzmir Yazması (s. 128)

9

TALİP[156]

Bir sözünde İmam Cafer Sadık hazretleri şöyle buyururlar:

"Talip demek, mürebbi ve musahibine ikrar veren,[157] yolu erkânı kabul eden ve hakikate girip bir dilden öten demektir. (Talibin) mürebbi ve musahibi kabul etmesi gerekir. Bunlarla yaşamını sürdürmezse lâneti kabul etmiştir. Sürgün edilmesi gerekir. Bir talip yola girmez, hakikati kabul etmez, mürebbi ve musahibi haklamaz, o talip lânet uygun olur. Mürebbiye ve musahibe razı olmayan talipler hakikate razı olmazlar. Hakikat ehli canların onları hakkın halkasına koymamaları gerekir."[158]

Yola erkâna sığmayan talipler sürgündür. Onları ceme ve erkâna koymayınız! Onlar hak yoluna sığmazlar. Yoldan kovulmuşlardır. Mürebbi ve müsahibe razı olmamışlardır. Farzı tutmamışlardır. Onlar tarîkatı ve hakikatı kabul etmemişlerdir. Onların ikrarı caiz olmaz. Yedikleri haramdır. Tarîkatta murtaddırlar ve yüzleri karadır.[159]

Nedeni; yol ve erkân Muhammed Ali'den kalmıştır. Muhammed Mustafa'nın talibi olan kimseler, Aliyyel Murtaza'nın soyunun (da) talibidirler. Onların mürebbi ve

---

156 **talip:** Tarîkata girmek isteyen kişi. Talip konusu Buyruk'ta çok dağınık biçimde anlatılır. Kimi yerde sofu, kimi yerde mümin olarak adlandırılır. Bu anlatılanların aynısı kimi yerde Talip başlığı altında verilir. Biz buruda dağınık anlatılanları değiştirmeksizin verdik. İzmir Yazması (s. 26).
157 İzmir Yazması (s.26).
158 İzmir Yazması (s. 29-30).
159 İzmir Yazması (s.31).

musahibe yetip, ikrar verip iradet getirmeleri ve biat etmeleri ve pîr tutmaları gerekir. Hem o pîrin hazreti On İki İmam soyundan olmalı ki pîrliği kesinlikle geçerli olsun. Resul soyundan olmazsa pîrliği caiz olur mu? Kesinlikle olmaz![160]

Talip olana uygunu odur ki gücü yettikçe işleye (böylece) Hakk Teâlâ o telibe kudret ve hidayet[161] hazinesinin kilidini açа. Daha doğrusu, kudreti yettikçe nurdan, sırdan ve hidayetten ala. Bir adam(ın) Ulu Tanrı ile buluşması olası değildir. Eğer, Ulu Tanrı ile buluşmak dilersen bu anılan farzları yerine getirip uğraş verirsin, hidayete erişir(sin). Bir adam(ın) kendini bilmesi şudur:

"Kendini bilen Tanrı'sını bilir."[162]

Kendi nefsine gafil olan hidayete erişemez. (Kişi) Tanrı'yı ibadetle kendi nefsinde bulur. Nefsini bilen kişi mârifetiyle Hakk'ı bulur. Hidayete dahil olur.

İmdi, (hidayeti) buldurmayan iki nesnedir:

Biri, terk-i kelam[163]

Biri terk-i taam[164] (yapmamaktır.)

İkisinin de aslı uzlettir.[165] Uzletin aslı (ise) dünya uğraşından el çekmektir. Meşayih ayin-i erkânda böyle buyurmuştur. Ona makam-ı terk derler ve ehl-i vahdet eder.

Terk, kendi özünü bilmektir. Varlık Hakk'ın bilmektir. Tanrı rahmetine ulaşmış şeyhler buna makam-ı maarifet

160 İzmir Yazması S. 26. Bu söz Arapça verilmiştir.

161 **kudret:** 1. Güç, 2. Tanrı'nın bütün varlığını kaplamış olan ezeli gücü, 3. Varlık, zenginlik, 4. Tanrı yapısı, insan eli karışmadan meydana gelen şeylerin kaynağı, 5. Ehliyet, becerebilme.
hidayet: Yol gösterme, 2. Doğru yolu arama, 3. Doğru yola girme, 4. Tanrı tarafından birinin kalbine ilham olunan, doğru yolu arama isteği.

162 Bu tümce Arapça verilmiştir.

163 **terk-i kelam:** Konuşmayı bırakma. Burada boş, anlamsız konuşma, dedikodu etmeme anlamında.

164 **terk-i taam:** Yemeyi bırakma. Yemeği bırakma. Burada oburluğu, açgözlülüğü bıarkma anlamında.
İnsan mertebesine ulaşma: Tarîkatın en önemli eğitimsel işlevidir.

165 **uzlet:** Bir kıyıya çekilip yalnız başına oturma.

derler. Bu makam(da) hayvan düzeyinden çıkar, insan düzeyine[166] erirsin.

Pes imdi, talip olan canlara gerektir ki çok ölçülmeyecek düzeyde hadlerini bilip haddinden çok sohbet etsinler. Ve ilm-el-esmayı[167] bilmiş olsunlar. Hakkı öz benliğinde bulmuş olsunlar. Böylece yol, erkân yerini alır. (Kişi) dileğine yetişir; ancak, eşek güçsüz olursa yolda giderken yorulup kalır. Belki (tümden) geberir.

Ehl-i hakikatin belirtisi on ikidir.(Talip) on iki farzı yerine getirmelidir ki ulu Tanrı'ya erişmiş olsun. Maarifet oluşmuş olsun. Resul soyuna itaat etmiş olsun. Tüm varlığın gizemini bilmiş olsun, görmüş olsun.[168]

Çekemezlik, kıskançlık, kendini beğenmişlik, kin, inat, arkadan konuşma, kışkırtıcılık, karıştırıcılık, dedikodu, başkasını suçlama, iftira, küfür, zulüm, yalan ve cinayet Tanrı'nın yasakladığı işlerdir. (Bir talip) tüm bu kötülükleri benliğinden uzaklaştırmalı ve yüreğinden silmelidir.

(Talip) gerekmezse söz söylemez. Eli ile koymadığı şeyi izinsiz yerinden kaldırmaz. Gözü ile görmediği şeye gördüm; kulağı ile işitmediği şeye işittim ve bilmediği şeyi bilirim savında bulunmamalıdır.

Kendinden büyük olana hizmet ve saygı; küçüğe sevgi ve yol göstermelidir.

Sürekli doğru eylemde bulunup yoldan sapmamalıdır.

Hakkı hak, batılı batıl bilmelidir.

Herkesi öz vücudu gibi bilmeli ve öylece (başkalarını da) sevmelidir. Nedeni; vücut (çok azalardan oluşan) bir azadır.

166 İnsan düzeyine ulaşma, tarîkatın en önemli eğitsel görevlerinden biridir.
faş etmek: Meydana atmak.
167 **ilm-el-esma:** İşitme ilmi..
168 İzmir Yazması "Sofinin Yolu" başlıklı bölüm (s. 85).

(Oysa yalnız) bir aza ile kişi tamam olmaz. Bir kanat ile kuş uçmaz. Tüm insanları seversen bütün azaların tam olur. Sevmezsen, azası eksik olursun. Bir kanatlı kuş gibi havadan düşerek kendini dikenlerde, bin bir meşakkatte bulursun.

İmdi, (talip kendi) vücuduna nasıl acırsa, (başkalarına da öyle) acımalı(dır). Kısaca kimseye azap, sıkıntı etmemeli, kimseye güçlük çıkartmamalı ve kimsenin gönlünü kırmamalıdır. Nedeni; gönül, Beytullah'dır. (Gönül kırarsan) Tanrı'nın evini yıkmış olursun!

(Talip) keramet satmamalıdır. Zira, keramet Hakk'ındır; senin değildir.

Sen hiç derecesindesin. Var ol ki keramet sahibi olasın.

(Talip) özverili olmalı, bencil olmamalıdır. Kişinin ayıbını yüzüne karşı ya da başkasına söylememelidir. Daima haya etmelidir.

(Talip) sırrı faş[169] etmemelidir. Nedeni, kendin faş olursun. Sakla beni saklayayım seni!

(Talip) Hak-Muhammed-Ali'nin dostlarını dost, düşmanlarını düşman bilmelidir. Şehvet düşkünü olmamalıdır. Nefsini güçlüce zaptetmelidir.

"Tanrı'nın buyruklarına uymak Tanrı'yı bilmek, özünü bilmek"[170]

Açıkçası, (bu söz) "bir insan kendini anlasa Allah'ı da anlar ve bilir (demektir). İmdi, her bir (türlü kötülük) insandan olmamalı ki, hak olsun.

Anılan yasak eşya ve sıfattan oluşan (nesneler) Tanrı'dan uzak denen şeylerdir. Bunlar tümüyle bırakıldıktan sonra insandan batıl gider, hak kalır.

---

169 **faş etmek:** Ortaya atmak, yaymak.
170 Bu tümce 2. Hacı Bektaş Yazması (s. 254) Arapça olarak verilmiştir.

Bir kimsenin aleyhine söz söylememeli ve hakkını yememelidir. Hakkı batıl ve batılı hak bilmemelidir. Hak gelirse batıl gider, batıl gelirse hak gider.

İmdi bu emanetleri bir kişi sıdk ile tutarsa kendisi hak olur. Zira bunlar ile enbiya ve evliya, yüce amaca[171] ve ulu düzeye[172] erişmişlerdir. Yeteneklerine göre kimileri peygamber, kimileri veli, kimileri de vasi[173] rütbelerine ulaşmışlardı. İşte uğraş veren kişi bu dört rütbe sahibi olur. Dünya ve ahiret onun elindedir. İstediği gibi çark-ı feleği çevirir. Daha doğrusu, dönemin Süleyman'ı olur.

Sohbet ederken, tatlıca ve yumuşak olarak söyleyip, karşıdakileri nefret ettirmemelidir. Usandırmayıp daima kendine çekip tat vermelidir. Her şeyde hakk vardır.

Erenler katına edep ve erkân ile gidip sormadan söz söylememelidir. Sorulursa bildiğini doğru edep ile söylemelidir. Bencillik ve hırs etmemelidir.

Ahlâk derecesi dört türlüdür:

Birinci, iyiliğe (karşı) iyilik etmek eşek ahlâkıdır.

İkinci, iyiliğe (karşı) kötülük (etmek) yılan ahlâkıdır.

Üçüncü, kötülüğe (karşı) kötülük etmek köpek ahlâkıdır.

Dördüncü, kötülüğe (karşı) iyilik etmek övünç ahlâkıdır. Bu ahlâk ile ahlâklanan kişi kâmil insan olur. Bunu tutan sultan, tutmayan şeytan olur.

Her zaman iyi şeyleri Hakk'tan ve kötü şeyleri nefsinden bilmek gerekir. Kötüyü Tanrı'ya dayandırmamalıdır. Nedeni, Ulu Tanrı, kötü şeye izin vermez. (Kötülüğe izin) vermesi durumunda kendisi zalim olur. Oysa bu sıfatlardan arınmıştır.

---

171 Bu sözcük orijinalde **"menzil-i âlâ"** biçimindedir.
172 Bu sözcük orijinalde **"meratib-i uzmâ"** biçimindedir.
173 **vasi:** Bir vasiyeti yerine getirmekle yükümlü kimse.Bu bölüm Arapça'dır ve tümüyle Buyruk (s.85) (İzmir Yazması'nda) yer alır.

(Talip) cefa ve sıkıntıya dayanıklı olmalı ki sefaya ulaşsın. Sabır etmelidir, nedeni, sabır ile anka tutulur.[174]

İmdi, ey tarîkat sahibi ve ey hakikat yolunun zikircisi!

Talibin üzerine farz olan (buyruklar), halife ve seyit olmak üzere bu üç nesneyi tanıması gerekir. Kâmil olup ilm-i şeriat, ikinci ilm-i tarîkat, üçüncü ilm-i mârifeti bilmesi gerekir. Talibin bu ilimlerde bir müşküli olursa halifenin onun üstesinden gelmesi gerekir. Tanrı'nın ayetleri ile karşılık vermesi gerekir.

Talip pîre iradet getirirse ahireti, alennurdur. Elini onun eteğinden ayırmaması gerekir ki ayini erkân yerini alsın!

Sofu olan sabahtan pîr nazarına gelince miskinlik ve toprak gibi sakin olmalı. Pîr yüzünü talipten yana dönmeli ve talibe (şöyle) demeli:

"Ey talip! Muhammed Ali'yi kabul ettin mi? Muhammed Ali'nin buyruğu, şeriatı tarîkatı bundan sonra benim[175] pîrliğime bırakılmıştır. Muhammed Ali'yi kabul ediyorsan benim buyurduklarımı tutman gerekir."

Pes iki mürit eder. Biri ulema ve biri zakirdir. Ayin-i erkânı talibe öğretmesi gerekir. (Talip) halife (veya) pîrin elini tutar. Kelime-i şahadet ve kelime-i tevhit okur. Böylece erkân yerini alır.

"Tanrı'dan başka tapacak yoktur. Tanrı'nın elçisi Muhammed'dir. Tanrı'nın velisi ve Muhammed'in halifesi Ali'dir. Ali Tanrı'nın aslanıdır. Onun kılıcı Tanrı'ya ortak koşanların ensesindedir."[176]

---

174 2. Hacı Bektaş Yazması (s. 251-256).
175 Buyruk'ta "benim" yerine "senin" yazılmıştır. Anlamı bozuk olduğu için düzeltildi.
176 Bu bölüm Arapçadır. Olduğu gibi İzmir Yazması'nda yer alır. Buyruk s. 85. Buyruk (s. 29) (İzmir Yazması).

İmdi, mürşit ve sofunun pîr ve mürebbinin yanına varmasında üç erkân vardır:

Birincisi, eli kuru boş varmamalıdır.

İkincisi, abdestsiz ve taharetsiz varmamalıdır.

Üçüncüsü, mürşit, mürebbi ve ustadın yanında şeriat ehli (kimseler) bulunduğunda ellerini bağlayıp karşıda durmalıdırlar. Şeriat ehli gittikten sonra kalkıp nazara geçip hayır dua alıp önce ayaklarına, sonra dizlerine ve ellerine niyaz etmeleri gerekir.

Yok, (mürşit, mürebbi ve ustadın) yanında tarîkat ehli olursa sofu ellerini yanına alıp Mansur darına[177] durmalıdır. Mürebbi, mürşit ve ustad gülbenk edip talip, mürşit ve (ya) şakirt secde edince lanetli şeytandan kurtulup meleğe ve ulu Adem'e secde etmiş olurlar.[178]

(Kimi) talipler vardır ki iki tarik kullanırlar. Onlar Hakk'ı koyup şeytana tâbi olup münkir olanlardır. Nedeni, birliğe yetmediler ve ikrarı görmediler. Böyle talipler Âl-ı Âbâ'ya düşman oldular. Lanet halkasını boğazlarına taktılar. Ve sürgün oldular. Sonuçta Âl-ı Âbâ'ya zarar verdiler.[179]

Bir talip, bir talip ile kavga edip valiye varsa, (vali karşısında taliplerden biri suçlu bulunup) cezalandırılsa, ama (bu ceza) haksız olsa, pîr gelince ceza veren adamın parası

177 **Mansur darı** ya da **Dar-ı Mansur:** Cemde pîr önünde iki elini rahatça bırakmış durumda durmaktır. İnanışa göre Hurufi inançlarının kuramcılarından Hallac-ı Mansur'dan kalmıştır. Hurufilik ezildikten sonra kimi Hurufi militanlar Alevîler arasına sığınıp yaşamlarını sürdürmüşlerdir. Bu dar olayı da Hurufiliğin Alevîliğe etkilerinden biridir. Ayrıca "dar" terim, ile adlandırılan pîr ve toplum önünde dört duruş biçimi vardır:

Fatmana Darı: İki eli salınmış ayakta durma biçimindedir.

Fazlı Darı: Eller, eller açık yüz üstü yere kapanmış biçimindedir. Bağrına bıçak saplanarak ölürülen Fazlullah?ı Hurufinin anısına dayandırılır.

İmam Hüseyin Darı: Sağ ayak baş parmağının son başparmak üzerine ayakta duruş bçimidir.

Mansur Darı: Eller yana açık biçimde duruş biçimidir.

178 İzmir Yazması (s. 141). "Pîri Ziyaret Erkanı" başlıklı bölümün baş kısmı.

179 İzmir Yazması (s. 29).

geri verilir, o kadar da pîre on ikide ikisi rehbere verilir. O (iki) talip barıştırılıp ondan sonra tarik çalınır.

Yok, günah ikisinde de varsa, (yukarıdaki işlem) her ikisine de uygulanır. Lokma uyarıp valiye giden kuruşun iki katı pîre ve ceme harcatılır. Ondan sonra (bu taliplere) iyi denir.[180]

Bir talip bir talip ile küsülü olsa, biri varsa;

"Gel bugün yola gidelim, barışalım, birbirimize hakkımızı helâl edelim" dese, o da barışmasa (o talip) şöyle yeniden söyleye:

"Gel, bugün ölmeden önce ölelim, hesabımızı burda görelim. Gel burda pîr divanına varalım. Ne hakkın var ise vereyim."

O da:

"Ben ne varırım, ne de barışırım. Var işine git." dese, (o talip) üç kez dışarı çıkıp içeri girip böylece yeniden söyleye.

Yok, o (karşıdaki) adam barışmazsa, yolu inkâr etmiş olur. O (talibin) beri gelip tarik altından geçip yola girmesi erkândır.[181]

Bir talibin başından börkü düşse bir tavuk boğazlayıp kaldırması gerekir.

Yok, pîrin kisveti[182] düşerse bir koyun kurban etmesi gerekir.

Yok rehberin (börkü) düşerse bir keçi kurban etmesi gerekir.

Bir talibin kızı kaçsa doksan dokuz kuruş alınır ve bir koç kurban ettirilir. Bir uygulamada on ikide ikisi rehbere verilir. on ikide iki kuruş rehberin hakkıdır.

Bir pîrin ırkı geçse o talipler her kime özleri yatarsa ondan el tutarlar. Ancak (el tuttukları kimsenin) Resul soyundan olması gerekir.

180 Alaca Yazması (s. 183-164) ve Gümüşhane Yazması (s. 197-198).
181 Alaca Yazması (s. 183).
182 **kisvet:** 1. Elbise, 2. Özel giysi. münzeviç: İnzivaya çekilmiş.

Bir talibin pîri ırak olsa, eli ermese (talip) o (pîrine) vekâleten başkasından el tutar ve görülür. Her kaç yıldan sonra pîri gelirse, yine pîrine ikrar iman etmesi erkândır. Nedeni, atasının pîrini inkâr ederse münkir olur, düzeni bozmuş olur.[183]

(Talipten) alınacak Ustad Hakkı ve Döşek Hakkı ise şöyledir:

Yeni musahip olanlardan 110 para ustad hakkı, 7 para döşek hakkı alınacaktır.

Öz kurbanı verenlerden 110 para ustad hakkı, 7 para döşek hakkı alınacaktır.

Aşina olanlardan, 110 para ustad hakkı, 7 para döşek hakkı alınacaktır.

Peşine ve çeğildeş olanlardan hiçbir şey alınmayacaktır.

Meydana gelen musahiplerden 7 para döşek hakkı alınacaktır. Musahipsizden 3 para alınacaktır.

Oğlan-kız ikrarı alınca 110 para ustad hakkı, 3 para döşek hakkı alınacaktır.

Ocak kazdırandan 110 para ustad hakkı alınacaktır.

Musahipli sofu ölünce 110 para alınacaktır.

Musahipli bacı vefat edince 1 bakır ustad hakkı alınacaktır.

Evini ondalatandan, 110 para ve 1 bakır ustad hakkı, 7 para döşek hakkı alınacaktır.

Musahipli sofunun tacı düşerse 110 para döşek hakkı alınacaktır.[184]

---

183 Alaca Yazması (s. 184).

184 İzmir Yazması (s.56), "Alınacak Ustad ve Döşek Hakk'ı Beyanındadır" adlı bölüm. İzmir Yazması (s.117-118)"Mücerretlik" başlıklı bölüm ile Malatya Yazması (s. 205)

10

MÜCERRET[185]

Mücerret ile aşina, kazanç, meşrep ve muhibbet olmak erkândır; ama, mücerret müzevviç[186] ile musahip, aşina, kazanç, meşrep ve muhibbet olmak erkân değildir. Mücerreti sohbet, cem ve erkâna getirmek asla erkân değildir.

Mücerretlik dört kişiden kaldı.

Birinci İsa Peygamberden kaldı. İsa Peygamber mücerret olduğu için göğün dördüncü katına dek çıkabildi.

İkinci, Selman-ı Farisi[187] kaldı. Selman-ı Farisi 366 yaşında yaşlı biri idi. Ama, kendi endamını kendi kasmayınca Hazreti Resul'ün katına çıkamadı.

Üçüncü, Veysel-i Karani'den kaldı.

Dördüncü, Hacı Bektaşî Veli'den kaldı.

Ancak, Mücerret'in imamlığı ve mürşitliği erkân değildir. Bir kimse mücerret iken Ulu Tanrı Hazretlerinin gücünü,

185 **mücerret:** 1. Çıplak, soyunmuş, 2. Tek, yalnız, bekâr. Burada sözcük "evlenmemiş" anlamında kullanılmıştır. 16. yüzyılda Balım Sultan'ın Hacı Bektaş postuna oturması ile tekke düzenine "evlenmemiş derviş" din adamı getirir. Bu dervişlerin kulağına küpe takılır ve yaşamları boyu evlenemezler. Alevîliğe aykırı düşen bu durum Buyruk'ta ağır biçimde eleştirilmektedir. Burada, Tanrı'nın yalnız bir takım ulu kimseleri mücerret olarak gönderdiği, başka kimsenin mücerrette olmasının olası olmadığı vurgulanmaktadır. Musahip: Arapça "sohbet" köküne dayanır. 1. Birbirleriyle konuşan arkadaş, 2. Bir büyük adamın yanında bulunup kendini konuşma ve latifeleri ile eğlendiren anlamındadır. Alevîlikte ise sonradan kazanılan akrabalıklardan olan bir sistemdir. Kimi bölgelerde "yol-kardeşi" "ahiretkardeşi" gibi adlar verilir. Buyruk'un pek çok yerinde bu konuya yer verilir. Bu baş kesim Buyruk s.113-114'te (İzmir Yazması) yer alan "Karındaş Olmak" başlıklı bölümdür.

186 **münzevic:** İnzivaya çekilmiş.

187 Malatya Yazması (s. 205). Sıralama İzmir Yazması'nda (s.117) biraz değişiktir. Orada, ikinci mücerret olarak Hacı Bektaş Veli gösterilir. İzmir Yazması s. "Karındaş Olmak" adlı bölüm (s. 113-114).

enbiyanın mucizelerini, evliyanın velayetini şeyhlerin kerametini ve bilginlerin ilimlerini gösterse ve yeşil kanat ile kanat açıp göğe uçsa vurup kanatlarını kırın! Ona itibar etmek erkân değildir.

Görünüm bakımından Ulu Tanrı on dört yaşında, ayın kutsal günlerde, daha doğrusu (ayın) on dördüncü gecesi ve günün kaba kuşluk vaktinde bir güzel bakire kız görünümünde göründü.

Nebilerin en büyüğü Aleyhisselam:[188]

"Tanrı kıyamet günü, karin günü ve günün kuşluk zamanı olmak üzere üç zamanda bakire kız görünümünde gözüktü." (buyurdu).

Hazreti Resul miraca vardığı zaman Ulu Tanrı Hazretleri bu biçimde Muhammed'e göründü ve Muhammed'e muhabbet gösterdi.

Pes imdi, Muhammed'e muhabbetin bu biçim üzerine gönderilmesinin vacip olduğu anlaşıldı.

Ondan sonra evrenin yaratıcısı Allah'dır.
Mürebbi Cebrail'dir.
Pîr, Şah-ı Merdan Murtaza Ali'dir.
Mürşid-i Kâmil Muhammed Mustafa Aleyhisselam'dır.
Halife On İki İmam'dır.
Musahip İbrahim Peygamber'dir.
Aşina Musa Peygamber'dir.
Meşrep Yusuf Peygamber'dir.
Sofuların en eskisi Eyüp ve İsmail Peygamber'dir.
Ulu Tanrı'nın talipleri ve müritleri evliyalardır.
Şakirleri enbiyalar ve ehl-i ilimlerdir.

---

188 İzmir Yazması, (s. 117-118.) "Mücerretlik" başlıklı bölüm. İzmir Yazması "Kim Kim ile Musahip Olur" (s. 63) adlı bölüm.

Nefis öldürmek lanetli Şeytan'dan kaldı. Nedeni, Ulu Tanrı:

"Adem'e secde kıl." diye buyurdu.

Şeytan, kendisine mağrurluk gösterdi. Secde etmedi. Adem'e karşı büyüklendi.

Mürşit öldürmek Mülcen oğlu Abdurrahman'dan kaldı ve Muaviye oğlu Yezid'den.

Gammazlık, kumuşluk,[189] yalan söylemek, gaybet etmek, buhtan eylemek, Katil Kabil lanetli Nemrut, lanetli Firavun, Ebu Süfyan, Ebu Cehil, Ebu Hureyre ve Şeytan'dan kaldı. Ulu Tanrı lanetini onların üzerine eyledi.[190]

---

189 **kumuşluk:** Sinsilik.
190 Malatya Yazması (s. 205), Alaca Yazması (s. 179).

11

MÜSAHİP[191]

İmdi şöyle bilinmeli:

Pîr önünde kardeş olan, Kırklar katında Kırklar ile kardeş olur. On yedi erkânın edebini bilip seyran olana "arif-i billan ve barikullah" denir. (Kişi) kâmil bir pîr meydanında kardeş olunca, yetmiş yedi erkânda ve on yedi erkânda (erkân) sahibiyle musahip olur. Bir baba ve ana karnından doğmakla kardeş olunur. Çünkü, bir kırktır, kırk birdir. (Buna) birlik makamı denir.

Hazreti Şah-ı merdan Murtaza Ali Keremullah-ı veche Kırklar içinde birine bıçak vurdu. (kırkların) kırkından birden kan aktı. O sırada Selman Kırklar'a bir üzüm niyazlık getirdi. (Hazreti Muhammed Mustafa üzümü) ezip şerbet eyledi. (Kırkların) tümü içip sarhoş oldu. (Hazreti Resul sarığının parçalarını) Kırklara nişan verdi.

Şöyle bilinmeli: Mücerret olan meşrep, musahip olan kimseden kazanç almaz. (Mücerret ile) dört kapı, Kırk makam, on yedi erkânda asla erkân değildir.

Hazreti Resul otuz dört kez miraca vardı. Hakk ile Hakk oldu. Mürebbisi Cebrail yanında idi. Onu kapıda koydu. (Hazreti Resul) Hazreti Emir-el mümin ile musahip idi. Onu şirret-ül-münteha[192] da koydu. Âşık, meşrebi idi. Onu arşta koydu. Muhabbetle rabbine ulaştı.

---

191 İzmir Yazması. "Musahip Aynı Yerde Olmalı" adlı bölüm (s. 120). Musahip töreninde ocaklar arasında çok farklılık bulunur.

192 **sidret:** Arşı î azam altında ve kürsi karşısında olan ve yedinci kat gökte bulunan bir makam. Sidret-ül-münteha: o yerin adıdır. Buyruk s.179 (Alaca Yazması).

İmdi şöyle bilinmeli: Muhabbet Hakk Teala kendisidir. Hakk Teala Hazretlerinin vardığı yere kulları varamaz. Hazreti Muhammed'in vardığı yere ümmeti varamaz. Ustadın vardığı yere şakirt varamaz. (Böylece) muhabbetin güç olduğu anlaşıldı.[193]

İmdi şöyle bilinmeli: Her kişinin kendi akran, emsal ve münasıbı ile müsahip olması erkândır. Başka kimse ile musahip olmak erkân değildir.

Âlimin cahil ile musahip olması erkân degildir. Âlim şahindir, cahil kargadır.

Zalim ile mazlumun musahip olması erkân değildir. Zalim kurttur, mazlum koyundur.

Mürşit ile müritin musahip olması erkân değildir. Mürşit erkândır mürit bakırdır.

Şeyh ile dervişin musahip olması erkân degildir. Şeyh, deryadır, derviş katrandır.

Mümin ile münafıkın müsahip olması erkân değildir. Mümin tûtidir, besini şekerdir. Münafık kargadır, gıdası necistir.

Arap'ın Acem ile musahip olması erkân değildir. Arap bülbüldür, yeri güldür.

Acem baykuştur, yeri viraneliktir. Pîrli kişi ile pîrsiz kişinin musahip olması erkân değildir. Pîre bağlı kişi Tanrı'ya katılmıştır. Pîrsiz kişi Şeytana katılmıştır.

Pîrden dönmüş kişi ile, pîr tutmuş kişinin musahip olması erkân değildir. Nedeni, pîrden dönmüş kişi yezittir, pîr tutmuş kişi mürittir.

Mücerret ile evli (kimsenin) musahip olması erkân değildir. Nedeni, mücerretin dini imanı, ve İslâmlığı tamam değildir. Evli olanın dini imanı, İslâmlığı tamamdır.

---

193 İzmir Yazması,. "Karındaş Olmak" başlıklı bölüm (s. 113-114).

Yiğit ile kocanın (musahip olması) erkân değildir.Nedeni, kocalar kıştır, yiğitler yazdır.

Musahibi ölmüş adamla yeni musahip tutacak adamın musahip olması erkân değildir. Nedeni, musahibi ölmüş adam dul avrattır. Yeni (musahip tutacak) adam bakire kızdır.[194]

Sipahinin rençper ile müsahip olması erkân değildir. Nedeni, mürdümler altundır, tiryakiler bakırdır.

Sanatkarlar ile avarelerin musahip olması erkân değildir. Nedeni, avareler sirkedir, sanatkarlar baldır.

Mürşitler ile taliplerin musahip olması erkân değildir. Nedeni mürşitler deryadır, talipler damladır.[195]

(Ayrıca) musahip(lerin) aynı yerde olması gerekir.

İmdi şöyle bilinsin: Şeriat bir terazidir. Sofu olan kimse kendini şeriat terazisinde tartıp ölçmeli. Tam gelmeli, eksik gelmemeli.

Musahip musahibiyle bir evde, bir köyde, bir şehirde olmalı. Bu üç yerin dışında olan musahiplere musahip demek erkân değildir. Nedeni musahip cesettir, erkân candır. Can cesetten çıkarsa ölür.[196]

İmdi şöyle bilinmeli: Her adam kendi akranı, kendi emsali ve münesibi ile musahip olmazsa tuttuğu ikrar yanlıştır. Uğraşları boşunadır. Hayırları kabul değildir. Ahirette azapta olup Hareti Hakk'ın rahmetinden ve Hazreti Resul'ün şefaatinde yoksun kalır. Dört kapının, kırk makamın, on yedi erkân merdudu olur. Ustadın bilge gizemli sözü budur. Böyle bilesiniz.[197]

İmdi Şah'ı furkanda (şöyle) anlatılır:

Mürit ve talip, musahip, meşrep, muhibbet, aşina(nın), pîr mürşit ve mürebbiden hizmet istemesi dört kapı, kırk makam, on yedi erkân da asla erkân değildir.

---

194 İzmir Yazması "Kim Kim ile Musahip Olur" başlıklı bölüm (s. 63).
195 Alaca Yazması, (s. 179).
196 İzmir Yazması "Musahip Aynı Yerde Olmalı" başlıklı bölüm (s. 120).
197 Alaca Yazması, (s. 179) ve İzmir Yazması (s. 120)

Aslı budur: Pîr, mürşit, mürebbi, mürit, talip ve nübüvvetten, kerametten ve mucizattan düşer. Resul iken ümmet olur. Mürşit iken talip olur. Üstat iken şakir olur. Seccadesinden azledilmiş olur. Halife iken postan düşer. Pîrin, mürebbinin gizemli sözü böyledir.

İmdi böylece bilinmeli: Talip olana dört kapı, kırk makam, on yedi erkân farz, sünnet, edep, erkân dünya ve ahiret için gerekli olan bunlardır. Bir talip, mürit ve şakirt, üstadın postu üstüne çıkarsa (ya da) başmağını giyerse seccadelerinden azledilmiş olurlar ve sürülürler.

Nedeni, altı kimsenin günah ve öbür işlerinden soru sormak şeriatta küfürdür. Tarîkatta şirktir. Mârifette hatadır. Tarîkatte merduttur. Bu altı kimse:

Birinci, Allah-u Teala'nın işinden
İkinci, Peygamberin işinden
Üçüncü, mürit(in)halife işinden
Dördüncü, talip (in) evliya işinden
Beşinci, şakirt(in) üstat işinden
Altıncı, oğul(un) atanın işinden
Yedinci, kulun padişah işinden
soru sorması küfürdür; erkân değildir.

Talip, Peygamberin buyruklarını kabul edip aksinden kaçınmalıdır. Burda anılan işlerden başkası erkân değildir.

Ondan sonra musahipsiz, mürebbisiz, muhipbetsiz ve mücerret olan kimseler yanında menâkıp okumak, din, iman, islâm ve erkân töreni göstermek zararlıdır. Bu anılan menâkıpların sözlerini işitip gereğini yerine getirmeyen ve iman etmeyen talip ve sofuların tarîkat, mârifet, şeriat ve hakikat ile kırk makam, on yedi erkândan nasipleri yoktur.[198]

198 İzmir Yazması (s. 64-65)

Bir kimse on beşinden yirmi(yaşına) varmayınca dünya mülkünden bir şey satamaz. Yirmisine girmeden satarsa biatı geçerli değildir. Sonra geri almaya hakkı olur. Bir talip musahip (olacak) olsa, yaşı yirmi olmayınca erkân değildir.

Bir adam yirmi yaşına girdiği zaman bir rehber eteğini tutar. Bir pîr, bir mürşit, bir musahip olup ikrar vermesi gerekir.[199]

İki talipi musahip eylemek şöyledir:[200]

Önce cem erenleri gelir. Sonra delil[201] uyanır. Mümin müslüm[202] kenetlenip delile niyaza varırlar. Sonra koyun içeri gelir. Kurbancı[203] dara[204] durur. Koyun nişan gösterinceye kadar (cem meydanında) gezinir. Nişandan murat, silkinmek, işemek, geviş getirmek gibi bir olay)dır. Koyunun sidiği ve tersi kuyuya sırrı olunur. Koyun bir süre beklemesine karşın nişan göstermezse sahipleri birlikte eşiğe, (eşiğin) sağına ve soluna niyaz ederler. (Sonra) sürüne sürüne gelip dara durup hayırlı alırlar. Nedeni, o anda Tanrı'nın sığınma kapıları açıktır.

Bundan sonra kurbancı, kurbanın sağ kulağını sağ gözüne kapatır. Ön sağ ayağını sağ gözünün üzerine tutar. Bir süre (böylece ayaklarını mühürleyip) kıbleye doğru durur. Bu durumda mürşit yahut rehber tekbirler. Sonra cem erenleri o koyunun boynuzlarına niyaza varırlar.

---

199 Alaca Yazması, (s. 186) ve Gümüşhacıköy Yazması (s. 198)
200 İzmir Yazması s. 41.
201 **delil:** 1. Kılavuz, yol gösterici, 2. Kanıt. Alevîlerde cemde aydınlatma amacıyla kullanılan aygıtın adı. Çitlenbik ağacından ya da bakırdan yapılır. Delile tereyağı ya da zeytinyağı konur. Bunun ortasına içine tuz konmuş ve uçları yanmak üzere bir çıkın yerleştirilir. Delil uyandırmak, delilin yakılması demektir. Cemde on iki hizmetten biridir. Delile, delil-i şahımerdan da denir. Böylece Ali'nin nur olduğu anlatılmak istenir.
202 **mümin-müslüm:** Bacı kardeş demektir. Ceme gelenlerin tümü o çatı altında bacı kardeş sayılırlar.
203 **kurbancı:** Dinsel tören olan cemde on iki hizmet sahibinden biridir. Görevi kurbanı dualattıktan sonra kesip pişirmektir.
204 **dar:** Darağacı anlamına gelen bu sözcük Alevîlikte pîr karşısında durmak, onun buyruğunu beklemek anlamındadır. Alevîlikte dört türlü dar vardır. Bu darların ne anlama geldiği yine Buyruk'ta açıklanır.

"Ve Kurbancı:

"Hayır himmet" deyip (kurbanı alıp) götürür, tekbir eder, koyunu tığlar.[205] Yüzüp kazana koyar. Sonra aşcı bacılar (kurbanı) ocağa koymadan kapıdan gelip:

"Hayır himmet eyleyin."deyip (himmet alırlar). (Sonra) kurbanı ocağa korlar. Kurbancı yanında bulunan yardımcıları ile gelip hizmetini alır. Bir birleri ile niyazlaşırlar.

(Bu arada) kuyucular da gelip hizmetlerini alıp niyazlaşırlar.

Bundan sonra döşek atacak bacı eşiğe niyaz edip döşeği getirir.

"Hayır himmet eyleyin." deyip (döşeği) atar. Döşek üzerinde dara durup hayırlısını alır.

Bundan sonra mürebbi kurban sahiplerinin beşi[206] ile birlikte eşiğe (eşiğin) sağına ve soluna niyaz ederler. (Bunlar) dizin dizin gelip delile niyaz ettikten sonra mürebbi sağ başta (olmak üzere) dara dururlar. Kurban sahipleri mürebbinin elini öpüp sol yanında döşek üzerinde dar olurlar. Bacılar da üçünün ayağına niyaz edip döşek üzerinde dar olunca mürşit yada rehber:

"Aşk ola!" der.

Beşi de niyaz edip yine dara dururlar.

Bundan sonra gerek mürşit, gerek rehber:

"Girdiğiniz Hakk kapısı, durduğunuz Mansur darı, ne[207] gördünüz eyvallah dersiniz?" deyince onlarda:

---

205 Cemde kesilen bu kurbanın özel bir yeri vardır. Onun yenmeyen bölümlerinin gelişigüzel dışarı atılması yasaktır. Kurbanın barsak, kemik, kan ve kimi yerlerde (sözgelimi Ankara çevresinde) derisinin gömülmesi gerekir. Bu işi kuyucu yapar.

206 **mürebbi:** Çocuk terbiye eden anlamına gelen bu sözcük Alevîlikte Tarîkata yeni gireceklere yolun kurallarını öğreten kişi demektir. Kökende kurban sahiplerinin beş değil, dört kişi olması gerekir. Burada beşinci kişi ile kimin anlatılmak istendiği anlaşılmıyor.

207 **Mansur darı:** Cemde dört duruş biçiminden ikincisi. Daha çok yargılama, sorgulma süresince bu darda durulur. İnanca göre, bu duruş biçimi, asılarak öldürüler Hallac-ı Mansur'dan kalmıştır. Ayaklar birleşik, kollar sarkmış durumda rahat biçimde duruştur.

"Allah Eyvallah" derler.

Bundan sonra gerek mürşit, gerek rehber:

"Göz erenler gözü, Nicesiniz? Bu sofuların dostu olan ayıbını söylesin!" deyince bu sofulara cem erenlerinden her kim şefaatçı[208] çıkarsa arkadaki bacı gidip onunla niyazlaşır.

Bundan sonra gerek mürşit, gerek rehber:

"Evvel özünüzü arayın, sonra Hakk'ı arayın. Kendi özünüzle nicesiniz?" deyince mürebbinin solundaki mürebbinin elini öpüp dördü de birbirleriyle niyazlaşır.

Sonra dar hayırlısı verilir. Beşi birlikte erkâna yatar. Mürebbi ile yanındaki sofu yüz yüze yatarlar. Öbürleri birbirinin arkasına yatarlar. Parmakları açık durur. Bundan sonra mürşit ya da rehber mürebbinin omuzlarından parmaklarına kadar üç kez: "Ya Allah, Ya Muhammed"diye sıvazlar. Ardından önce mürebbinin başına:

"Tacı devlet" diye niyaz alır.

Mürebbinin yanındaki sofunun başına:

"Kemerbest" diye niyaz alır.

Yeniden mürebbinin omuzundan:

"Selman-ı pak" diye niyaz alır.

Sonra sol elini sağ dirseğine dayayıp hutbe-i şerif okur. Erlere ikişer şaplak, bacılara birer şaplak vurur. Eğer, bacı hamile ise şaplak vurulmaz, omuzundan niyaz alınır.

Bundan sonra mürşit ya da rehber:

"Kalkmanız bir Allah" der.

(Secdedekiler) başlarını kaldırırlar. Dar olduklarında (mürşit ya da rehber) arkadaki bacıyı çağırır. Önce dizlerini,

208 **şefeatçı:** Bağışlanmasını dileme, birine arka olma, sahip çıkma. Cemde sorgulama yapıldığı sırada sorgulanan kimseler yanında yer alıp onlardan memnun olma anlamındadır.

sonra kuşağını ve elini öptürür. (Ardından) beşine birden erkân gülbengi çeker.

Sonra döşek gülbengi verilir. Döşek atan bacı döşeği dışarı götürüp üç kez batıya doğru silkip, döşeği sağ koltuğuna alıp dar olur. Hizmetini alır.

Bundan sonra ferraş[209] gelir. Sağ eli ile:

"Ya Allah, ya Muhammed" diye üç kez süpürgeyi çalıp dar olur.

Selman[210] gelip önce delilin dibine su damlatır. Sonra gerek mürşit, gerek rehberin eline (su) döker. (Ardından) ferraşın ayağına (su) damlatır. Selman leğenin içinde olan suyu:

"Hayır himmet eyleyin." diye içip ferraşın sol yanında dara durur. İkisinin gülbengi bir verilir. Gülbengin sonu:

"Selman-ı ferraşın, selman-ı pakın himmeti hazır ola. gerçeğin demine hû!" diye bağlanır. Onlar da birinci ile niyazlaşırlar.

Bundan sonra dolunun hayırlısı alınır. Şems[211] gelip doluyu[212] bir tasa boşaltır. Eline bir parça bez alıp fincanı tasa batırınca o bez ile fincanın dibini siler, daha doğrusu, (bu beze) damlatır. Şems önce:

"Hayır himmet eylen!" deyip delilin dibine (doludan) döker. (Bu sırada) şems şunu söyler:

Kadeh seni, bade seni

Vermeyelim yade seni

---

209 **ferraş:** Carcı, süpürgeci gibi adlarla da anılır. Cemde on iki hizmetten biridir. Bu hizmete Selman hizmeti de denir. Görevi her hizmet tamamlandıktan sonra koltuğunda çok küçük, sembolik bir süpürge ile gelip dara durup meydana süpürge çalmaktır. Kimi bölgelerde süpürge yerine ellerini yere sürer.

210 **Selman:** Peygamber ailesinin hizmetçisi olan Selman-ı Farisi'dir. Ancak cemde süpürgeci hizmetini gören kimseye de ona dayandırılarak "Selman" denir.

211 **şems:** Cemde on iki hizmet sahibinden biridir. Kimi bölgelerde dolucu da denir. Cemde başta dede olmak üzere olgun kimselere içki dağıtan kişidir.

212 **dolu:** Cemde dağıtılan içkiye (rakıya) dolu adı verilir.

Münkirin ne haddi var,
Zerre kadardade seni.

"Hayır himmet eylen Ali aşkına, Şah aşkına!" der Sonra (şems) mürşit yada rehbere verince:

"Hayır himmet eylen"diyerek içip niyaz eder.

Cem erenlerine dolu verilmez. Mürşit yada rehber şemsten bir dolu alır. Dört canı karşısına çağırır. (Doluyu) baştaki sofuya verir. Onlarda birbirine verip niyazlaşırlar.

Bundan sonra mürşit yada rehber dört cana:

"Nefsinize uymayın, yolunuza uyun, çiğ lokma yemeyin. Malı mala, canı cana katıp halinize haldeş olun." diye nasihat eder.

Bundan sonra delilciye, mürebbiye, cem erenlerine dolu verilir. Kurban pişip ocaktan ininceye kadar arası kesilmeksizin dolu içilir. Bundan sonra erkâna başlanır.[213]

213 Rıza Yetişen, on iki erkanı Kurbanlar pişinceye değin süren "yarı dinsel törenler" biçiminde tanımlıyor. Tahtacı Alevîlerinde öğretmen Veli Asan da bu görüşü doğruluyor. Anadolu Alevîliğinde bu tür canlandırmalar bulunmaz. Anadolu Alevîliğinde 12 Hizmet'le 12 erkan eş anlamlı kullanılır. Tahtacılarda 12 Hizmet cemdeki hizmet sahipleri için kullanılır, 12 Erkan ise canlandırma oyunlardır. Dinsel törenin yorucu havasından kurtulup biraz eğlenmek için yapılan gülmecelerdir. Büyük olasılıkla çok eski Şamanik dönemden kalma canlandırmalardır. Bunlar köyden köye bile ayrımlar gösterir.

1. Mesel

"Mesel" adı ile anılan bu hizmet, sözlü sorgu biçiminde geçer. Dede ile gözcü arasındaki bir sorgulamadır. Başlangıç, açılış, gibi bir işlevi vardır. Bu girişle, toplumda barışıklık sağlanmış olur, bir selamlama yapılmış sayılır.

Dede: "Mesele (al bu senindir anlamında)" diye sesleniyor.
Gözcü: "Nedir o ?"
Dede: "Pîre var!"
Gözcü: "Pîre var!"
Dede: "Benim sana verdiğim ne idi?"
Gözcü: "Pîre var!"
Dede: "Cemaat niyazlaşın! Sırra var!"
Er-bacı tüm toplum niyazlaşır.

2. Seki

İki bacı başlarına "çıngıllı börk" deden, sivri tepeli, uzunca külahlar giymişlerdir. Bu börkler yalnızca bu erkan için hazırlanmıştır. Börkün çevresinde boncuk dizileri, zincircikler, çil para, penez dizileri ya da gümüş parçacıklar takılıdır. Sarsıldıkça çıngıltılar çıkarır. "Çıngıllı" deyimi buradan gelir.

Kimileyin ceketler ters giyilir. Sırta kambur konur. Ele baston alınır. Kişi yaşlı kılığına girer. Yüze postekiden sakal takar. Yüzünü, ya da kara sürüp Arap görünümüne bürünür.

Bu kadınlar ortaya gelirler:

-Kırı, kırı, hani benim kırım?- derler. Kırı eşek çağırma sözcüğüdür. Böylece bacılar çevreye bakıp iki erkek -eşek- seçerler. Bacılar bunlara binerler. O anda gösteri olarak kimi eşeği döver, kimi satlığa çıkarır. Eşekler gösteri yaparlar. Kimi toplumun üzerine doğru koşar. Kimi tekme atar. Kimi anırır, kimi huysuzlanıp üzerindeki kadını sırtından atar. Bir erkek binek taşı olur. Kadın yeniden eşeğe binmek üzere davranır. Kadın tam bineceği anda, erkek ters dönüp kadını binek taşı üstüne düşer. Bu gülüşmelere neden olur. Böylece türlü gösterilerle eğlenceli anlar yaşanır. Burada yapılan şakalar, gülmeceler hoşgörü ile karşılanır. Kimse alınmaz. İlkeye göre, cem evine gelen herkes küfrü iman bilecek, nefsini öldürmüş olacaktır.

3. Tebdil

Bu oyunda Kerbela olayının bir kesiti canlandırılmış olur. Kerbela'da kadınlar çırıl çıplak deveye bindirilmişler, İmam Zeynel Abidin'in kurtulmak için kadın giysisi giymiştir. Tahtacılar bu olayı şöyle oynarlar:

Bir kadınla erkek giysilerini değiştirirler. Kadın erkek giysini, er bacı giysini giyer. Dört beş tane kadın toplanır. Giysi değiştiren erkek, genç birisidir. Sakalı, bıyığı olmayan seçilmiştir. O, İmam Zeynel Abidin'i canlandırır. Olay deyişlerle anlatılır.

4. Tekne

Oyuna iki erkek iki bacı katılır. Musahipler gelir. Erlerden biri tekne gibi yatar. İki bacı yan yana oturur. Bu musahibi yıkarlar. Bacılar çamaşır yur gibi yaparlar. Giysiler getirirler. Şu dörtlüğü okurlar:

Oğana bak doğulmak
Çaya vardım çaykandım
Pınara vardım yıykandım
On iki imam teknesine
Don yumaya yeltendim- derler.

Orada yatan adamın göksüne üç kez vururlar.

Tekne erkanında Hz.Hüseyin'in yası sembolize edilir. Bir erkek derviş gibi yatar. Derviş gibi. Başına iki kadın geliyor. Onu deyişlerle Hz.Hüseyin'in kanlı giysileriymiş gibi yıkarlar. Üç deyiş söylüyorlar. Deyiş'in dizeleri şöyle:

İmam Hüseyin'in kanına güvercin kanat batırdı
Acı haberi Medine'ye götürdü
Fatma Ana ağıtlarını yetirdi
Ah Hüseyin'im vah Hüseyin'im

5. Natır

İki erkek bir bacı gelir. Birisi mürşide doğru oturur. Kollarını arkada tutar. Erenler hu der. Bacı seyreder. Bir er bağdaş kurup oturur. Öbürü ayakta durur. Bacı deyiş okur.

İnanca göre, hamamda kişiyi natır yıkar, talibin ruhunu, içini ise mürşit yıkar. Bu erkanı yapan insanlar kendine özgü bir şeyler okurlar. Sazcı bunu sazla dile getirir.

Mürşit toplumu eğitmek için konuşur.

Arkadaki erkek koltuklarından tutar. "Erenler hu" der. Arkadan tutan adam söyler

Er: "Dede hû"

Dede: "Natır oğlum natır."

Er: "Al beni üçlere götür."

Bir adım attırır.

Dede:" Natır oğlum natır."

Er: "Eyvallah baba."

"Al beni Kırklara götür."

Bir adım daha götürür.

Üçler beşler, yediler, on ikiler bitti mi kalkıp dara dururlar.

Sonunda ikisi birlikte kalkıp dara dururlar. Bir adım ileri götürür.

Üçler'e, Kırklar'a, Yediler'e yetiriyorum" der. Üç kez ileri götürür. Geri getirir. Dede bir dua çeker.

6. Buhur

Hz.Peygamberle Veysel Karanî'nin düş evreninde buluşmasını canlandırma oyunu olarak yorumlanır. (Sanırız, *buhur sözü buğra sözünün bozulmuş biçimidir.*)

Bir bacı dişi devenin rolünü üstlenir. Buğra arar gibi cem evine girer. Bir erkek ise buğra rolündedir. Böylece damızlık alınma oyunu oynanacaktır.

Edremit'in Tahtakuşlar köyünden Hasan Akburak'a göre, Aşık Veysel'in köyünde bir ağaç vardır. İnanca göre burada Veysel Karanî'nin devesi yatar. Bu, kuru bir ağaçtır. Kuru bir çınarın bir yanı uçurumda bir yanı dışarıdadır. Gövdesine bir sürü at nalı, demir çivi çakılıdır. Veysel Karanî'nin devesinin soyunu sürdürmesi böyle bir anıya dayanır. Oyunun akışı şöyle olur:

İki kişi dışarı gider. İçeride bir bacı ile bir er ayakta bekler. Dışardan gelenin gözlerini bağlarlar. Buna "Lök" derler, deve yapılmış olur. Deve "Buuu!" diye ünler. O zaman bir kişi o deveyi çeker. Buradaki de ona ağıt söylüyorlar. Bir bacı mürşidin yanına oturur, deyiş okur. Dışardan gelenler:

-Hu buhur erkanı geliyor. Çekil Nebi dayı yolumdan- diye izin isterler.

Deveyi çeken kişi:

-Çekil Nebi dayı yolumdan, ben 12 imamlara gideyim diye bir deyiş okuyor. Buradaki kadınla erkek ona söylüyor. Ordan gelenin birisi duruyor, birisi başlıyor. O deyişler okuna okuna gelir, hepsi birlikte tekrar kapanırlar gelirler Burada niyaza dururlar. Mürşit bir gülbang çeker.

Bu erkanın gerçekte eski dinlerdeki bolluk, türeme törenlerinin kalıntısı olduğu sezilir.

7. Tokmak

Bu erkanda, on ikinci imam Mehdi'nin mağaraya girip saklanması, Talibin onu araması canlandırılır.

İki er bir bacı ortaya çıkar. Kafalarını yere koyarlar. Erin biri böyle dört elli, dedenin önünde durur. Bacı, dört elli duran erkeğin karnının altına kafasını sokar. Orada saklanmış olur. Öbür er başını uzatır. Bu başını kaçırır. Bu oyun üç kez yinelenir. Üç kez gizlenilmiş olur. Üç kez kafalar birbirine vurulur.

8. Dolu

"Dolu", "tolu" sözcüğü kökende eski Türklerde, dinsel törende kesilen kutsal kurban için kullanılır. Anadolu'da bu sözcük, dinsel törende içilen içiki anlamında kullanılır. Anadolu'da içkinin içilmesine izin verilen hemen her dinsel törende bu içkinin sunumu bir tören gerektirir. Tahtacılar arasında ise şöyle sunulur:

Bir er ya da bacı ortaya çıkar:

"Erenler hu, Ali dolusu, içen Ali, içmeyen deli" der. Böylece dua edilmiş olur.

İki bacı bu görevi üstlenir. Kulpsuz fincanla dolu ve bir avuç çerez dağıtırlar. Toplumdaki tüm erenlere hizmet dolusu sunulur.

9. Pehlivan (Güreş)

Bir kadın ortaya çıkar. Kimi yörelerde kadın *"var mı bana yan bakan, kendine güvenen çıksın karşıma"* der. Kimi bölgelerde ise, sert bakışlarla erkekleri süzer. Bu bakışları ile onları er meydanına çağırır. Ortda dolaşır. Gözüne kestirdiği bir erkeği kolundan tutup ortaya çeker. Er ile bacı "Ya Muhammed Ya Ali" diyerek güreşe tutuşurlar. Kadın erkeği yere vurur. Böylece hizmet bitmiş olur.

Bu hizmetin Hz. Ali ya da Hamza Pehlivan'ın yiğitliğini, gücünü canlandırmak için gerçekleştirildiğine inanılır. Kadın güreşçi Fatmana'nın sembolü sayılır.

Aynı tören Kazak Türkleri arasında başka bir yorumla yaşar. Orada da bir kadınla bir erkek güreşir. Bu güreşle Hz. Ali'nin kafirlere karşı savaşı temsil edilmiş olur.

10. Çoban

Çoban rolünü üstlenmiş bir el, elinde asa, sırtında keçe içeri girer. Çoban sürüsünü yitirmiştir. Sürüsünü arar, sağa sola bakar, tarlada bir çiftçi görür. Ona, sürüsünü yitirdiğini, sürüyü görüp görmediğini sorar. Çiftçi ona ilgisiz bir yanıt verir:

"Benim tarla, taa şuradan şuraya kadardır, az ama bana yeter" der.

Çoban anlamış gibi işaret edilen yöne gidip sürüyü bulur. Çok sevinir ve çiftçiye boynuzu kırık bir kuzu verir. Çiftçi:

"Vallahi ben kırmadım bunun boynuzunu" diye diretir.

Çoban iyiliğin altında kalmama düşüncesiyle, kuzuyu vermek için zorlar. İş uzar, kadıya giderler. Durumu anlatırlar. Kadı sen üzülme git, ben ona durumu anlatır, gönlünü hoşnut eder, kuzuyu veririm" der. Çobanı başından savar. Kuzu kendisine kalır. Erkan tüm toplumu güldürür.

Kimi bölgelerde bu erkan daha ciddi yorumlanır. Sözgelimi Edremit'in Tahtakuşlar köyünde şöyle gerçekleşir:

Dışardan bacılı erkekli en az yedi kişilik bir katar vardır. Çobanın elindeki asa, Musa Peygamberin asasıdır. Çoban kapıdan içeri girer. Ağıt ederek dedenin huzuruna getirir. Ağıt yapar. Ardındaki bacı da bu ağıta katılır. Böylece Hz. İsmail'i kurban edilişi canlandırılmış olur:

Kollarını bağınan bağladı
Anası uğrun uğrun ağadı
Ya İbrahim buna nasıl dayandı
Kaldır İsmail'im kesmem seni

Bıçak dedi haşadan haşa
Beni niye çektin taşa
Taşı kestim baştan başa
Kesmem İsmail`imi gel dedi

Kurbanlar gönderdi ol celil
Önünde Cebrail hem delil
Ben senden cömertim ey Ali
Kaldır İsmail`imi dedi

Koç gelir.
Ağlayan uşaklar gülüştüler
Gözyaşlarını siliştiler
İsmail'e inen koçun etini
Peygamberler bölüştüler

11. Değirmenci

Bir er değirmenci olur. Başka bir er buğday getirir. Buğdayı getiren bir türkü söyler. Bu buğdayı değirmencinin ivedi öğütmesi için yalvarır. Değirmenci ise bu işi yapıp unu kaçırmıştır.

12. Lâle

Bu erkan da bir söylenceye dayanır. Söylenceye göre, Selmanı Farisi Hz.Ali'ye, çocukluğunda bir lale getirmiştir. Aradan yıllar geçer. Selman deniz kıyısında yüzerken, bir aslan gelip giysilerinin üstüne oturur. Selman denizden çıkamaz. Aslana gitmesini buyurur. Aslan:

Aslan "Gel de kaldır" der.
Selman "Yahu sen kimsin?" diye sorar
Aslan "Ben Ali'yim" diye karşılık verir.
Selman "Nereden bileyim senin Ali olduğunu? der.
Aslan "Hani sen bir hurmanın dibinde bir lale vermiştin. Al o lâleyi, diye laleyi uzatır."

O zaman, Selman aslanın Ali olduğunu anlar. Bu olayın anısına dayanarak Ali`nin Selman'a laleyi verişini canlandırılır.

Altı bacı altı erkek ortaya çıkar. Bunlar hiç oturmazlar. Kadınlı erkekli karşılıklı bir deyiş okurlar:

Laleyi böyle dikerler
Laleyi böyle biçerler
Lâleyi sahibine böyle verirler.

Deyiş bittiği zaman er laleyi çıkarır Selman-ı Farisi rolündeki kişiye verir. Bu lale gerçekte kırmızı renkli laleye benzetilmiş bir çaputtur. Selman rolunü genellikle rehber oynar.

Birçok yörede son erkan olarak yerine getirilir. Kimi yörelerde ise kırklar semahı "lâle" erkanında canlandırılır.,

Köyden köye değişik adlar altında erkanlar uygulandığı olur. Genellikle bu erkanlardaki canlandırmalar yukarıda verilen erkanların benzeridir. Arada küçük ayrımlar bulunur. Rıza Yetişen başka erkanları sayıyor. Bunda değişik zamanlarda değişik canladırmalar yapıldığı anlaşılıyor. Başka yörelerde daha değişik ucanlandırmalar yapılması da olasıdır. Rıza Yetişen şu canlandırmalrı veriyor:

Zeybek Erkanı:

Bir erle bir bacı efe rolünü üstlenirler. Efe biçiminde karşılıkla söyleşirler.

Avcı erkanı:

Tahtacılar arasında av yasak. Avcılığı kötüleyen bir gösteri sunumu avcı erkanı. Bir kişi avcı rolünü, bir kadın av rolünü üstlenir. Tinsel olarak Kaygusuz Abdal ile Abdal Musa Sultan'a dayandırılan söylence canlandırılmış olur. Avcı ile av arasında konuşmalar geçer. Bu arada acıklı deyişler okunur:

Birinci erkân üç hatayi nefesidir.

İkinci erkân üç semah olacak. Semahtan sonra sazcı sazı ile dara durup hizmetini alır. Sonra şems tas ile dar olup hizmetini alır.

Üçüncü erkân, şu tarihte olduğu gibidir:

Rehber gözcüye:

"Hû" der.

Gözcü de:

"Hû" diye karşılık verin ce (rehber:)

"Mesele" der. Gözcü:

"Nedir?" deyince (rehber):

"Pîre vardı." der Gözcü ise:

"Baba hû!" diye karşılık verir.

Baba da:

"Hû" der. O da babaya:

"Me sana" der.

Baba:

"Nedir o?" diye sorunca, (gözcü:)

"Pîre vardı."der.

Rehber gözcüye:

"Benim sana verdiğim neydi?"deyince sözcü:

"Pîre vardı." der. Rehber de:

Süre süre sürdüler geyiğin sürüsün
Sürüden ayırdılar geyiğin birisin
Abdal Musa'ya verdiler onun derisin
Yatlı kuzulu avcılar geliyor

Avcılar dört yarım bağladı
Vurdu okunu böğrüm dağladı
Ufacık yavrular yanıp ağladı
Kaçma geyik kaçma avcı geliyor.

Toplum düzeni

Rıza Yetişen sonuncu erkanın Lale erkanı olduğunu söyler. On bir erkan tamamlandıktan sonra, lale erkanı ile dinsel törenin canlandırma bölümü kapanır. Bütün canlandırmalar süresince en küçük ciddiyetsizliğe, senlibenliliğe izin verilmez. Ciddiyetsizlik yapana çeşitli cezalar verilir. Kimileyin törenden atılır, kimileyin topluma bir sunumda bulunması istenir.

"Hakk'ı severseniz niyazlaşın, sırra vardı." der.
Cem erenlerinin tümü birbirleriyle niyazlaşırlar.
Yine rehber gözcüye:
"Mesele" der. Gözcü:
"Nedir o?" deyince (rehber)
"Sürüsün" diye karşılık verir.
Sonuçta anlatıldığı gibi söyleyince rehber:
"Hakk'ı severseniz erkân yürüsün." der.

Bundan sonra bir iki örnek de cem erenleri verdikten sonra erkân gülbengi çekilir.

Dördüncü erkân, Seki (dir.)
Beşinci erkân, Tekne (dir.)
Altıncı erkân, Değirmenci (dir.)
Yedinci erkân, Namaz (dır.)
Sekizinci erkân, Pehlivan (dır.)
Dokuzuncu erkân, Berber (dir.)
Onuncu erkân, Pisi (dir.)
On birinci erkân, Kıdırcık (tır.)
On ikinci erkân, Lale (dir.)

Ancak, cem erenleri içinde on iki kişinin dört kapısı tamam olmayınca bu on iki erkân tamam yapılmaz. Sekiz, on ya da on bir erkân kadar yapılır ve her erkânda erkân gülbengi çekilir. Gülbenk:

"İçeriden alınıp dışarıya satılmaya." ya da
"Nur ola, sır ola, gerçeğin demine hû!" diye (bağlanır).
Bundan sonra ferraş gelir.
Sonra selman gelir. Ayrı ayrı hizmetlerini alırlar.
Sonra sofracı sofrayı getirip ayaklarını mühürler:

"Evvel Allah diyelim,
Kadim Allah diyelim
Gelen Ali sofrası,
Yiyen gazelir şah diyelim
Destur şah!" der.

Sofrayı alıp açar. Kurban leğen içinde getirilip (ortaya) konur. Cem erenlerine dağıtılır. Kurbanın kellesi ayrılır. Dört kapısı tamam olmayan kelleden yiyemez.

Kurban sahiplerinin dördü birlikte mürşit sofrasına oturur.

En önce mürşit yada rehber kelleye niyaz edip:

"Destur şah!" diye bir lokma alır. Sonra kurban sahiplerine:

"Kurbanınız kabul ola!" dördüne de birer lokma verir. Sonra delilciye ve mürebbiye (lokma) verir. Cem erenleri de mümin müslüm birbirine lokma verirler. Son bir lokma kırklar aşkına yenerek sofra bağlanır. Hayırlısı verilir. Sonunda:

"Arafat'da İmam Cafer'in sürüsüne karışa hû!" denir.

Ayrı ayrı ferraş, selman gelip hizmetlerini alırlar.

Bundan sonra sâki dışardan bir tas su getirir. Suyu getirirken iki kez:

"Hû cem erenleri, aşk ile meydana geliyorum!" der Üçüncü kez (yine):

"Hû cem erenleri aşk ile meydana geliyorum!"dedikten sonra dara durur.

Sâki suyu gülbengi okunur. Sâki gülbengi verilirken el bağlanmaz, oğuşturulur.

"(La feta illa Aliy) la seyfe illa zülfikâr" dendikten sonra (sâki) delilin dibine damlatır. Ardından (suyu) mürşit yahut rehbere getirir. Sonra delilciye, mürebbiye, cem erenlerinin tümüne (su) verir. Tasta bir miktar su kalınca meydana gelir:

"Himmet eylen!" diyerek içer ve dara durur. Hizmetini alır; ancak, sâki suyu dönerken:

"Sak-i sak, selman-ı pak ilahire ve birde can ve dilden geçen Rûm erenlerinin aşkına ilahire..." durmaksızın açıktan açığa anılacaktır.

Sonra gözcüler[214] hizmelerini alırlar.

Ardından Çömçeci[215] hizmetini alır.

Sonra pervaneler[216] hizmetlerini alıp birbirleri ile niyazlaşırlar.

Ardından delilci delili kaldırıp hizmetini alır.

Bundan sonra yatan-oturan[217] verilir. Bacılar birer birer önce mürşidin elini öpüp sonra bütün cem erenleri ile niyazlaşırlar. Sonra, mürebbi, delilci, gözcü ve cem erenleri kalkıp önce mürşidin elini öpüp birbirleri ile niyazlaşırlar.

Cemaat dağılıp yattıktan sonra mürebbinin bacısı yeni musahip olan bacıların önüne düşüp yedi ya da on iki kapı gezdirir.

Birinci kapı mürşit kapısıdır.[218]

214 **gözcü:** On iki hizmet sahibinden biri de gözcüdür. Meydandaki hizmetlerin düzgün yürümesine, törene aykırı hareket yapılmamasına gözcü bakar.

215 **çömçeci:** On iki hizmet sahiplerindendir. Yemek pişiren aşçı anlamındadır.

216 **pervane:** Cemde dış hizmeti üstlenmiş hizmet sahibidir. Cem yapıldığı sırada köyün evlerinin denetimini, güvenliğini sağlar. Evlerde herhangi bir kaza olmaması, köye yabancı girmemesi, hayvanların ipe dolaşmaması gibi işleri yapar.

217 **yatan-oturan:** Dinsel törenin dağılmasına yakın cemde okunan duadır. Bu dua okunduktan sonra toplum dağılıp evine gider.

218 Alevî inançlarına göre 12 hizmet sahibi ve görevleri şunlar:

1. Mürebbi

Törenlere yeni katılanlar birer acemi öğrenciyi andırırlar. Bunlara yol erkanı öğretmek gerekir. Bu bakımdan mürebbiye önemli görev düşer. Mürebbi bir eğiticidir. Bir olgunluk köprüsünü andırır. Ham tabibi eğitip, olgunluğa ulaştıracaktır. Bu bakımdan mürebbi seçimle belirlenir. Toplum beğendiği kişi topluca mürebbi olarak olurlar. Bu seçimden sonra başka bir gün, mürebbi bir cebrail (horoz) getirip keser

Mürebbi dedenin bulunmadığı yerde onun görevini üstlenir. İyi kötü talipleri belirler. dede gelince sonucu bildirir. Cem erenlerinin en olgunu, en seçkinidir. Toplumun seçtiği bir kişidir. Dört kapısı tamamdır.

Mürebbi, cem töreninin başlangıcında toplum önünde eşi ile birlikte dara durur. Dede hayırlı verir. Toplum "Hizmetiniz hayırlı olsun!" diye onun geçen hizmetini anar.

2. Gözcü

Dedenin buyruklarını topluma bildiren ve cem sırasında iç güvenliği sağlayan kişidir. Toplum tören sırasında onun uyarılarını önemsemek zorundadır. Yüksek sesle konuşmaya, birbirini kırıcı davranışlara engel olur. Mürebbi de olduğu gibi, seçimle belirlenir. Kimileyin birdan çok kişi bu göreve getirilir. Cem evinin değişik köşelerinde görev yaparlar.

3. Delilci

Cem töreninde ışığın yakılması görevini yerine getirir. Geleneksel kültürde, törenin başlaması kutsal ışığın yanışı ile başlar. Bir deyiş eşliğinde bu ışığı yakar. Olgun, bilgili kişi olmasına özen gösterilir. Dedenin solunda oturur. Aşinalı olması gerekir.

4. Kurbancı

Kurbanları kesmekle yükümlü görevlidir. Kurbanları kesip, yüzer, pişirir. Kurbanın sofraya gelinceye dek tüm işlemleri yerine getirir. Birden çok kişi görevlendirilebilir. Tahtacılar arasında tercüman kurbanı denen kutsal kurbanı, dört kapısı -musahip, aşina, peşine, çegildeşi- tam olmayanlar ve Sünniler yiyemez. Bu hizmetle ilgili şu gülbeng okunur:

İmam Cafer'de kaynadım coştum
İmam Bakır'dan bir dolu içtim,
İzinim var ben bu yola düştüm
Bundan özge yola katmasın Ali

5. Sazcı

Cemde deyişlere renk katacak bağlamayı çalan kişidir. Birden çok kişi bu hizmeti üstlenebilir.

6. Şemsi

Dolu dağıtan sakidir. Dededen hizmet alırken şu duayı okur:

Kadeh seni bade seni,
Vermeyelim yade seni
Münkirin ne haddi var
Zerre kadar Yade seni

Bununla ilintili olarak dede Hatayî'nin şu deyişini okur:

Gel ey saki-i vahdet sun piyale
Sekahüm rabbühüm şaraben tahuren
Hayat ersin elinde ehl-i hale
Sekahüm rabbühüm şaraben tahuren

Dudağın şerbetinden kane kane
İçip aşıkların valsına kane
Yürekler nice bir fırkatle yane
Sekahüm rabbühüm şaraben tahuren

Meyinden ehl-i dilber mest-i medhuş
İçen aşık eder, derya gibi nuş
Ezelden eyledik biz o badeyi cuş
Sekahüm rabbühüm şaraben tahuren

İçenler bir kadeh cam-ı Ali'den
Dem urdular ezel kalü beliden
Bize erkandır iş bu mey veliden
Sekahüm rabbühüm şaraben tahuren

Götürsünler dillerin cümle hecabın
Ayan etsin gönüller mahıtabın
Getür meydana şol Kevser şerabın
Sekahüm rabbühüm şaraben tahuren

Ol saki kulun aşkınla mecnun
Sebil eyler yolunda eşk-i pürhun
Yine devr eylesin ol cam-ı gülgün
Sekahüm rabbühüm şaraben tahuren

Hatayî'ye mal edilen bu deyişin yineleme dizeleri Kur'an'ın İnsan suresinin -76. sure- 21. ayetinin bir bölümü. Ayetin bütünü şöyle: "Üstlerinde ince ipekten ve kalın atlastan yemyeşil giysiler vardır, gümüş bileziklerle süslenmişlerdir. Rableri onlara tertemiz bir şarap sunmuştur.

Tahtacılarda "Dolu" olarak yalnız rakı içilir. Alevî cemlerinde de genellikle rakı egemendir. Şarap ceme yabancıdır. Bektaşî cemlerinin içkisidir şarap.

7. Pervane

Selman da denir. Cem törenin başlamasında çağrı görevini yerine getirir. tören sırasında her türlü haber ulaştırma, konukları çağırma onun görevidir.

İkinci kapı rehber kapısıdır.

Üçüncü kıpı mürebbi kapısıdır.

Dördüncü (kapı) delilci (kapısıdır.)

Beşinci (kapı) gözcü (kapısıdır.)

Altıncı (kapı kurbancı (kapısıdır.)

Yedinci (kapı) sazcı (kapısıdır.)

Sekizinci (kapı) Şems (kapısıdır.)

Dokuzuncu (kapı) selman (kapısıdır.)

Onuncu (kapı) kuyucu (kapısıdır.)

On birinci (kapı) giznekçi[219] (kapısıdır.)

On ikinci (kapı) oduncu[220] kapısıdır.

Bu on iki kapı gezildikten sonra mürebbi o dört cana :

"Bu gece, dördünüz bir yatakta yatacaksınız." diye tenbih eder.

Sabah olunca mürebbinin bacısı o iki bacı ile gelip on iki hizmetten hangisi uygun ise iki hizmeti verir.

---

8. Sofracı

Sofra işlerinden ve kurban dağılımından sorumludur. Sofrayı kurup lokmayı yerleştirdikten sonra, dede karşısında dara durup şu gülbengi okur:

Evvel Allah diyelim
Kadim billah diyelim
Açıldı Ali sofrası
Şah versin biz yiyelim.

Budan sonra dede destur verir, lokmalar yenmeye başlanır.

9. Oduncu

Kurbanı pişirmek için gereken odunu sağlamakla yükümlüdür.

10. Kuyucu

Kurbanın kan, kemik ve artıkları gelişigüzel dışarı atılmaz. Bunlar bir kuyu eşilip gömlür ve bu hizmeti kuyucu yapar. Bu hizmetle ilgili şu gülbeng okunur:

İncitmeyelim koyunun kemiğini
Sürmeden çekelim sütlüce sümüğünü
Kuyuya dökelim ekmeğin kırığını
Verin şaha "yesin" dediler.

11. Sucu

İçme suyu sağlama ve dağıtma görevini üstlenmiştir.

12. Süpürgeci

Ortalığın temizliği ile ilgilenir. Sembolik bir süpürge ile hizmet aralarında ortalığı üç kez "Allah, Muhammed, Ya Ali" diyerek süpürür.

219 **giznekçi:** Oniki hizmet sahibinden biridir. Ulak, haber götüren, çağırı yapan kimsedir.

220 **oduncu:** Bunun da on iki hizmet sahibinden biri olması gerekir. Tahtacılar arasında ağaç büyük önem taşır. Bu yüzden Tahtabcılara özgü bir hizmet sahibi olmalıdır. Anadolu Alevîliğinde böyle bir hizmet sahibi bulunmaz.

(Cemde müsahipler) bacılarıyle dördü birlikte dara dururlar. Dar gülbengi okunur. Cümleten mübarek olsun.

"Mübarek olsun!" denir.

Onlar hizmetlerinin eri olup eksik yapmayıp güçleri yettiğince tam yapmaya çaba (gösterip) şefeat kazanmaya çalışırlar.[221]

Müsahip olmanın (başka bir) tariki şöyledir:[222]

İki mümin, iki müslüm tarîkata ayak atıp pîr önüne gelirler. Bir er bir bacının, yanına ve bir bacı bir erin yanına durur. Sağ ellerini birbirinin boynuna koyup pîr önünde boy gösterirler.[223]

Pîre ikrar verileceği zaman rehber bunların boğazına bir yağlık takar.[224] Rehber bu iki musahibin önüne düşüp pîr divanına getirir.[225] Musahibin birisi birinin boynundaki yağlığı tutup pîr divanına:

"Hû!" deyip dara dururlar. Pîr:

"Niye geldiniz?" der. Rehber:

"Bugün Mansur gibi dârı, Nesimî gibi bıçağı, Fazlı gibi hançeri, ihtiyar edip tarîkat-ı evliyaya ikrar verip, can verip canan almaya geldik." Pîr:

"Ey talip bu uzak yoldur gidemezsin! Demirden yay, oddan gömlektir giyemezsin. Gidin!" der.

Onlar geri giderler. Eşiğe varıp gene gelirler. (Pîr) üç kez bu biçimde söyler. Dördüncüde, pîr iki musahibin sağ ellerini birbirlerine verip, baş parmaklarını birbiri üzerine koyup el tutuşturur.[226] (Musahipler) ikrar verirler. Pîr de şöyle der:

221 İzmir Yazması (s. 41-48).
222 Alaca Yazması "Musahip Olmanın Tarikini Beyan Eder" adlı bölüm (s. 186).
223 Alaca Yazması (s. 186).
224 Gümüşhacıköy Yazması (s. 198).
225 Alaca Yazması (186).
226 Alaca Yazması (s. 187), Gümüşhacıköy Yazması'nda "Pîr rehberin sağ elini avucuna alıp diye" biçiminde anlatılır (s. 198).

"İlâhi, Ya Rab, elimden, dilimden gözümden elfaz-ı küfür sadır olduysa, ben onları bir daha işlememesine tövbe ettim! Pîr önünde ikrar verdim."[227]

"Günah-ı kebair işlememesine ikrar olsun mu? Eğer bu günahı işlerseniz pîr dergâhından, Muhammed Ali'nin şefaatindan dur olasınız mı? Yezitle birlikte haşır olmaya layık olasınız mı?"

O talipler:

"Olayım!" diye (karşılık verirler. Pîr sorgusunu şöyle sürdürür):

"Bu ikrardan dönmeyeceğinizi yanınızdaki taşlar, hıfz[228] melekleri, malik-i mülk[229] Allah tanık olsun mu?" Talipler karşılık verirler:

"Olsun."

(Pîr talipleri) böylece yola getirir. (Talibin) küçük günahların ikrar ettirmez. (Talipler) eğer sonra (küçük günahlardan) işlerlerse cezasını verip ikrar ettirir. (Talipler büyük günahlardan işlerlerse) ikrardan dönmüş olurlar. Nedeni, bu olan günahlar küçük günahlardan uzak değildir. Küçük günahı olanlra ikrar ettirmemek gerekir. Bu ikrarı talipten böylece alınır.[230]

Bundan sonra pîr o taliplere tövbe telkini verir. (talipler) tüm yaramaz huylarına tövbe ederler. Sonra pîr şu ayeti okur:

"Ey inanlar, yürekten tövbe ederek Allah'a dönün! Umulur ki, Rabbiniz, kötülüklerinizi örter."[231]

---

227 Gümüşhacıköy Yazması (s. 199).
228 **hıfz:** Koruma, saklama, bellekte tutma.
229 **malik-i mülk:** Tüm varlığın sahibi, Tanrı.
230 Gümüşhacıköy Yazması (s. 199).
231 Kur'an'ın Tahrim (66.) suresinin 8. ayetidir: *"Euzibillâh üs semi ül alim mineşşeytanirracim, bismillahirrahmanirrahim, Ya Eyyeühellezine amenutubû illellâhi tevbeten neuheten".*

"Seninle anlaşma andı yapanlar, ancak Allah ile anlaşma andı yapmışlardır. Allah'ın eli onların eli üstündedir. Kim andı bozarsa kendi nefsi aleyhine bozmuş olur. Kim Allah'a karşı andına bağlı kalırsa, Allah ona büyük ödül verir."[232] deyip elini yüzüne sürer.

(Talipler) kalkıp yamaca geçerler. Pîr gülbenk çeker:

"Allah, Allah ... İkrarları

Muratları hasıl ola.

Verdiği ikrardan dönmeyeler.

Pîr divanında utanmayalar.

Ruz-u mahşerde oda yanmayalar.

Dünyada melâmet, ahirette delâlet görmeyeler.

Şeytan'ın izine, münafıkın sözüne uymayalar.

Hakk Teala gelmiş, gelecek kazalardan emin eyleye.

On İki İmam katırından ayırmaya, cemimizi bozmaya.

Duvarımızdan taş düşürmeye, gönlümüze kış düşürmeye.

Gözümüzü gümandan, başımızı dumandan hâlâs eyleye.

Dünyada Kur'an, ahirette iman nasip eyleye.

Demeden kalkan avrat, buyurmadan tutan evlat nasip eylemeye.

On İki İmam katarından ayırmaya.

Allah, Muhammed, Ali, Hacı Bektaş Veli, gerçeğe hû..." der.[233]

Sonra pîr iki er (iki) bacı dördünün birbirine sarılıp şehit olmaları buyurur. (Bu sırada) pîr de zülfikârı[234] alıp niyaz eder. Dördüne on iki zülfikâr çalıp diriltip kaldırır. (Sonra şu gülbengi okur):

---

232 Kur'an'ın Feth (48) suresinin 10. ayetidir: *İnnellezine yübayi'neke innema yübayiunullahe fevka eydihim femen nekese feinnema yenküsü alâ nefsihi ve men evfa bima ahede aleyhullahe feseyü'tiyhi ecren aziymen "Velhamdülillahe Rabbülâlemin el fatiha, Habibullaha salavat"*

233 Gümüşhacıköy Yazması (s. 199-200) ve Alaca Yazması (s. 187-188).

234 **Zülfikâr:** Hazreti Ali'nin kılıcının adı. Bunda asa anlamında kullanılmış.

"Allah, Allah... Evvelin, ahirin, zahirin batının,

Bende-i şahı-ı Merdan, kabul-ü dergâh, ikrar-ı kalu bela.

Allah, Muhammed Ali, gerçeğe hû."

Bundan sonra (pîr talipleri) tecella,[235] temenna,[236] tevellâ,[237] teberra[238] edip oturtur. Ardından, mürşidin hakkı ve üstadın kurbanı gelir.

"Niyaz şah-ı kabul-ü dergâh

Allah, Muhammed, Ali gerçeğe hû!" denir.

Sonra kurban duası-tekbir şöylece okunur:

"Kurban-ı Halil, ferman-ı Celil, can-ı İsmail, yetirdi Cebrail, peyk Sultan Allahu ekber, lâ ilâhe illallah vallahü ekber. Allahû ekber ve lillahül hamd."

Bu biçimde üç kez tekbir alınır. Sonra gülbenk edilir.[239]

Bundan sonra o talip pazibend[240] edilir. (Talip pasbent olarak) rızası ile bir kaç yıl bekler.

İkinci, içeri alınıp iznikçi[241] yapılır. Rızasıyla bir kaç yıl bekler.

Üçüncü, (talip) halkaya girer seyit-i ferraş olur.

Dördüncü, Selman-ı pak hizmetinde ibrikçi olur.

Beşinci, Kanber gibi sofradar olur.

Altıncı, Cebrail-i Ensar gibi çerağcı olur.

Yedinci, saka olur.

---

235 **tecella:** 1. Görünme, 2. Tanrı kudret ve sırrının kişilerde, eşyada eserinin görünmesi, 3. Tanrı lûtfuna uğrama.

236 **temenna:** 1. El ile selam verme, 2. Dilek.

237 **tevellâ:** 1. Birine yanaşma, birini dost tutma, 2. Ehl-i beyiti, Ali'yi sevenler, ona bağlılık.

Tevellâ, Alevîlikte en önemli inançlardan biridir. Alevîlikte, Ali'yi, "ehl-i beyt" denilen Ali evlatlarını sevme, onlara bağlı olma, onların izlerinden gitme anlamında kullanılır.

238 **teberra:** Bir olaydan, nesneden uzak kalmak, yüz çevirmek, sevmemek anlamlarına gelen bu sözcük Alevîlikte Ali'yi sevmeyenleri sevmemek, onlardan uzak kalmak demektir. muaviye'nin oğlu Yezid'in soyundan gelenleri sevmemektir. Yezid yandaşlarından uzak olmaktır.

239 Alaca Yazması (s. 188)

240 **pazıbend** (doğrusu: Pasbend): Bekçi.

241 **İznikçi** sözü "öznekçi" biçiminde yazılmıştır.

Sekizinci, Zakir olur.

Dokuzuncu, İbrahim gibi kurbancı olur.

Onuncu, İsrafil gibi gözcü olur.

On birinci, Cebrail gibi peyk olur.

On ikinci sama'dır. (Talip semah) etmeye layık olur.

Artık, herkese uygun post verilip oturtulur. Bir talibin bu hizmetleri yapmadan halkada oturması erkân değildir.[242]

Musahiplerin birbirlerine teslimleri gerekir. Bu teslim rıza kapısında olmazsa, musahiple birbirlerine gönül verip birlik olmazlarsa, onlar görünüşte musahiplerdir. Onların ikrarı bozuktur. Kim olunsa olsunlar onlardan musahip olmaz. İkrarları geçerli değildir. Nedeni, ikrarları isteksiz ve zorla olmuştur. İmam Cafer Sadık onlar hakkında şöyle buyurur:

"Dinde zor yoktur. Gerçekte doğru ve eğri yol apaçık ortadadır. Bunları inkâr edip Tanrı'ya inanan kuşkusuz hiçbir zaman kopması mümkün olmayan en sağlam kulpa sarılmıştır. Tanrı duyucu ve bilicidir."[243]

Onların hakikatten, yoldan ve erkândan hiç haberi yoktur. (Onlar) düşkündür. Musahiplikleri haramdır. Emekleri boşunadır onlar musahip olamazlar. Onların yaptıkları ikrarlarına amel olmaz. (Onların) haklarında şöyle buyrulmuştur:

"Yaptıkları her işi ele alır, onu toz duman ederiz."[244]

(Taliplerin) her zaman rıza kapısında mürşidin ve şeyhlerin buyurduklarını tutmaları gerekir ki ikrarları caiz olsun.

Bir söylentiye göre bir kişinin dört kapıda dört musahip bulması uygundur; ancak pîr birdir. Hizmet bin birdir. Yol

242 Gümüşhacıköy Yazması (s. 200-201)

243 Bakara (2) suresinin 256. ayetidir. Buyruk s.38 (İzmir Yazması'nda) Arapça olarak verilir.

244 Al-Furkan suresinin 23. ayetidir. Arapça olarak verilmiştir.

birdir, erkân eskidir. Erkân ile ile meşayih olan erkânsızda meşayihtir.

İster pîr, ister talip biriyle musahip olduklarında uygununu bulurlarsa yolda, erkânda, hakikatte, pîrde her zaman rıza kapısında olurlarsa nur ala nur olurlar. Onların ikrarları caizdir onlara rıza göstermek erkândır. Mürşidin bilge sözü böyledir.

Musahiplerin Tanrı katında işleri bir demektir. İşin Tanrı katında bir olması demek, musahip malda, canda ve her konuda birbirinden gizlisi olmaması demektir. Ancak, böyle musahiplerin iki cihanda yüzleri ak, sözleri pak olur. Yarın günahlarına yardım eli uzanır. İyilikleri ağır gelir.

(Günümüzde) sofuların kimisi dil, kimisi el musahibidir; ancak, gerçek musahip ve sofu öbürünün yarasına ilaç olandır. Onun iniltisi ona ayan olandır. Onun derdi ona derman olandır. Onun küfürü ona iman olandır. (musahip kardeşinin) derdini derman, küfürünü iman bilmedikçe (sofu) musahip olamaz. Onun için (musahiplerin) her durumda birbirlerine sadık olmaları gerekir.[245]

Kardeş kaçtır?

Şöyle karşılık vermek gerekir: Kardeş yedidir.

Birinci şeriat kardeşidir.

İkinci tarîkat kardeşidir.

Üçüncü mârifet kardeşidir. Pîr sözünü bilip, Tanrı'sını tanıyan ehl-i kâmil katında bir talip ile musahip olmakla mârifet kardeşi olunur.[246]

Allah bir, Resul hak, Hazreti Ali ve onun oğullarının imamlığı hak demekle müminler şeriat, tarîkat ve mârifet kardeşi olurlar.

245 İzmir Yazması "Musahiplikte Sadakat Gerekir" başlıklı bölüm (s.38-39).
246 İzmir Yazması "Dört Kapı Kardaşı" başlıklı bölüm (s. 139).

Dördüncüsü hakikat kardeşidir. Hakk'ı insanda, insanı Hakk'da gören, ehl-i Hakk ve üstad-ı kâmile sevgi gösteren hakikat kardeşi olur.

Beşincisi Kırklar makamı kardeşidir. Dört kapının hizmetini bilip işleyen Kırklar katında Kırklar ile kardeş olur.

Altıncısı on yedi erkân kardeşidir. On yedi erkânın adını bilip gereğini yerine getiren, sır ehli olan, kâmil mürşit gözünde ve yetmiş yedi erkânda, on yedi erkân sahibi ile kardeş olur.

Yedincisi, ceset kardeşidir. (Kişi) bir babanın belinden, bir ananın karnından gelmekle ceset kardeşi olur.

Bir kimsenin şeriat babası öz babasıdır.

Tarîkat babası mürebbidir.

Mârifet babası Ali'dir.

Hakikat babası Muhammed'dir.

Şeriat abdesti su ile olur.

Tarîkat abdesti pîre biat etmektir.

Mârifet abdesti nefesini bilip rabbini tanımaktır.

Hakikat abdesti kendi öz ayıplarını görüp başkalarının ayıbını örtmektir.

Musahip musahibin evine teklifsizdir. Malının teklifsiz alır. Yemeğini teklifsiz yer. Nedeni, musahip musahibin kardeşidir. Kardeş kardeş evine teklif ile gitmez.

Ondan sonra mürebbi babadır. Talip, mürit oğuldur. Babanın oğul evine teklifli gitmesi erkân değildir.[247]

Musahip farzdır. Bir musahip, musahibi ile düşkün olsa, yine kendileri birbirlerini kaldırırlar. Musahibin düşkününü pîr, rehber (ve başka bir kimse) kaldıramaz. Yine derman birbirinden olur.

247 İzmir Yazması, "Musahip Musahipler Teklifsizdir, Muhipler için Davet Gerekir" başlıklı bölüm (s. 149-150).

Bir musahip bir musahibin evine:

"Birbirimiz ile Tanrı sözü söyleşip, ahiret (üzerine) danışalım." diye gitse, o talibin adımı başına on hasene yazılır.

(Musahiplerin) birbirlerinden saklı, gizli bir şeyleri olmaması gerekir.

Mârifet abdesti kendi öz ayıplarını görüp başkalarının ayıbını örtmektir.[248]

Musahipler teklifsizdir, muhipler için davet gereklidir.

Bir de musahip, mürebbi candır. Can olmayınca ceset olmaz.

Meşrep dindir. Din olmayınca olmaz.

Aşina İslâm'dır. İslâm olmayınca müminlik olmaz.

Muhabbet imandır. İman olmayınca nefsini bilmek olmaz. Nefsini bilmeyen Rabbini tanımaz. Rabbini bilmeyince girip cennete, didarı görmek olmaz.

Bir de musahibin musahip evine teklif ile varması erkan değildir. Malını, rızkını teklif ile alması erkân değildir. Musahip, musahibin kardeşi (bu) durum belli. Bir elmanın yarısı(nın) tercüman olması erkân değildir.

Meşreb Ali'dir, Muhabbet Muhammed'dir. Davet vaciptir. Zira, Hazreti Muhammed Mustafa'nın evine Şahımerdan Murtaza gitmeye utanırdı. Hazreti Muhammed Mustafa, Hazreti Ali'yi davet etti. Muhabbet gösterdi. Muhabbetin evine davet olamayınca varmak erkân değildir. Zira, Hakk Teala, Muhammed'i Cebrail Aleyhisselam davet edip miraca götürdü. Haftada üç kez davet etmek erkândır. Birinci salı günü, ikinci çarşamba günü, üçüncü cuma gecesi davet etmek erkândır. Nedeni, cuma günü abdül mekandır, günlerin seyyididir. Salı, Hazreti Muhammed ile Ali muhabbet eyledi. Çarşamba günü hon geldi. Cuma gecesi müminlerin ziyaretidir.

---

248 Alaca Yazması (s. 180-181) ve 1. Hacı Bektaş Yazması (s. 217-218)

Davet ile varmak, haya ile varmak, rıza ile oturmak, erkan ile söylemek halifelere hizmet etmek vaciptir. Zira, sohbette edepsiz, erkânsız söz söylemek dört kapıda kırk makamda, on yedi erkânda muhaliftir. Dini mezhebi olan(ın) çar anasır olması gerekir.[249]

Musahip farzdır. Bir musahip, musahip ile düşkün olsa yine birbirlerini kaldırırlar. Musahibin düşkününü pîr, rehber, bir kimse kaldıramaz. Yine birbirlerinden olur.

Bir musahip bir musahibin evine:

"Birbirimiz ile Tanrı sözü söyleşip, ahiret (üzerine) danışalım." diye gitse, o talibin adımı başına on hasene yazılır.

(Musahiplerin) birbirlerinden saklı gizli bir şeyleri olmaması gerekir. Birbirlerinden saklı hayır ya da şer bir iş işleseler onların musahipliği erkân değildir. Kârın, kazancın bir olması gerekir. Dünya kazancı bir olmazsa ahiret kazancı nasıl bir olur?[250]

Musahibin musahibe günü çalması.[251] erkân değildi. Nedeni, musahip cesettir. Dört nesnenin hakkı vardır:

Birinci, ölümün hakkı vardır.

İkinci, ağızın hakkı vardır.

Üçüncü, kurdun kuşun hakkı vardır.

Dördüncü, toprağın hakkı vardır.

Muhabbet candır. Hakk Teala Hazretlerinin kudret sırrıdır. Canda Allah'dan başka kimsenin hakkı yoktur. Güzel mürşitin gizemli sözü budur.[252]

Zamanın sofularının musahipliği tümüyle bir tuzaktır. Musahiplik nasıl olur bilmezler. Yemeğe dükkân ehli olsun,

249 İzmir Yazması "Musahip Musahipler Teklifsizdir, Muhipler için Davet Gerekir" başlıklı bölüm (s. 149-150).
250 Alaca Yazması) (s. 180-181) ve (1. Hacı Bektaş Yazması (s. 217-218)
251 **günü çalmak:** Kıskanmak, çemezlik etmek.
252 İzmir Yazması (s.140).

diye otururlar. Makamı yoktur. Pîr nedir, rehber nedir bilmez(ler). Bunların tümü ahiret içindir. Bir cahil ahirete yaramaz bir iş tutar. Muhasibi pîri, rehberi işitince meclisten kovarlar. O cahil der ki:

"Ben sıradan cemaatten çekilip geri kalıyorum. Bir daha bunu işlemeyeyim." (Musahipler) birbirine kilit olup iblisi aralarına komazlar.

Bir adam yola giderken onun yanında bir kaç yoldaş olsa harami gelip onları soyamaz. Yalnız olursa, her ne kadar kahraman olursa olsun harami (bir) yolunu bulup malına canına kasteder, talan eder. Bu ona benzer. Pîr, rehber, aşina, musahip bunlar Hakk'a giden yoldaş(lar)dır. İblis uğrudur, onun şerrinden birbirlerini korurlar.

Pîr, rehber, musahip, aşina gibi yoldaşlar sağlam olmayıp gafil olurlarsa, Kur'an'ın ayetlerinden haberi olmazsa, birbirlerinden haberi olmazsa harami iblis gelir bunun içine girer. Dinin imanını yağma eder. Onlar bilmezler, zira gaflette uyurlar. Yarın mahşerde uyanırlar kalkarlar ki uğru mallarını almış; ama ne çare o zaman figan kopar.

"Vay, harami bizi soymuş, iblis bizi aldatmış! Ulemaların dediği gerçek imiş. Mürsellerin dediği sadık imiş." derler ama yarar vermez.

Ey mümin kardeşler! Birbirinize sağlam tutunup hakka doğru gidesiniz. Eğer, pîr, rehber, musahip, birinin haksız işini görüp ortaya vermeyip icra olunmadan koyup giderse, onun pîrliği, rehberliği, musahipliği yalandır. Ruz-u cezada yüzü karadır. Her ne kadar tutmazsa ona tenbih etmek gerekir. Boynunuzda farz borcudur![253]

253 1. Hacı Bektaş Yazması (s. 218-219) ve Alaca Yazması (s. 180-181)

12

AŞİNA[254]

Öz kurbanı vermiş iki musahipli canı, aşina etmek şöyledir:[255]

254 İzmir Yazması "Öz Kurbanı Vermiş İki Musahipli Canı Aşina Etmek Beyanındadır" başlıklı bölüm (s. 49) Aşiina töreni yalnız Tahtacı Alevîlerde bulunur.
255 Aşinalık, tarîkatte iki kişinin can kardeşi olması anlamındadır. Müsahiplikten sonra gelen Aşina, Peşine, Çeğildeş sanal akrabalık örgütlenmeleri yalnız Tahtacılar arasında bulunur. Tahtacı buyruğunda işlenir. Anadolu ve Rumeli Alevîliklerinde bulunmaz. Araştırmacı Veli Asan, Yanyatır Buruğunda bu sanal örgütleri işler.
A.Yılmaz Tahtacılar arasında yapılan bu töreni şöyle anlatır:
İkinci kapıya girmek isteyenler birinci musahipleriyle güzelce anlaşırlar. İki taraf da muaffakat edince öz verirler. Öz vermek bir kurban kesmek demektir.
Bu öz kurbanı her iki tarafın kardeşlikten ayrılmaması demektir. (Bu kurban ayini de geçen törenlerde olduğu gibidir.)
Dede, ikinci musahipliğin zamanını tayin eder. Belirtilen akşam toplanılır. Bu ayinde de birinci musahiplik ayininde yapılan tören yapılır. Bunun birincisinden ayırımı yalnız kurban kesilmemesidir. Cem evinde dede eline bir elma alır. Bunu dört eşit parçaya ayırır. Bunlardan birini büyük, yani kıdemli erkek musahibe verir. Kalan öbür iki parçadan her birini musahiplerin bacılarına verir.
Bu dörtlerin erkekleri elmayı alınca şöyle söyleşirler:
"Benim karım sana, seninki de bana yedirsin" derler.
Elmaları birbirine yedirirler, birer de dolu bölüşmek suretiyle kardeşlik tutulmuş olur. Her kapı değiştirmede her iki can bir kilo dolu alır. Aynı köyden olanların bacıları salı ve cuma geceleri birbirlerini ziyaret ederler ve konuk kalırlar. Musahipler başka başka yerlerde iseler birbirlerini icabettikçe ziyaret ederler ve konuk kalırlar.

Aşina Nefesi

Senin muhabbetin cesette canda
Gel kardeş seninle aşina olalım
Cevap vermezsen ulu divanda
Gel kardeş seninle aşina olalım

Yaradan saklasın bet amel huydan
Biz de okuyalım elif ile badan
Gel izin alalım mürşitten, pîrden
Biz de okuyalım elif ile badan

Aşina dedikleri zahirü batın
Aşina sevmeye vardır niyetin
Gel Hakkı seversen musahip tutun
Aşina sevmeye vardır niyetin

Musahip dedikleri bir sinir taşı
Ziyade tatlıdır aşinanın aşı
Gönülden seversen Hacı Bektaşı
Ziyade tatlıdır aşinanın aşı

Sır dedikleri ezelden bir yol

(Cem birlendiği akşam) önce Cebrail[256] tekbirlenir, sonra döşek atılır. Mürebbi, o aşina olacak dört canı yedeğine alır. Beşi birlikte meydana gelirler. Sonra öz kurbanı veren canlar mürebbisiz meydana geçerler. Döşek kalkıp ferraş-ı selman gelir. İkisi birlikte hizmetlerini alırlar. Sonra aşina, dolusu olan bir kıyya dolu mezesiyle gelir. Aşina olacak canlara birer dolu verilir. (Bu dolu) içilip sırrolunca öz kurbanı dolusu gelir. Bütün erkânlar tamam olduktan sonra önce Cebrail gelir. (Ardından) aşina olacak canlar bacılarıyla birlikte (gelip) mürşit yada rehberin sofrasına otururlar.

Cebrail'den aşina olacak canlara birer lokma verilir. (Sonra) sofra kalkar. (Adından) öz kurbanı gelir. Öz kurbanı veren canlar bacılarıyla mürşit sofrasına otururlar. Bunların dördüne de birer lokma verilir. Hizmetleri tamamlanıp yatan oturan (duasın)dan sonra yeni aşina olan bacılar on iki kapıyı gezip hak görürler.

Aşina olmayan sofunun aşina, hizmet, lokma, dolu ve mezesinde hakkı olunmadığı bilinmelidir. (Bunlara) karışamazlar.[257]

Eğersen boynunu olursun kul
Olurmuş zakirler elinde bülbül
Eğersen boynunu olursun kul

Uçulmaz yalnız olmayınca eşin
Er-hak meydanında uğradım başın
Mürebbi musahip cümle kardaşın
Er-hak meydanında uğradım başın

Musahiple bir bahçeden giresin
Muhabbet bahçesinin gülün deresin
Erenlerin sırrına sen de eresin
Muhabbet bahçesinin gülün deresin

Şah Hatayim birliğe yeteyim dersin
Erenlerin sırrına bakayım dersin
Gümüşü gevhere katayım dersin
Erenlerin sırrına bakayım dersin.

256 **cebrail:** Horoz. Dinsel törende kesilen kurban.
257 İzmir Yazması (s. 49).

13

PEŞiNE[258]

İki aşinalı sofuyu peşine etmek şöyledir:

Tercüman sırasında (pîr) peşine olacak dört canı karşısına çağırır. Onlar (önce) eşiğe niyaz ederler. Sonra (o dört can pîrin) karşısına gelince (pîr) aşina dolusundan bir fincan dolu verir. (Canların) dördü de niyazlaşıp dara durunca dar gülbengi çekilir:[259] Mürebbinin bacısı o gece, bacıların ikisini de yanına alır. (Bu bacılar) on iki kapı açıp hak kapısı görürler.[260]

---

258 İzmir Yazması) "İki Aşinalı Sofuyu Peşine Etmenin Tarif-i Beyanındadır" başlıklı bölüm (s. 50).

259 *Bism-i şah. Allah, Allah*
Erenler, yüzüm yerde, özüm darda
Erenler meydanında, Muhammed-Ali divanında
Pîr huzurunda
Canım kurban, tenim tercüman
Bu fakirden, ağrınmış, incinmiş, darılmış gücenmiş kardeş var mı?
Dile gelsin, bile gelsin, hakkını istesin
Allah, eyvallah, gerçeğin demine hu!

260 Veli Asan'ın da söylediği gibi Aşina, Peşine, Çeğildeş gibi musahiplik sonrası sanal akrabalık kurumları yalnız Tahtacı Alevîlerde vardır. Anadolu Alevîliğinde bulunmaz. Tahtacıları anlatan kitaplarda bu sanal akrabalıklara yer verilmiştir.
A.Yılmaz Tahtacılarda Gelenekler adlı kitabında Peşine olmayı üçüncü kapıya girme olarak tanımlar. Yılmaz'a göre birinci kapı Musahipliktir (s.60). İkinci kapı aşinalıktır. Üçüncü kapı peşinelik, dördüncü kapı çeğildeşliktir. Yılmaz Üçüncü kapıya girişi şöyle anlatır:

Üçüncü kapı: Peşine

Peşine olmak isteyenler kimseler aşinasıyle ayrılırken bir cebrail, yani horoz keserler. Mürşidin huzuruna varılır, cebrail lokmasından kanılır. Peşine olacağı ile bacılar bir elmadan kanarlar. Dördüne bir hayırlı verilmek suretiyle üçüncü kapıya girmiş olurlar. *(A.Yılmaz, Tahtacılarda Gelenekler, Ankara 1948, s.76).*

Yılmaz dördüncü kapıya girişi ise şöyle anlatır:

Dördüncü Kapı: Çeğildaş-Çeğindaş

Çeğildeş olacak kimseler dışarda birbirleriyle anlaşırlar. Tercüman ayini yapıldığı ve kurban kesildiği bir zamanda çeğildeş olacaklarını yani dördüncü kapıya gireceklerini mürşide söylemek için dara dururlar. İsteklerini söylerler. Mürşit hayırlı verir. Mürşit kurbanın yeme zamanı gelince sağ gözünü alır, bu dört kardeşe verir ki bundan sonra çeğildeş olmuş olurlar. Ayin zamanında erkekler yeşil sarınır, kadınlar ise allı yeşilli bağlanırlar. Bu surette dört kapı tamamlanmış olur. (A.Yılmaz: a.g.e. s.76-77).

Rıza Yetişen, tören biçimini aşina törenine benzetir. Törenin akışını şöyle betimler:

Dede, bunlara aşina olanların dolusundan verir. Bir elmayı dörde bölerek her parçasını birine verir. Elmayı yiyen peşineler niyazlaşırıp yerlerine otururlar. Tören öbürlerinde olduğu gibi sürer.
Dede aşinalı ise, peşine ve çeğildeş yapabilir. Fakat elma yiyemez. Burada bir Hatayi deyişi okunur. Deyişin elmayı anlatan bir deyiş olması gerekir:

Deyiş
Cennetten Ali'ye bir elma geldi
Ali'ye tercüman inen elmalar
Ali kokladı yüzüne sürdü
Ali'ye tercüman inen elmalar

Elmanın kokusu misk ile amber
Toplanmış başına cümle peygamber
Teni Fatma Ana, kabuğu Kanber
Ali'ye tercüman inen elmalar

Elmanın rengini ala boyarlar
Melekler hep donun giyerler
Kadrin bilmeyenler kabuğun soyarlar
Ali'ye tercüman inen elmalar

Elma senin dalların aşılarlar
Meyveni yerler, ağacın taşlarlar
Sultan olan günahın bağışlarlar
Ali'ye tercüman inen elmalar

Şah Hatayi'm vahdetimdir vahdet
Çığırından çıkmış ol düldül at,
Bir adı Seyfullah, bir adı at
Ali'ye tercüman inen elmalar

Peşine olmak için ayrıca bir tören yapılmaz. Başka törenler içinde olur *(Rıza Yetişen: Tahtacı Aşiretleri s. 114)*

14

ERKÂNDAN GEÇME[261]

Talibi erkândan geçirme, daha doğrusu meydandan geçirme şöyledir:

Önce delil uyanır. Sonra döşek atılır. Delilci musahibi ile meydana gelir. Bunun ardından önce musahipliler ve aşinası olanlar meydana geçerler. Musahipli kalmayınca musahipsizler kendi bacılarıyla meydana geçerler. Musahiplilere ikişer, musahipsizlere birer şaplak vurulur. Musahipliye musahipli, musahipsize musahipsiz şefaatçı çıkacaktır. Meydana tümü gelince döşek kalkar. Selman-ı ferraş gelir. İkisinin gülbengi bir verilir. Niyazlaşırlar. Sonra dolu gelir.

Saz, sema olur. Sonra kurban yenip (bitince) delil kalkar. Çömçeci gelir. Ardından yatan oturan (duası) verilir. Cemaat dağılır.[262]

261 İzmir Yazması "Talibi Erkandan Geçirmek Yani Meydana Geçirmenin Tarif-i Beyanındadır" başlıklı bölüm (s. 51).
262 A.Yılmaz, Tahtacılarda Meydandan Geçme törenini şöyle anlatır:

Meydandan Geçmek

Meydan ayini her yılda bir perşembe günü olur. Baba mürebbi veya gözcüye:
"Bu perşembe günü talipler, arzu ederler meydana geçecektir. İlan edilsin, isteyen meydana gelsin" der. İlan edilir.
Perşembe günü akşamı cemaat toplanır, delil uyanmadan önce gülbenk çekilir.
Vakti müsait olan kurban keser, kesilen kurbanı evinde pişirir. Dolusuyla birlikte babanın evine getirirler. Boğazı iplenecek olan delikanlılar kesin olarak birer cebrail (horoz) keserler. Bunları da evlerinde pişirirler, cebrail parçalanmadan bütün olarak, dolusu yanında pilavla babanın önüne getirilir. Cemaat babanın evinde tekmil olunca, baba ve talipler diz çökerler.
"Delil Uyanacak" denir.
Delilci kimse kalkar delili iki eliyle tutar, dara durur, gülbenk çeker, herkes seccadeye varır. Delilci rükûda kalır.
Delil uyandı, meydana gelme gülbenki
"Allah, Allah, Allah! Delil kadim ola. Muratlar hâsıl ola. Tuttuğumuz ileri gide. Şahmerdan eksiklerimizi, noksanlarımızı tamama yaza, on iki imam, on dört masum pak, onyedi kemerbestin hizmeti üstümüze hazır nazır ola. Delillerimiz Şah-ı Merdan delili ola. Gerçeğin demine hû!"
Gülbenk biter, delil sağ köşeye konur. Delilin sağında baba, solunda mürebbi, ondan sonra gözcü ve cemaat oturur. Babanın sağ yanındaki köşe biraz boştur. Şayet yer müsait

olmaz ve cemaat fazla olursa babanın sağına bir eşik konur ki oradan ileri geçilmez. Sıra ile meydan döşeğine musahipler çağırılır. Musahibin büyüğü sağ başta, solunda küçük musahip, küçük musahibin solunda büyük musahibin bacısı ve büyük musahibin solunda küçük musahibin bacısı bulunur.

Büyük musahip önde olmak üzere hep birden gelerek babanın sağ dizine niyaz ederler, bu niyaz esnasında musahipler kolları altına gelmek üzere yatarlar.

Büyük musahibin üzerine küçük musahibin kolu uzanır. Küçük musahibin üzerine büyük musahibin bacısının kolu ve öbür bacının kolu da aynı biçimde uzatılır. Fakat burada dikkat edilecek bir nokta vardır: Her musahibin hiç olmazsa şahadet parmağının ucu büyük musahibe değmesi şarttır. Bu dört gönülün bir olması içindir. Bütün cemaat bu surette ayini tamamlar. Erkana yatıldığı zaman baba bunlara:

"Lâilâhe illallah, Ali Veliyullah lâfetail seyfilla zulfikâr, hal gaziler halidir. Yol erenlerin kadim yoludur. Gafil olman hey erenler değen üstad elidir. Üstad nefesi, tarîkat-ı iman, destur şah diyelim. Gerçeklerin demine hû!"

Musahiplere iki şaplak vurulur. Bacılardan gebe olanlara şaplak vurulmaz. Bacağı alçak olanlara, yani evli olup da musahibi olmayanlara, birer şaplak vurulur. Bunların bacılarından "baba hakkı" olarak birer top kumaş alınır. (Yılmaz, a.g.e., s.56-58)

Rıza Yetişen bu töreni biraz değişik anlatır:

Yılda bir yapılan dinsel törendir. Yol kardeşi olan her talip, yılda bir kez tüm yıl yaptıklarının hesabını kitle önünde verecektir. Eli, dili, beli kimseyi incitmiş midir, kendisinden ağrıyıp incinen var mıdır? Bu bir tür toplumsal sorgulamadır.

Belirlenen günde herkes cem evinde toplanır. Bu törene bekarlar ve ikrarsızlar giremez. Belli bir törenle delil yakılır. Eren-bacı cem evine gelmeye başlar. Sırası ile eşiği öpüp içeri girerler. Dedenin olduğu posta dek -bu post Hz. Ali'nin makamı sayılır- sürünerek gelirler. Herkes yerini alır. Bir bacı Şah-ı Merdan döşeğini getirip ortaya yayar. Döşeğe dua alıp gider. Sonra mürebbi bacı ile dışarı çıkar. Yeniden eşiği öpüp içeri girer. Delili niyaz eder. Delilin önünde dört kişilik iki aile -bunlar kardeş olmuşlardır- duaya dururlar. Dede "aşk ola" deyip dua eder.

Toplumda bunlardan razı olmayanlar varsa düşkün kaldırma töreni yapılır.

Düşkün kaldırma, Alevîlikte suçluyu topluma kazandırma törenidir. Her suçun ayrı cezası, yaptırımı vardır. Her dede cezanın altından kalkamaz. Kimi suçlar vardır ki, tümden bağışlanmaz. Kişi toplum dışına itilir. Toplum önünde yapılacak yargılamada, toplumun da razılığı gerekir. Salt dedenin istemi ile sorun çözülmez. Çözülmesi durumunda, dede toplum önünde saygınlığını yitirir, verilen karar benimsenmez.

Er-bacı ergin olmayan çocuğunun yaptıklarından da sorumludur. Musahip de aynı çocuklardan aynı ölçüde sorumludur. Bu bakımdan düşkün kaldırmada, olayla hiç ilgisi olmayan kişiler de suçlu gibi ceza çekerler. Ayrıca her dede, her suçluyu topluma kazandıramaz. Özellikle büyük suçları büyük dedeler kaldırabilir. O da uzunca süre toplum dışı edildikten sonra yeniden topluma kazandırılabilir.

Erenler aşkına içeriz demi
O dolu bize Yezdan'dan kaldı
Ehl-i beyt denilen mukaddes gemi
Peygamber Habib-i zişandan kaldı

Hatice Fatıma pîrler anası
Cenab-ıAali'der erenler hası
Canlara sunulan zehirin tası
Nesli pak imam-ı Hasan'dan kaldı

Kerbela çölünde çekmişiz acı
Kesildi masumlar soyuldu bacı
Çilenin hırkası şehitlik tacı
Kerbela'da ölen kurbandan kaldı

Zeynel Abidin'dir devam-ı haydar
Fakirin neslidir İmam-ı Cafer
Doğruluk madeni en güzel gevher
İmam Musa Kazım Rıza'dan kaldı
İmam Taki Naki gönlümün pîri
Dergahı yönetir Hasan askeri
Sabırla beklemek yıllardan beri
Mehdi-i Sahib-i zamandan kaldı

Akburak Hasan'ım düvazım tamam
Dilimde hecedir on iki imam
Ele, bele, dile daim ihtimam
Hacı Bektaş Veli hünkardan kaldı.

15

OĞLAN İKRARI ALMA[263]

Önce Cebrail kaç tane ise ayrı ayrı tekbirlenir. Cebrail'in sağ kanadı sağ gözü üstün tutulur. Sonra delil uyanır, döşek atılır. İkrar alacak oğlan kaç tane ise tümünün boğazına birer yağlık takılır. Hangi oğlan büyükçe ise mürebbi onun yağlığını eline alır. Öbürleri de birbirlerinin boğazında olan yağlıklardan yederler. Önlerinde mürebbi eşiğe niyaz eder. Çocuklar da niyaz ederek giderler.

Sonra mürebbi:

"Hû erenler şahı, katar uzatıyorum!" diye üç kez söyler. (Katardakiler topluca gidip) delile niyaz ederler. Mürebbi elinde olan oğlanın sağ eliyle, "El ele, el hakk'a" diyerek elinde olan oğlanın sağ elini mürşide ya da rehbere teslim eder. (Mürşit ya da rehberin) elini öpüp dar olur. Mürşit ya da rehber oğlunun boğazındaki yağlıktan tutar:

"Koğu koğlama, gaybet eyleme, dini dinleme, elinle koymadığını elleme. Gözünle gördüğünü eteğinle ört. Kendinden büyüğün sözünden çıkma. Teberra[264] anma. Bu sözüme hak dedin mi?" deyince o çocuk (mürşit ya da rehberin) elini öper. Bu nasihatı üç kez tekrar ettikten sonra (çocuğun) boğazındaki yağlığı o çocuğun beline kement edip bağlar. (Yağlığı) bağlarken şu gülbengi söyler:

---

263 İzmir Yazması "Oğlan İkrarı Almanın Tarif-i Beyanındadır" başlıklı bölüm (s. 52-53).

264 **teberra:** Ali ve heybetin düşmanlarından uzak durma.

"Lâ ilâhe illallah, Ali'yyün veliyyullah, ârif-i billah, mürşid-i kâmilüllah. Lâ feta illa Aliyla seyfe illa Zülfikâr. İkrarın binası kaim ola." deyip kuşağa üç düğüm düğer. Sonra sırasıyla tümü mürebbinin elini öpüp sol yanında dara dururlar. Dar gülbengi okunur, erkâna yatarlar. İki şaplak mürebbiye, birer şaplak çocuklara vurulur. Erkândan kalkıp dâr olduklarında erkân gülbengi çekilir.

Bundan sonra mürebbi yerine oturur. Çocuklar sırasıyla içerde oturan canların ellerini öpüp dan olunca temenna gülbengi çekilir. Sonra döşek kalkar. Ferraş–ı selman gelir. İkisine bir gülbenk çekilir.

Dolu gelir. (Doludan) önce delile (damlatılır) sonra mürşit içer. Çocukların kendi dolularından çocuklara birer dolu verilir.

Selman-ı ferraştan sofra gelir. Sonra cebrailler gelir. Önce hangi cebrail tekbirlenmişse sofraya ilkin o cebrail gelecektir. Mürşit ya da rehber kendisi bir lokma alır. (Ardından) birer lokma da çocuklara kendi cebraillerinden:

"İkrarınız kaim olsun." diyerek verilir. çocuklar lokma verilinceye değin kementlerini çıkarmazlar. (Lokmalar yendikten sonra) sofra kalkar.

Selmanlardan sonra çömçeci gelir, delil kalkar. Yatan oturan (duası) verilir. Cemaat dağılır.[265]

265 **Veli Asan, Tatacılar'da İkrar** Başlıklı yazısında bu olayı şöyle anlatır:
Tüm Alevîlerde olduğu gibi, Tahtacı Türkmenlerinde ikrar töreni 900 yıldan beri yapılagelir. Toplum önünde namus ve şeref sözü vermek için yapılan törene İkrar Cemi denir. İkrarı alınan kişi, cemde Tanrı huzurunda ant içmiş sayılır. Böylece Alevîliğe ilk adımını atmış olur. Bu anda artık yaşam boyu sadık kalacaktır.
İkrarı alınacak kişide şu özellikler aranır: Müslüman olmak, 15 yaşını bitirmiş olmak, ilk gençlik çağına girmiş olmak, kendi istegi ile gelmiş olmak, Vücudu kendini yönetecek ölçüde sağlıklı olmak. Ahlaklı olmak, Aklı başında olmak, Verdiği sözü tutacak, yaptığı yemini bozmayacak düzeyde inançlı olmak, Sevecen olmak Merhametli olmak.
İkrar töreninin Hz. Muhammed'e biat töreni ile de benzerlik taşır.
İkrar alma üç biçimde yapılır:
1. Oğlan İkrarı Alma,
2. Kız İkrarı alma

3. Erkeğin yalnız kadının ikrarını alma.

Oğlan İkrarı Alma:

Önce ikrar yapılacak cemodası düzenlenir. On iki hizmet sahipleri görevlerini üstlenir.Dede ya da baba töreni yönetir. İkrar törenini mürebbi yönetemez. Ceme musahipliler –en azından ikrarlılar- alınır. Musahipli olma koşulu ile dul kadın ve erkeklerin törene izleyici olarak katılmalarına izin verilir. Törene katılanlar temiz ve güzel giyinirler. Erkekler yöresel giysiler, kadınlar içlerine uzun köynekler üzerine renkli üç etetler giyerler Eski döenmden kalma kokuları gideme için boyunlara dizilmiş karanfil takma geleneği sürer.

Toplum içeri alınıp cem düzeni sağlandıktan sonra erkan uygulanmaya koyulur. Dede kapıdan girişte karşıda post üzerinde oturur. Sağında mürebbi, solunda gözcü bulunur. Delil uyandıktan sonra tören başlar. Delil, sıva yağ üzerinde bir tür kandildir. Günümüzde aydınlatma elektrikle yapılmasına karşın, törenin kuralı gereği mutlak delil yakılması gerekir. Dedilici, göreve başlarken şu hayırlıyı alır:

Bismi şah, Alalh Allah! Delilimiz kadim ola,. Tuttuğumuz ileri gide. Evimiz ocağımız şen, kısmetimiz gür ola. Oniki imam, On dört masum-u pak, On yedi Kemerbestlerin himmeti üzerimizde hazır ve nazır ola. Şavkımız, Şah-ı Merdan şavkı ola. Gerçeğin demine hu!"

Duadan sonra delilci, dedeye yakın kuytu bir yere konan,delili beklemeye koyulur. Cem erenleri belli bir düzen içinde içeri girerken ayakta topluca eşik hayırlısı alınır. Meydanın düzenlenişinde son iş, döşek alıtmadır. Ana-bacı (dede ya da mürebbinin karısıdır) sol koltuğu altında katlanmış döşeği getirir. Eşiğe niyaz ederek içeri girer. "Hu erenler döşek geliyor", "Hu pîrim döşek geliyor", "Hu Şahım, erenler döşek geldi", "Destur iman, destur Şah-ı" diyerek döşeği dedenin önüne yayar. Dede döşekten niyaz aldıktan sonr, döşek üzerinde dara duran Ana-bacıya şu hayırlıyı okur:

"Bismi Şah, Allah Allah. Hizmatin kabul ola, muradın hasıl ola. Tuttuğun ileri gide. Evin ocağın şen, kısmetin gün ola. Fatmana şefaatçın ola. Şahı Merdan yardımcın ola. Döşeğimiz, Şahı Merdan döşeği ola. Gerçeğin demine hû!"

Hayırlıyı alan ana-bacı dardan inip yerine oturur. İkrarı alınacak gençler, yaş sıarasına göre arka arkaya dizilir. Her genci boğazına bir kement bağlanmıştır. Mürebbi öndekinin kemendşinden tutar. Her genç, sol eli ile bir öndekinin kenemdini tutar. Böylece katar halinde dedin huzuruna gelinir. Dede her gence teker teker uyması gereken tarîkat kurallarını söyler. Eline, diline, beline sahip olmak yolun ilk koşuludur. Dini dinlenmeyece, kovu kovulmayacak, gaybet edilmeyecek, eli ile koyulmayan alaınmayacak, gözüle görülen etek örtülecek, mürşid hak bilinecek, teberra alnılacak, tevellakılnacak, küfür, kötü sözn ağızdan çıkmayacak, yalan söylenmeyecek, oğruluk yapailamayacaktır.

Bu öğütler verilirken her öğütten sonra genç "Allah eyvallah" diyerek kuralı yerine getireceğine ant içer. Verilen hayırlıdan sonra, boyunlardaki kementler bele bağlanır. Dede kalan tarîkat ilkelerini gençlere topluca anlatır. Ardından topluma dönerek: "Yüzler yerde, özler darda, gözler erenler gözü, Nicesiniz bu yeni sofulardan?" diye sorar. Toplum "Katarları uzun olsun, evliya muratlarını versin!" der. Dede son olarak "Evvela özünüzü arayın, sonra hakka yarayın" der. Dede dar hayırlısnı vererek yeni sofuları dardan indirir. Posta niyaz eden gençler, dedenin ve mürebbinin ellerini öptükten sonra birbrileriyle niyazlaşır, yerlerine otururlar. Böylece gençler erenler meydanına alınmışlardır.

A.Yılmaz bu olayı şöyle açıklar:

Bir Alevî çocuğu musikinin tesiriyle yedi sekiz yaşında Alevîlikten anlamaya ve bütün merasimi taklit etmeye başlar. Çünkü o zamana kadar elbette sünnet olmuştur. Oniki yaşına giren çocuğun ikrarını aldırmak ve yolu öğretmeye başlamak gereklidir. Çünkü çocuk ancak bu yaşta kendini bilmeye başlar. Bu sebepten dolayı ana ve babası kendi gittiği yolu evladına da öğretmek yükümündedir.

İkrarı alınacak çocuğun babası bir kurban keser. Bu kurbanda çocuğun boğazına bir beyaz çember ve beline bir kement bağlattırır. Dede hayırlısıyle ikrarını aldırır. Bu suretle ilk Alevîliğe ayak masmış olur. On sekiz yaşına kadar her nereye gider ve her nerede bulunursa bulunsun kavga ve niza gibi bir iş işlediği takdirde babasına haber vermek yükümündedir. Babası çocuğu dedeye gönderir. Dede çocuğu dinler ve bir hayırlı verir. Henüz çocukluk ikrarları almayanların yeminleri muteber sayılmaz ve

yalan yere yemin ederse de yemini çarpmaz. *(A. Yılmaz, a.g.e., s.38-40)*
A.Yılmaz daha sonra **"Boğaz İpleme ve İkrar Alma"** diye bir töreni ise şöyle anlatır:
"Gelelim şimdi boğazı iplenecek ve ikrarı alınacaklara: Musahiplerin meydan döşeği ortadan kalktıktan sonra yeni ikrarları alınacaklar tekrar tekrar babanın önüne getirilir. Babanın önüne gelince niyaz edip diz çöker durur
Baba bu ikrarları alınacaklara sorar:
"Girdiğin hak kapısı, durduğun dâr Mansur dârı. Kov kovalamayacağına, yalan söylemeyeceğine, elinle koymadığını almayacağına, hınzırı anmayacağına- bu sözüme hak dedin mi?" Oğlan:
"Hak dedim" deyince Baba:
"Öp elimi" diye sağ elini uzatır. Baba sol eliyle hiç tutulmamış bir iç örtüsünü ikrar verecek kimsenin beline kement çeker. Elini öptürdükten sonra:
"Allah, Allah, Allah. Nasrun minallah. Fathün karip ikrarın binası kaim olsun" hayırlısını verir. Sonra her kelimede "Allah" deyip üç düğüm düğümler. İkrar veren dolusunu meydana getirir. Şemsiye teslim eder. Şemsi dâra durur. Dolunun hayırlısını yani duasını babadan alır. İkrarı alınan kimse şemsinin solunda ve cebraili elinde durur.
"Allah, Allah, Allah, dolumuz dolu ola, muratlarımız hasıl ola. Tuttuğumuz ileri gide. Şahmerdan yardımcımız ola. Taşıp dökülmeye, artıp eksilmeye, dolumuz ab-ı kevser dolusu ola."
Şems diz çöküp oturur. Babaya doluyu uzatır. Bu dolu fincanından üç kişi kanacaktır. Bir de ayrıca ikrarı alınana verilecektir.
Baba, cebrailin sağ bacağından koparıp sahibi olan ve ikrarı alınan kimsenin doğrudan doğruya ağzına uzatır. Babaya niyaz eder ve kalkıp gider. Dışarı çıkar, bunu müteakip meydan kurbanları gelir, ayrı ayrı hayırlısı verilir. Hayırlı şudur:
Kurbanınız kabul ola, muradınız hasıl ola. Tuttuğunuz ileri gide. Kurbanınız Hak kurbanı ola. Arafatta oniki imam katarına, bereketine yetire."
Bacağı açık, ter bıyıklı ve delikanlılardan ikrarı alınanların cebraillerine verilecek hayırlı ayrı ayrı şudur:
"Lokmalarınız kabul ola, muradınız hasıl ola. Tuttuğunuz ileri gide. Şahımerdan yardımcınız ola. Arafat'da Cebrail Aleyhisselam katarına, bereketine yetire, gerçeğe hû!"
Bu hayırlıdan sonra bütün cemeatın dağılması gereklidir. Yalnız musahipler yani eşikten içeri olanların hiç birisi babadan izinsiz dışarı çıkamaz.
"Allah, Allah, Allah, La ilahi illallah. Ali veliyullah, lâ gefeta illa Ali luseyf illa Zülfikâr. Yatan okuran, özünü hakka yetiren, kovusuz-kaybetsiz yerine yatan, sofiyi Hak yarlıgasın. Gerçeğe hû!"
Yol meydanı bundan ibarettir. Bu hayırlıdan sonra cemeat kamilen dağılır. İkrarları alınanların ikrara işleri tamamlandıktan ve meydan döşeği kalktıktan sonra delil söndürülür. Dolu ve kurban gelir. *(Yılmaz: a.g.e., s.58-60)*

16

KIZ İKRARI ALMA[266]

Kız ikrarı alma şöyledir:

Cebrail tekbirlenir. Delil uyanır. Döşek atılır. İkrarı alınacak kız ile eri döşek üzerinde dara dururlar. Tarîkat nikâhı gülbengi verilir.

Bundan sonra, mürebbinin bacısı o kızı yedeğine alır:

"Hû erenler şahı, katar uzatıyorum, üçünüze!" der (ve ardından) "el ele, el Hakk'a" diyerek (kızı) mürşide teslim eder. (Mürşidin) elini öpüp dar olur. Mürşit (ikrar alacak) o kıza öğüt verip kemendini bağlar. (Kız) mürebbinin bacısının elini öpüp solunda dar olur. Dar gülbengi çekilir. (Kız) erkâna yatmayacaktır.

Bundan sonra o kız el öper. Temenna gülbengi verilir. Sonra o kız dışarı çıkıp eri ile birlikte erkândan geçer. Dolusundan ve cebrailinden kıza da bir lokma verilir.

Kızların ikrarı ayrı ayrı alınır. Oğlan olursa tümüne birden ikrar alınır.[267]

266 İzmir Yazması "Kız İkrarı Alma Tarif-i Beyanındadır" başlıklı bölüm (s. 54).
267 Yazmada karmaşık biçimde anlatılan bu töreni Veli Asan şöyle özetler: Tahtacılarda kız evlendiği akşam, dede önünde ikrar andı içer. Bu olaya "kız ikrarı alma" denir. Kimi ayrımlarla uygulanan tören genel çizgileri ile şöyledir:
Gerdek akşamı, bey ile kız mürşit önüne çıkar.
Dede ile rehber gözetiminde, gelin, bey evinin önce eşiğini öper. Ardından gelin beyin boynuna bir ip bağlar. Rehber:
"El ele, el Hakk'a! Arşa çıkıncaya dek, dede sana teslim ediyorum" diye beyin boğazındaki ipin ucunu dedeye uzatır.
Dede bunlara üç dolu sunar. Öğütler verir. Alevîliğin ilkelerini vurgular. Yeni evliler "eline, diline, beline sahip olacak"tır. Büyüklerin sözünden çıkmayacaktır. Ardından iyilik duaları eder. Birlikteliklerinin sürekli olmasını diler. Bundan sonra bu aile

kendilerine yolkardeşi seçebilecektir.
Kendisi de Tahtacı Alevîsi olan **Veli Asan kız ikrarı almayı** genç kızların bacılar meydanına katılımı biçiminde açıklar (bkz. 15 bölümün dipnotları). Daha önce Oğlan iİkrarai Alma bölümünde anlattığımız törende, genç erkeklerin ikrarı alındıktan sonra sıra genç kızlara gelir. İkrarı alınacak genç kızlar katar oluşturarak meydana gelirler. Başlarında mürebbinin karısı bulunur. Salt kadınmların ikrarı yapılacaksa ana-bacı başta bulunur. Erkek eşi ile birlikte ikrar alacaksa, mkocalar katarı çekerler. Erkana kadınlar kocaları ile birlikte kapanırlar. Sonuçta ikrarlı değillerse, kocalar da ikrar almış sayılır. Kocalar ikrarlı ise tören salt kadınlar için yapılır. Kocalar yardım etmiş olurlar. (Gebe kadın erkana durduğunda ona pençe-i ali aba diye şaplak vurulmaz. Adet döeminde kadın ikrarı alınmaz.)
Dede son olarak eşleri birlikte karşısına alır Onlara:
"Evvel özünüzü arayın, sonra hakka yarayın" der. Hem öğüt verir hem de sorular yöneltir. Karı koca "Allah, eyvallah" dedikten sonra niyazlaşırlar. Dar hayırlısı ile törenin sonuna gelinmiş olur. Sofralar atılır, pişen Cebrailler ve alınan dolular, usule ve erkana yenir, içilir.

17

EV ONDALAMA[268]

Bir talibin evini ondalama şöyle yapılır:

Önce delil uyanır. Sonra o talibin kazanı ve katranı dışında ne kadar malı varsa değeri ölçülür. Kaç kuruş tutarsa, içinden, dokuz doksanı, dokuz sıfata lanet olsun," denerek çıkarılır.

Sonra ne kalırsa üçe bölünür. (Bu üç bölümden)

"Bir bölümü şahın, bir bölümü mürşidin, bir bölümü cem erenlerinin." denir. Bundan sonra:

"Mürşit geçti, cem erenleri de geçti." denir.

Şaha kalan bölüm yeniden üçe bölünür. Yukarıda anlatıldığı gibi:

"Mürşit geçti, cem erenleri de geçti." denir.

Şaha kalan (bölüm) üçer üçer bölünüp üç kalıncaya değin yine üçe ayrılır. Yine:

"Mürşit geçti, cem erenleri de geçti, şah da gani." denir.

Bundan sonra da erkândan geçilir. (Talibin) ikrarı alınmış oğlan çocuğu varsa, o da anasının aşağı yanında dara durur. Birlikte erkândan geçerler. Musahibi olmayan talibin evini ondalamak erkân değildir.[269]

268 İzmir Yazması "Bir Talibin Evini ondalamanın Tarif-i Beyanındadır" başlıklı bölüm (s.55).

269 Rıza Yetişen Tahtacılar arasında Oğul babadan ayrılıp giderken cebine bir harçlık koyar. Babanın gönlünden ne koparsa cüzdanına koyar. Kese bereketi olarak. Bunu saklamasını söyler. Eski dönemde bu para harcanmaz.

Veli Asan Tahtacılar arasında, bu törenin 70-80 yıl önce kalktığını bildirir. Asan'a göre "ev ondalama" Eski Türkler arasındaki "ülüş geleneğinin ardılıdır. Bu geleneğe göre, mürebbi, disel törenler başlamadan önce gelip talibin malını ondalarlar. Buna göre dedeye akça biçilir. Gelenek bu biçimi ile yalnız Yanyatır ocağında 70-80 yıl öncesine dek yaşamış, sonra yitip gitmiştir. Yine Tahtacı Alevî ocağı olan Hacı Emirlilerde ise bu gelenek bulunmaz.

Alevîler arasında ülüş geleneğinin izlerinin bulunduğuna şu yakınlarda biz de bir yazımızda değindik.

Türk geçmişinde örneği çok eskilere inen, toplumsal yağma geleneği vardır. Sözkonusu yağma geleneği en güzel biçimde Dede Korkut'ta anlatılır:

"Kazan üç yılda bir İç-Oğuz, Dış-Oğuz beylerini toplardı. Üçok, Bozok yığınak olsa Kazan evini yağmalatırdı. Kazan Beyin adeti bu idi ki, kaçan evini yağmalatsa, helalinin elini alır, evinden dışarı çıkardı. Bundan sonra evinde nesi var, nesi yok yağma ederlerdi.

Yine Kazan evini yağmalatır oldu, ama Dış-Oğuz Beyleri gelmediler, birlikte bulunmadılar, yalnızca İç-Oğuz beyleri yağmaladı.

Dış-Oğuz beylerinden Aruz, Emen ve geri kalan beyler bunu işittiler:

Bak, bak! Şimdiye değin Kazan'ın evi yağmalandığında hep birlikte olurduk, şimdi suçumuz nedir ki yağmada birlikte bulunmadık, dediler.

Ağız birliği edip bütün Dış-Oğuz beyleri Kazan Bey'i selamlamağa gelmediler, kin bağladılar.(Orhan Şaik Gökyay, Dede Korkut Hikayeleri, Dergah y., İstanbul 1995, s. 165)

Batı dillerinde "ülüş" adı verilir bu geleneğe. İlkel toplumlarda yapılan toplumsal sözleşme şöleni olarak tanımlanır.

Dede Korkut'da yağma kurumu tüm ayrıntıları ile bu öyküde anlatılır. İktisatçı Sencer Divitçioğlu, Oğuz yağmasını "bir ödülleme"olarak değerlendirir. Yağmanın ilkelerini şöyle belirler:

1. Yağma, beylerce yapılır.
2. Belli zaman aralığı ile yinelenir (belki üç yılda).
3. Yağmalattıran, yağmadan sonra, mal-mülkünden geriye hiçbir şey kalmayacağını bilir (helalını alıp dışarı çıkar).
4. Yağmada herşey yok edilir (giysi ve mal).
5. Bu bakımdan yağma savaşla aynı sonucu doğurur, tahripkardır.
6. Beyler için yağmaya çağrılmama, en büyük hakaret sayılır (Kazan'ın Dayısı Aruz).
7. Yağmaya çağrılmayınca düşmanlık başlar.

Düşmanlık sonucu açılan savaş, yine yağma ile biter. *(Sencer Divitçioğlu: Kök Türkler, Ada y. İstanbul 1987, s. 237).*

İbn Fazlan gezi günlüğünde benzer bir olaya değinir. Oğuzlarda ölüm törenini şöyle anlatır: "Oğuzlardan biri hastalanınca, o kimsenin cariyelerive köleleri kendisine hizmet ederler. Ev halkından, başka hiçbir kimse ona yaklaşamaz. Çadır evlerinden uzakta onun için bir çadır kuraralar. Ölünceye veya iyi oluncaya kadar onu çadırda bırakırlar. Eğer, bu kimse fakir veya köle olursa onu saharaya atıp giderler.

Aralarından biri ölürse, onun için ev gibi büyük bir çukur kazarlar Bundan sonra cesedini alıp hırkasını (elbisesini) giydirir, kuşağını ve yayını kuşandırırlar, eline içinde nebiz olan ağaçtan bir badeh verip, önüne bir nebiz bulunan ağaçtan bir kap koyarlar. Sonra bütün şahsi eşyalarını getirip onunla birlikte bu oda gibi çukura koyarlar. Daha sonar ölüyü çukurda oturtup üzerini tavanla örterler. Mezarın üzerinde çamurdan bir kubbe gibi bir tümsek yaparlar. Bundan sonra ölünün hayvanlarının yanına varıp miktarına gore, birden yüze veya ikiyüze kadarını kurban olarak öldürürler. Onların etlerini yerler. Başlarını, ayaklarını ve derilerini ve kuyruklarını bir tarafa ayırıp, bunları kesilmiş ağaçlar üzerinekabrinin başına asarlar. Bunlar "Ölünün cennete giderken bineceği hayvanlardır." Derler. Eğer ölen kimse, sağlığında insan öldürmüş kahraman biriyse, öldürdüğü insanların sayıları kadar, ağaçtan suret yontup bunları kabrinin üzerine dikerler. "Bunlar onun hizmetçileridir. Cennette ona hizmet edecekler." derler.

Bazan hayvanları kuban etmeyi bir-iki gün geciktirirler. Bunun üzerine aralarındaki büyüklerden bir ihtiyar (şaman) onları, kurbanları çabuk öldürmeye teşvik eder. Ölüyü rüyamda gördüm. Bana Görüyorsun arkadaşlarım beni geçtiler. Onları takip etmekten ayaklarımın altı yara oldu. Onlara yetişemiyorum. İşte tek başıma kaldım' dedi.der. Bunun üzerine ölünün hayvanlarına varıp bir miktarını öldürürler ve kabrinin yanına asarlar. Bir veya iki gün geçtikten sonar ihtiyar tekrara onlara gelir. 'Falanı (ölüyü) rüyamda gördüm. Bana: Aileme ve arkadaşlarıma haber ver. Beni geçenlere yetiştim. Yorgunluğum geçti, der' *(İbni Fazlan Seyehatnamesi (Haz. Ramazan Şeşen), Bedir y., İstanbul 1975, s. 36-37)*

Eski Uygur Türkçesinde "yagmak" eylemi yananlamda "kurban sunmak anlamına geliyor. Bilindiği gibi Oguz'un 24 boyundan birinin adı da "Yagma". Bu anlam bizi kimi başka düşünceye götürüyor.
Oğuz Türkçesinde "yağma" ülüş anlamına geldiği gibi "çapul" anlamına da geldiği anlaşılır. İlkinde yağma el-gün arasında yapılır. Savaş amaçlı değildir. Amaç, evde bereketin olduğunu ortaya koymak, bu bolluğu yağmacılarla üleşmektir. Göçebe devlet yaşamında bir tür eli açıklık, cömertlik, han sofrasının herkese açık olması gibi gözükür. Uygur Türkçasindeki "kurban etme" anlamı ile örtüşür.
Ne ki olay, savaş niteliğine de dönüşebilir.
Çapul ise bunun tam karşıtıdır. Savaşın sonucu ortaya çıkan bir durumdur.
Yerleşik toplumda bu, gelenek bir yanıyle "ağalık" geleneğine dönüşür. Ağanın sofrası herkese açık olmalıdır. Ağalık vermekle, eşkıyalık kırmakladır. Ağanın elinin açık olması gerekir. Anadolu ağalık düzeninde ülüş geleneğinin izleri sezilir.
Olayın bu boyutu, görkemli gözükür. Ama yağma geleneği, hemen ardından savaşçı talan geleneğini getirir. Göçebe toplum yapısı, taşınır malvarlığı gücüne dayanır. Bu ise, canlı maldır. Davar ya da mal sürürsü. Kuşaktan kuşağa geçecek kalıcı servet değil, savaşçı gücüne dayanan yağmaya dayanır. Bu olgu Türk toplumunda toplumsal sınıfın çok esnek olmasında başlıca etkenlerden. Malvarlığı, bedenselgüç ve savaş yeteneği ile değiştiriyor. Bu yüzden toplumsal sınıf kalıcı değil.
Ziya Gökalp kirvelik geleneğini de ülüş'ın bir türü olarak niteler. Cemil Cahit Güzelbey bir yazısında (Potlaç Töreninin Gaziantep'deki İzleri, Türk Folkloru Araştırmaları Dergisi, sayı 264, İstanbul 1971, s. 6017) ülüş geleneğinin izlerinin yakın zamana dek Gaziantep çevresinde sürdüğüne değinir. Yazar, Gaziantep köylerinde 1950 yılına değin aşiret törelerinin bir çoğu korunduğundan yola çıkar. Buna göre, Salur Kazan'ın ülüş törenine benzeyen şölenlerin basit bir devamı çehiz törenlerinde yaşanır. Belirlenen günde erkek tarafı çehiz yüklecekleri katır ve beygirlerle -daha sonra kamyonlarla- kız evine yollar. Çeyiz taşıyıcılar kapıda karşılanıp içeri alınırlar. Mevsimine göre çay, kahve, çeşitli şerbetler, dondurma sunulur. Biraz dinlenildikten sonra, çeyiz getirilen hayvanlara yüklenmeye başlanır. Bu sırada kimi çehiz taşıyıcılar, çeyiz içinde elle taşınır ne bulurlarsa aşırırlar. Ancak bu iş ülüşta olduğu gibi açıktan değil, biraz gizlice yapılır. Ev sahibi bir malın aşırıldığını görse bile isteyip geri almaya kalkmaz. Bu töre bilindiği için, ortada elle taşınır parça bırakılmamasına özen gösterir yalnızca. Ama çeyiz taşıyıcılar bir yolunu bulup mutlak birşerler yürütürler.
Ülüş geleneğinin izleri Alevîlikte de yaşar. Kış aylarında dedeler köylere görüm yapmaya çıkarlar. Toplumun beğenisine göre kimi dedeler büyük köylerde cem birlerler. Cemin sonunda halk gönlünden ne koparsa hakullah verir, dedenin hizmetini ödemek ister. Buraya dek yaşanan emeğin karşılanmasıdır. Ama iş bununla bitmez. Bir dizi küçük dedeler, asıl hizmet yapan dedenin cemine tünemeye başlar. Töreye göre kazanç ortaktır. Asıl dedenin kazancını, hiç iş yapmamış bu dedelerle paylaşması gerekir. Post dedesi denen büyük dedenin eli sıkılık göstermesi, öbür dedelerle kazancını paylaşmaması büyük ayıp sayılır. Dedenin eli açıklık olması toplum gözünde yücelmesidir. Bu nedenle, büyük dedeler ne kazandılarsa, büyük bölümünü dağıtırlar. Öyle ki, bir kış boyu cem yürüten, bir dizi sıkıntıya katlanan dedenin evine eli boş döndüğü olur.
Yakın zamana dek kimi Alevî köylerinde ev büyüğünün ölümünün ardından, ev sahibinin mal-davarının bir bölümünün kesilip yenildiği anlatılır. Eski Türk töresinde buna benzerbir ipucu bulunur. Varlıklı kişilerin ölüm törenleri için bir mal ayırdıkları bilinir. Alevîler arasındaki son örneğinin Sivas yöresinde yaşayan Koçgiri Alevîleri arasında yaşadığını işittik. Olay şöyle gelişir: Alişan Bey ölür, ardından ağlaşmalar, yas tutmalar sürer. Birkaç gün sonra gelin Sırma Hatun ahıra gittiğinde bir-iki mandanın kaybolduğunu görür. Gelip ev halkına durumu söyler. Kaynana gülümser: Eyvah ülüş yapmışlar der. Bu geleneği bilmeyen gelin Sırma hatun „ne demek ülüş" diye sorar. Kaynana büyük ölümlerin ardından böyle yağmaların yapıldığını söyler. "Bu töredir" der. Koçgiri aşretinden olmayan Sırma Hanım şaşar „yere batsın böyle töre, böyle töre mi olur" diye kargış verir. 60'lı yıllara dek süren bu gelenek de ülüş geleneğinin yakın zamana dek, -tüm Alevîler arasında olmasa bile- sınırlı bölgelerde yaşadığını gösterir. *(Bu olayı 2006 yılı Aralık ayında beni ziyarete gelen Ablam Kıymet Yılmaz'dan dinledim. Daha önceki yıllarda Almanya'da başka kişilerden de dinlemiştim.)*

18

OCAK KAZDIRMA[270]

Ocak kazdıran talip bir kan akıtır. Dolusu içilip lokması yenince, mürşit ya da rehber eline bir çapa alıp ocağın önünde dar olur. O talip de bacısıyla (onun) sol yanında dar olur. Ondan sonra mürşit ya da rehber çapa ile ocağı üç kez tılsım eder, çapayı o talibin eline teslim eder. Talip de elini öper. Mürşit ya da rehber yerine oturunca o talip bacısıyla cemaatın da elini öpüp dara durur. Bir gülbeng çekilir ve cemaat dağıtılır. Yüz on para üstad hakkı alınır.[271]

---

270 İzmir Yazması "Ocak Kazdıran Talibin Tarif-i Beyanındadır" başlıklı bölüm (s. 40).

271 **Rıza Yetişen Tahtacı Aşiretleri adlı kitabında** "Ocak Kazma" bölümünde bu töreni evlenen gence yeni ev kurma biçiminde şöyle açıklar.
Yeni ev kuracak gencin ev açması şöyle bir törenle kutlanır: Yeni eve koru komşu toplanır. Bu tören için en az üç kişi gereklidir. Geçimi yaşamı el veren ocak kazdıran en bir koyun kurban keser. Yok durumu el vermiyorsa bir horoz keser. Dede, yeni açılan ocağın başına geçer. Talip sol yanında dara durur. Dede, elinde tuttuğu kazma ile ocağın sağına "Ya Allah", soluna "Ya Muhammed", ortasına "Ya Ali" diye yavaşça kazıyormuş gibi vurur. Sonra ocağa konmuş olan odunları tutuşturur. Ardından çapayı talibe verir. Talip rehberin elini öper. Dede şu hayırlıyı okur:
"Allah Allah Allah… La ilahe illallah, Muhammed resuluulah, Aliyyül veliyyullah, mürşid-i kamilullah. La feta illa Ali'la seyfe illa Zülfikar, evi ocağı şen, nasibi ayrı, kısmeti gür, ocağı kadim oal. Tuttuğu ileri gide. Şah-ı merdan yardımcısı ola. Gerçekler demine hu!"
Diz çöktüğü ocağın önünden kalkıp yerşne oturur. Hemen kurbanlık kesilip bu ocakta pişirilir. Bu arada dolu üçlenir. Eğlenceye başlanır. Kurban pişince sofralar açılıp yenir. Dede hayırlı duası verip yerine oturur. Yeni ocak sahibi eşi ile birlikte herkesin elini öper. Dede dua eder. Dedeye 110 para ustaz hakkı verilir. (Rıza Yetişen: Tahtacı Aşiretleri, İzmir 1986 s. 40)
Edremit Tahtacıları Arasında bir baba çocuğu evlendirmek, düğününü yapmak ve evini yaptırıp, ayırmak zorundadır. Ayırırken bütün köylüye "oğlan ayıracağını bildirir. Herkes tüm köylü gelir. Mürşit gelir oraya bir kazma ile onu özel bir dua ile duayı okur. Gider bacanın içine üç kez vurur. Bir kurban kesilir. Baba meydan görür mürşitte, çocuk da meydan görür babanın arkasında. Artık bu ayrılıktır. Ayrı bir ocak kurulacaktır. Yuvadan uçurmuştur. Yeni evde yapılıyor. Yeni eve uğur aktarıyor. Baba ocağın içinde bir ateş yakıyor. Baba oğulla "taş ol başar" diyor. (Hasan Akburak'tan derlendi.).

19

NİYAZ[272]

Ustadın, halifenin, evlad-ı al-ı Resul'ün bilge sözleri şöyledir:

Talip olan sofu pîrlerin, meşayihlerin adları geçtikçe niyaz etmeli; ancak niyaz etmek üç bölümdür: Birinci ellerine, ikinci ağzına, üçüncü gözlerine yüz sürmektir. Pîr yanında olduğu sürece, mününün müslümün çeğnilerine veya dizlerine niyaz etmesi erkândır. Bakire kızlar ve dul avratlar mücerrettir. Bunlara niyaz etmek erkân değildir.

Bir kimseye hem tarik çalmak, hem kurban almak ve hem de tarik akçası almak erkândır. Nedeni, sofuya bir erkân çalınsa büyük günahtan arınır. Kurban alınınca beladan ve kazadan emin olur. Niyaz alındığında hak ile hak olur; ancak, cemde karar pîrindin ve de şefaat hak cemindir.

---

272 **niyaz:** Yalvarma, dua. 1. Niyaz Tanrı sevgililerinin vasfıdır. Tanrı aşıklarının vasfıdır. Naz ehli olanlar Tanrı'ya çeşitli sözler söylerler. Görünüşte kötü söz ve davranışlarda bulunabilirler. Tanrı bir kulunu severse, suç ona ceza vermez" hadisi bu inancın dayanağıdır. 2. Şeyhe (baba, dede) saygı. Diz çökerek şeyhin sağ ve sol dizini öpmek anlamında kulla-nılır. (Cahit Öztelli: Pîr Sultan Abdal, İstanbul 1978, s.463).
Ayrıca:
Niyaz, ayrıca büyüklerin yanında edeple oturmak anlamında kullanılır. Hacet, ihtiyaç, istek ve armağan anlamlarına gelir. Bütün tarîkatlarda niyaz vardır. Yalnız şekli değişir. Mevleciler sağ ayağın baş parmağı ile sol ayağın parmağı üzerine basıp eğilmek suretiyle niyazda bulunurlar. Bektaşîler bu makamda bir parça eğilmekle beraber diz çöker dedenin sağ ve sol dizini öperler. Niyaz hediye ve ihsan yerine de kullanılır. Mevlevi ve Bektaşîler sadaka kabul etmez niyaz alırlardı. (Mehmet Eröz: Türkiye'de Alevîlik-Bektaşîlik, İstanbul 1977, s.143-144.)
Niyaz "Şeyhin dizlerini, göğsünü ve yeri öpmeye yahut sağ ayağının baş parmağını üstüne ve ellerini sağ üste gelmek ve parmaklar düz ve açık olarak omuz hizasında bulunmak üzere çaprazvari göğse koyup şeyhin önünde başını öne eğmeye niyaz denir.

20

DAR[273]

"Dar kaçtır?" diye sorarlarsa, "dörttür" diye karşılık ver[274].

Birinci Mansur darı, ikinci Fazlı darı, üçüncü Nesim-î darı, dördüncü Fatıma darıdır.[275]

(Demek) nazarda durmakta dört erkân vardır.[276]

Birinci Mansur darı(dır). Dara asılır gibi doğru(ca) pîr önünde dürüp elini sallandırıp asılı durmaktır.[277] Talip, dara geçip durduğunda Mansur olur.[278]

İkinci, Fazlı darı(dır). Fazlı darı "Aşk ola" denilince secdeye varmaktır. Nedeni, Hazreti Fazlı'yı yüz üstü bıçağa bırakmışlardır. (Bu darın anlamı) "Fazlı gibi hançer ciğerimde" demektir.[279]

Üçüncü Nesimî darı(dır). (Talip) doğrulup oturduğu zaman Nesimî darı olur. (Bunun anlamı) Nesimî gibi postum yüzdürdüm," demektir.[280]

---

273 İzmir Yazması (s. 141)ve Alaca Yazması (s. 184). **Dâr,** darağacı anlamına gelir. Alevîlikte cemde dede önünde duruş biçimidir. Alevîlikte bu duruşun dört biçimi vardır ve dört ayrı adla anılır. Bu bölümde işte bu dar biçimleri anlatılmaktadır.

274 Alaca Yazması (s. 189).

275 İzmir Yazması (s. 141).

276 İzmir Yazması (s. 141).

277 Alaca Yazması (s. 189).

278 Alaca Yazması (s. 189).

279 İzmir Yazması (s.141).

280 Alaca Yazması (s.189), İzmir Yazması (s.141)'de "Fazlı darı üçüncü dar" olarak gösterilir. "Tarik altından geçtikte zülfikâr çalınıp kalktıkta Fazlı olur" denir. Bu anlatım tümüyle yanlıştır. Alevîler arasında Fazlı darı Alaca Yazması'nda (s.189) anlatıldığı biçimindedir.

Dördüncü[281] Fatıma darı(dır). Fatıma darı ayağını birbirinin üstüne koymak(tır). (Fatıma darı) İmam Hüseyin'den kalmıştır. Bir gün İmam Hasan ile İmam Hüseyin dururken Sultan-ı Enbiya Hazretleri bir su istedi. İmam Hüseyin çabuk idi. (İmam Hüseyin ivecen) davranınca sol ayağının mübarek parmağını taşa vurup kanattı. Efendimize su verirken utandığından dolayı sağ ayağını sol ayağının üstüne koydu.[282] (Talip) gülbenk alıp gidince günahından azad olur. Arınıp tertemiz olur. Onların amellerini Hakk'tan başka kimse bilmez.[283]

Bir sofu sıdk ile dara dursa bu dört darın pîri o mümine şefaat eder.[284]

281 Alaca Yazması (s. 189).
282 İzmir Yazması (s 141).
283 Alaca Yazması (s. 189).
284 Alaca Yazması (s. 189).

21

KANBER'İN NEFESİ[285]

Ali'nin Kanber'inin nefesi kokardı. (Bu nedenle) kendisi halktan utanıp cemaate gelemezdi. Nedeni, halk ondan incinirdi. Bu durumu Hazreti Resul bilirdi. (O günlerde Hazreti Resul) kızı Fatma ile Zehra'nın evinde oturup inananlara nasihat ederdi.

(Bir gün sohbetlerden birine gelirken yanında) taze incir ve hurma getirdi. Kanber orda yoktu. Hazreti Muhammed, Hazreti Ali'yi yanına çağırdı. Kulağına gizlice:

"Ya Ali, var Kanber'i davet et! Gelip cemaate "aşk olsun" dediğinde biz de "Kanber nefesin misk olsun." diyelim." dedi.

Şah-ı Merdan varıp Kanber'i davet etti. Kanber cemeate gelip:

"Aşk olsun!" dedi. Orada bulunan cemaat:

"Erenlerin himmetiyle nefesin pâk olsun, hû cemaline meşk olsun." diye karşılık verdi.

O anda erenlerin himmetiyle Kanber'in nefesi misk-i anber gibi koktu. (Cemeat) Kanber'e yer gösterdi. (Kanber) oturdu. Taze hurma ile incir niyazını yediler. Gülbenk ettiler, dua kıldılar.

---

285 İzmir Yazması"Kanberin Nefesinin Pak Edilmesi" başlıklı bölüm (s. 147). **Kanber,** Hz.Ali'nin mahbubu idi ve Ali her yere onu yanında götürürdü. Hz.Ali'nin sofrasını da Kanber açar ve Kanber kapardı. Bu sofra aşk ile açılır ve aşk ile kapanırdı. Sofrada aşktan başka söz edilmezdi. Kanber esas itibariyle de cömert idi. "Kanbersiz düğün olmaz" sözü de Hz.Ali'nin onu her yere birlikte götürmesine dayanır. Alevî dinsel törenlerinin sonunda kurulan sofraya "Ali Sofrası" dendiği gibi, "Kanber sofrası" da denir. *(Prof.Dr.Cavit Sunar, a.g.e., s.173)*

22

UĞRULUK[286]

Anlatıldığına göre Hazreti Resûlullah-ı Tealâ Aleyhi ve Sellemin ak devesini sekiz kişi uğrular. Bir ıssız yerde (deveyi) boğazlayıp bir parçasını pişirdiler. (O sırada) Hazreti Resul, deveyi aramaya çıktı. (Uğrular deveyi) yerken üstlerine geldi. Bunlara sordu:

"Deve yitirdim gördünüz mü?"

O sekiz kişi Resul'den yüzlerini çevirip:

"Görmedik." dediler.

(Birinci) o sekiz kimse cüzzam oldu. O zamandan şimdiye kadar cüzzam olanlar o soydandır. İkinci, devenin etini yerken ağzında sakladı, ağzı koktu. Üçüncü, koltuğunda sakladı, koltuğu koktu. Dördüncü, koynunda sakladı vücudu koktu. (Beşinci) biri gömleği altında sakladı gövdesi alaca oldu. (Altıncı) biri devenin başını altına alıp oturdu, ur oldu. (Yedinci) biri devenin kanını toprağa karıştırıp yok eyledi. O temreği[287] oldu. (Sekizinci) biri kemiğini ateşe yaktı, o miskin oldu.

Cüzzam olanlar bir söylentiye göre yedi, bir söylentiye göre sekiz kişidir. Birinci, Ulu Tanrı'nın hışmına uğrayıp enbiya ve evliyadan kargış alanlardır. İkinci, Mansur'un öldürülmesine fetva verip dara çekenlerdir. Üçüncü, Seyyit Nesimî'nin sözlerini küfür sayıp derisini yüzenlerdir. Dördüncü, Hazreti

286 İzmir Yazması "Uğruluk" başlıklı bölüm (67-68).

287 **temreği:** Egzama.

Resul'ün ak devesini çalıp inkâr edenlerdir. Beşinci hayız ya da gebeyken avratlarla cinsel ilişkide bulunanlardır. Altıncı, yolda cünüp gezenlerdir. Yedinci fahişe kadınla cinsel ilişkide bulunanlardır. Sekizinci, kendi bedenini pis bilip aynen gözü gece görmeyenlerdir. Hazreti İmam Hasan'a ağı içirip ve Hazreti İmam Hüseyin'in başını kesip ihanet edenlerdir.[288]

Uğrunun dört kapı, kırk makam, on yedi erkânda yüzünün kara olduğu söylenir ve uğru dört bölümdür.[289] Birinci, mal uğrusudur. Hakk yanında yüzü karadır. İkinci, dil uğrusudur. (Dil uğrusu) bilgi sahibinden bilge sözleri öğrenip varıp Müslümanları dili ile aldatır. Zahirde batında yüzü karadır. Üçüncü, yol uğrusudur. (Yol uğrusu) bir kemal ehlinden erkân görüp varıp Müslümanları aldatıp babalık satar. Dünya ve ahirette yüzü karadır. Dördüncü gönül uğrusudur. (Gönül uğrusu) sarkıntılık eder. Bir Tanrı kulunun gönlünü çalar. İşi bittikten sonra geri çekilir, bırakıp gider. Dört kapı, kırk makam, on yedi erkânda yüzü kara olur.[290]

Yedi kimse dünyada kibirlik edip lânetli olup dışlandılar. Birinci katil Kabil'dir. İkinci, lânetli Nemrut'dur. Üçüncü, lânetli Firavun'dur. Dördüncü, Kâbus'dur. Beşinci, lânetli Şeytan'dır. Altıncı, lânetli olan Babın'dır. Yedinci, lânetli Ebu Cehil'dir. Tanrı'nın lâneti tüm zalimlerin üzerine olsun.[291]

288 İzmir Yazması (s.67-68).
289 Burada Alevîliğin temel ilkesi olan **"eline, diline, beline"** yasağı vurgulanmak isteniyor.
290 İzmir Yazması (s. 67).
291 İzmir Yazması (s. 68).

23

CEBRAİL'İN TARİKLENMESİ[292]

Tarik, tercüman Hazreti Risaletpenah[293] Emir-el-müminin'den kaldı.

O zamanlar bu dünya kurulmamıştı ve Hazreti Muhammed Mustafa ile Aliyyel Murtaza bu on sekiz bin âlem içinde görüntüsünü işlememişti.[294] Cebrail:

"Ben peygamberin yaklaştırıcısıyım.[295] Muhammed Mustafa (benim) karşımda durur." dedi.

Pes, Hazret-i Resûl Ekrem'in içerisine Cebrail'in bu düşüncesi doğdu. Cebrail'in kalbine kuşku geldiğini anladı. Yine o sırada Cebrail Aleyhisselam geldi:

"Ya Muhammed bana niçin izzet ve saygı göstermezsin? Saygı göstermemekte kusurlar(ım) nedir?" diye sordu.

(Bunun üzerine) Hazreti Resûl şöyle buyurdu:

"Ey Cebrail, sen melek olduğunu bilmiyor musun? Senin kalbine kuşku girmiş."

O zaman Cebrail Aleyhisselam yüzünü yere vurdu. Şahı Merdan Aliyyel Murtaza'dan aman dileyip yola girdi. Ecrini[296]

292 İzmir Yazması s. 79. "Cerail'in Tariklenmesi" başlıklı bölüm.
293 **risalet:** 1. Elçilik. 2. Peygamberlik. 3. Haber ulaştırma, habercilik. risaletpenah: Muhammed peygamber. Hacı Bektaş Yazması'nda dördüncü tacın Muhammed'e, beşinci tacın Ali'ye indiği belirtilir (s. 251).
294 Bu sözcük özgün anlatıda "vechini nakşeşmemişti" biçiminde geçer. vech: 1. Yüz, surat. 2. Üst kesim. 3. Ön, alın. 4. Biçim, üslup. 5. Neden. 6. Araç.
295 Özgün anlıtda "muharrib: yaklaştıran, yakınlaştıran" sözcüğü kullanılır.
296 **ecr:** 1. Ücret, bir işin karşılığı, gider. 2. sevap.
İzmir Yazması "Cömertlik Yapılmayan Yedi Nesne" başlıklı bölüm. (s. 142)

verdi. Cebrail Ulu Tanrı'dan sığınma isteyip dergâhına gelip özür diledi. (Şahı Merdan Aliyyel Murtaza) Cebrail'e tarik çalıp tercüman aldı.

Ondan beri rehberlik Cebrail'den kaldı. Pîrlik de Şahı Merdan Ali'den kaldı.

24

TAC[297]

"Gökten kaç tac indi?" diye sorarlarsa, "yedi tac indi" diye karşılık ver.[298]

Birinci, Adem Safiyullah'a ak (tac) indi. İkinci, Nuh nebiye ak (tac) indi. Üçüncü Halil İbrahim'e kara (tac) indi. Dördüncü, Musa'ya[299] sarı (tac) indi. Beşinci İsa'ya gök (tac) indi. Altıncı, Hazreti Resul'e yeşil (tac) indi. Yedinci, Emirel Müminin Hazretlerine kırmızı (tac) indi.

Âdem peygamberin tacının tereği dörttür. Dört ana unsur da (dört) kitaptır. Daha doğrusu ateş, su, yel ve topraktır.

Nuh peygamberin tacının tereği altıdır. (Bu altı terek) altı yön anlamındadır ve kuzey, güney budur.

Halil İbrahim Aleyhisselam'ın tacının tereği yedidir. (Yedi terek yedi) yıldızdır. Anlamı budur. Yedi yıldız şunlardır: Ay, Merkür, Zühre, Güneş, Müşteri, Merih ve Zuhal.

Hazreti Resul'ün tacının tereği on ikidir. (Bu on iki terek) on iki burca karşılıktır. Koç, boğa, ikizler, yengeç, aslan, başak, terazi, akrep, yay, oğlak, kova ve balık.

Şahımerdan Ali'nin tacının tereği on ikidir. (O) On bir imamın atasıdır. Bu on ikinin öncesinin Ali olduğu gün

297 İzmir Yazması (s.81-82). 2.Hacı Bektaş Yazması (s. 251-252)
Tac, Alevî büyüklerinin giydikleri özel başlığın adıdır. On iki dilimli olan bu tacın oniki imamı gösterdiği inancı yaygındır. Tacın özel bir kutsallığı olduğuna inanılır. Tacın, bir tarîkat giysisi olarak, Anadolu'ya Babalılarla geldiği, nitekim Yunus Emre'nin şeyhi Barak Baba'nın bile bu etkiyle boynuzlu tac giydiği söylenir. (Eyüboğlu, Bektaşîlik İstanbul 1980, s.166 ve 168)

298 2. Hacı Bektaş Yazması s.251'de "beş tac indiği belirtilir.

299 2. Hacı Bektaş Yazması'nda dördüncü tacın Muhammed'e, beşinci tacın Ali'ye indiği belirtilir(s. 251).

yazande yazılmıştır. Sonuncusu Mehdi Sahibzaman'dır. Hazreti Resul:

"Birinci (imam) Ali ve sonuncu (imam) Mehdi olacaktır." diye buyurmuştur.

"Tac nedir?" diye sorarlarsa:

"İnsandan ibarettir ve ihsan da insanın vücudundadır." diye karşılık ver.

"Tacın farzı nedir?" diye sorarlarsa:

"Pîrdir, pîrin sözlerini tutmak ve pîre hizmet etmektir. Ve tacın sünneti pîre itaat etmektir. Tacın aslı Tanrı'dan günahının bağışlanmasını istemektir. Bir daha günah işlememek üzere tövbe etmektir. Tacın buyruğu cahil ile sohbetten ve de kötü kadınlarla ilişkiden sakınmaktır."

(Tacın) önderi ve kılavuzu Hakk'ı tanımaktır. Tacın batını yani içi Hakk nurudur. Tacın zahiri yani içi, imamın velayetidir. Tacın kelimesi "bir elit"tir. İsmullahtır. Meth-i Ali İbn Ebu Talip Keremullah-u vech Hazretleri'dir. Halife-i rehnümadır. Önce gelen kimselerin mezhebi Şîa onun kıblesi idi. Yol erkân bilmezler idi. Halife ve pîr görmezlerdi. Heman bir imaret idi. Vahdet tacının oluşumu sınırsızdır. "Tacın esası" "Sırdır, Hakkı zikirdir". Tacın kitabı, İmam Hüseyin İbn Ali'nin kitabı'dır.

Tacın şulesi izzetle selam vermektir. Tacın pamuğu Hakk'ın muhabbetidir. Tacın dirisi başa giymektir. Tacın ölüsü baştan yere koymaktır. Her kim tac giyse ve bu anılanları bilmese o tac ona haramdır.[300]

Birinci, tacın içi sırdır. Dışı nurdur. İğnesi mürşittir ve kubbesi bir Allah'dır. Terekleri on iki imamdır. Mühürü Muhammed-Ali'dir. Eni doğudan batıyadır ve uzunluğu arştan kürse değindir. Kapısı dörttür.[301]

---

300 İzmir Yazması (s. 82).
âlem: Evren. Esrar: Sırlar, gizem. Ekber: Büyük. Tümcenin anlamı: "Evren büyük bir sırdır".
301 2. Hacı Bektaş Yazması (s. 252).

25

CÖMERTLİK[302]

Yedi nesneye cömertlik yoktur. Dört nesnesini geçip dört nesneden geçmemek gerektir.

Birinci, Ulu Tanrı Muhammed'in sevgisinden cömertlik etmedi. Kendinden başkasını kimseyi sevmeye reva görmedi.

İkinci, melekler imana cömertlik etmedi. Melekler imana cömertlik etselerdi, iman miras kalıp bir kişinin imanı bir kişiye miras kalırdı.

Üçüncü, Hazreti Muhammed ümmetine cömertlik etmedi. Muhammed ümmetine cömertlik etseydi ümmetinden geçerdi. Oğlu İbrahim[303]'den geçmezdi.

Dördüncü, Hazreti Ali, Düldül ile Zülfikâr ve Fatıma'ya cömertlik etmedi. Hazreti Ali, Fatıma'dan geçseydi, bir kişinin avradını şeriata göre (başka) bir kişiye bağışlamak caiz olurdu.[304]

Tıpkı bunlarda olduğu gibi bir sofu kendi müslümünü başka bir sofuya üç kez hizmete gönderse o müslüm o sofunun meşrebi ve muhibbeti olur. Ona bir kimse(nin) düşmanlık etmesi erkân değildir, yezitliktir. Nedeni, birincisi, hizmet edince ceset muhabbeti bilip Hazreti İsa makamını bulur. İkinci, Hazreti Muhammed'in makamını bulur. Üçüncü, kalp muhabbet makamı(dır). Hakk Teala'nın katıdır. Hayvan ot yer ve insan muhabbet eder.

---

302 İzmir Yazması "Cömerklik Yapılmayan Yedi Nesne" başlıklı bölüm (s. 142).

303 **İbrahim,** Muhammed peygamberin çocuk yaşta ölen oğlu.

304 Özgün anlatıda beş, altı ve yedinci nesneler anılmaz. Bunlar Zülfikâr, Fatıma ile Hasan-Hüseyin olabilir.
İzmir Yazması "Selam" adlı bölüm. Bu bölümü "Hû" bölümünün ardına (s. 148) ardına koymamız Alevîlerin "Hû sözünü de selam olarak kullanmalarından geliyor .

26

HÛ[305]

Şöyle bilinmeli ki, Ulu Tanrı'nın iki (türlü) adı vardır. Birisi gizli, birisi açıktır. Açık adı "Errahmanirrahim", gizli adı "Hû"dur. (Böylece) Hakk Teala Hazretleri'nin binbir adı vardır.

İmdi, onun hikmetinden soru sorulmaz. Bir buyruğu ile bir damla sudan güzel yüzlü adam yaratır, Ay ve Güneş onun güzelliğinden utanır. (Tanrı'nın) gücü sonsuzdur.

Nimet iki türlüdür. Biri gizli biri açıktır. Açık nimet, mal-mülk nimeti ile oğlan ve kız gibidir. Gizli nimet şevk-i zevki terk edip Ali-Muhammed yoluna sarf etmektir. İman ve mârifet gibidir.

Şimdi şöyle bilinmeli ki; âlem esrar-ı ekberdir.[306] Ruhtan ruh evreni büyüktür ve de sonsuzluktur. ve insan âlem kalbinden ekberdir. (Bir) hadis-i şerifte "İçinde Tanrı zikri bulunan yürek en ulu evdir."[307] buyrulmuştur. Mümin olanın zikri kabuldür ve kalbi beyt-i şeriftir.[308]

Ancak, Hakk Tealâ'yı anmak yedi türlüdür. Birinci pîrin hizmetini bilip işlemektir. İkinci Allah-u Teala Hazretleri'nin ikrarına razı olup Tanrı yoluna düşmektir. Üçüncü şeriata

305 İzmir Yazması "Hû" başlıklı bölüm (s. 112). Arapça "O" anlamına gelen sözcük, tarîkatta genellikle "Tanrı anlamında kullanılır. Gülbenk okunduktan sonra "Hu" denir. Bu, Tanrı'nın adı anlamındadır.

306 **âlem:** Evren. **esrar:** Sırlar, gizem. **ekber:** Büyük. **Tümce** "evren büyük bir sırdır" anlamındadır.

307 Özgün anlatıda bu hadis Arapçadır.

308 **beyt-i şerif:** Kutsal ev. Burada Kâbe anlatılmak isteniyor.

sağlam bağlılıktır. Dördüncü, tarîkate sıkı bağlılıktır. Beşinci mârifeti sağlam olmaktır. Altıncı ilmi sağlam olmaktır. Yedinci edep ve hayası sağlam olmaktır.[309]

Şöyle bilinmeli ki; selam[310] Hakk Teala Hazretlerinin ulu, büyük adlarından biridir. Selam Tanrı'nın selamıdır. (Onun) temiz sıfatıdır. Aşk (ise) insanın sıfatıdır. Selam kudret kandilinin nurudur.

"Aşk olsun" demek "cesede can geldi" demek(tir).

"Hoş gördük" ve "sefa gördük" (demek), "ceset geldi" (demektir). Ve bir rivayete göre "safa gördük" sözü Cebrail Aleyhisselam('ın) dilinden Adem Safiyullaha, Nuh Nebiyullah'a, İbrahim Halilullah'a ve İsmail Zebhullah'a geldi. "Hoş gördük", "Safa gördük" demek Cebrail Aleyhisselam'ın dilinden Eyyüb Şifaullaha, Yusuf Hüsnullah'a ve Süleyman Eminullah'a geldi. Bu sekiz peygamberin her biri bir belâya tutuldu. (Onlar bu çıkmazda iken) Hakk Teala Hazretleri Cebrail Aleyhisselam Hazretlerini gönderdi. Cebrail gelip sekiz peygamber belâ anındayken "sefa gördük" "hoş gördük" dedi. İmdi, sema, aşk (olsun), sefa (gördük) ve hoş (gördük) sözlerinin anlamının bu olduğu anlaşıldı. Er ve bacıların selamları ve karşılıkları gereklidir. (Bir ev sahibinin eve gelen kimsenin selamına karşılık vermesi) "Bu ev senindir." demektir.[311]

Besmele;[312]

İmdi şöyle bilinmeli; bir kimse "Bismillahirrahmanirrahim" dese tıpkı ateşin karşısında mumun erimesi gibi, lanetli şeytan erir. Bu rivayette "Bismillahirrahmanirrahim" sözü dört sözcüktür. Günah (bu) dört tür üstünedir. Birinci gece günahı, ikinci gündüz

309 İzmir Yazması (s. 112)
310 İzmir Yazması "Selam" başlıklı bölüm (s. 148). Bu bölümü, Alevîlerin "Hu" sözünü de selam olarak kullanmalarından geliyor.
311 İzmir Yazması (s. 148).
312 İzmir Yazması (s. 110). "Besmele" başlıklı bölüm.

günahı, üçüncü gizli günah, dördüncü açık günahtır. Ne zaman ki bir kişi yürekten "Bismillahirrahmanirrahim" dese, Allah-u Teala o kimsenin günahını yarlıgar, bağışlar.

Evliyalar sultanı bir hadisinde şöyle buyurur: "Bir kimse inançla "Bismillahirrahmanirrahim" dese, Ulu Teala Hazretleri baş yazıcısına buyurur. O kimseye divanına gelince Cennette dörtbin derece (hayır) yazdırır. O kimsenin dört bin günahını bağışlar."

Bir hadiste Muhammed Mustafa Hazretleri buyururlar ki: "Bir kimse çocuğunu okumaya verse ve o çocuk bir kez "Bismillahirrahmanirrahim" dese, Hakk Teala Hazretleri o oğlan ile atası ve anasının ateşten uzaklaşmaları, asla cehennem ateşi görmemeleri için berat yazar."

Hazreti Ali Keremullahu Veche Hazretlerinden şöyle rivayet olunur: "Hakk Süphâne ve Teala Hazretlerinin ne kadar sırrı ve gizemi varsa dört kitapta bildirmiştir. (Bu dört kitabın) birincisi Tevrat, ikincisi Zebur, üçüncüsü İncil, dördüncüsü Kur'an-ı Azimüşşan'dır. Bu dört kitap içindeki esrarını Fatiha şerifte bildirdi. Ve Fatiha-i şerifte her ne esrarı var ise "Bismillahirrahmanirrahim" içine koydu. "Bismillahirrahmanirrahim" içinde ne kadar esrarı var ise Yasin-i Şerif'de (gizledi). Yasin-i Şerif'de (ne sırrı) varsa o 'ba'nın altındaki noktada sakladı."[313]

313 İzmir Yazması (s. 110-111).

27

İMAMLARIN ÖVGÜSÜ[314]

Seyitlere arslan göründü, felekte
Onun için ona dedi: Esadullah-ı Haydar
Hem dahi kılıç gelmeye yeryüzüne
Seyfe illâ Zülfikâr
Rıza kapısına isteyip ol şahın hizmetine
Bel bağladı Selman ile Kanber
Ki gelmeye hergiz Ali gibi yeryüzüne er
"Lâ seyfe illâ Zülfikâr"
Şehitler donu kırmızı geldi

314 İzmir Yazması "İmamların Övgüsü" başlıklı bölüm (s. 90-91). Alevîler arasında kutsal sayılan On İki İmamlardan başka bir de ondört masum-u paklar vardır. On dört masum-u paklar kimi kaynaklara göre şunlardır:
1. Muhammed Ekber (Hz.Ali'nin oğlu)(Bağdat'ta gömülü)
2. Abdullah (Hasan'ın oğlu)(Bağdat'ta gömülü)
3. Abdullah (Hüseyin'in oğlu) (Kerbelâ'da gömülü)
4. Kasım (Hüseyin'in oğlu) (Kerbelâ'da gömülü)
5. Hüseyin (Zeynelabidin'in oğlu) (Basra'da gömülü)
6. Kasım (Zeynelabidin'in oğlu) (Basra'da gömülü)
7. Ali el-Eftar (Bakır'ın oğlu) (Sivas'da gömülü)
8. Abdullah (Cafer'in oğlu) (Bistam'da gömülü)
9. Yahya el-Hadi (Cafer'in oğlu) (Kûfe'de gömülü)
10. Sâlih (Musa Kâzım'ın oğlu)(Sivas'da gömülü)
11. Tayyib (Musa Kâzım'ın oğlu) (Remle'de-Şiraz'da gömülü)
12. Cafer (Muhammed Taki'nin oğlu) (Kudüs'de gömülü)
13. Cafer (Hasan Askeri'nin oğlu) (Deyr'de gömülü)
14. Kasım (Hasan Askeri'nin oğlu) (Cezayir'de gömülü)
(Prof.Dr.Cavit Sunar: Melâmilik ve Bektaşîlik, Ankara 1975, s.39).
Ancak, **Abdülbaki Gölpınarlı** bu on dört masum-u pakların gerçek olmadığını ileri sürer. Gölpınarlıya göre on dört masumlar Hz. Muhammed ile kızı Fatıma'nın On İki İmamlara katılması ile olur. 14 masumlar bunlardır. Alevîler-Bektaşîler, "masum" sözünün Türkçe'de "ergin çağına girmemiş çocuk" denmesine aldanarak ondört masumları oniki imamlardan ayrı sanmışlar ve On İki İmam'ın erginlik çağına girmeden şehit edilen ve bir kısmı da uydurma olan ondört erkek çocuğu "ondört masum" saymışlardır ki, bu tümüyle yanlıştır. *(100 Soruda Türkiye'de Mezhepler ve Tarîkatlar, İstanbul 1969, s.51-52).*

Âla mertebe onun için geldi
Hakk'tan dahi nazildir
Ona tac-ı Ahmet şehadet gelincek
Ol Şah-ı velayet bile içtiler
Ol Şebbir-i şübber birine ağzından erdi
Rıza eceli birinin boğazından katleyledi
Onları ol yezit cahil epter
Hasan'a ağı verdi avratı, Muaviye meşveretiyle
Ol yüzü dönmüş bîvefa, ol tohma lanet,
Ah Hüseyin'e rahmet deyip ağlar ümmü Seleme.
Hem Şah deyip Şehriban ederdi ezber
Der idi ki iki cihan geçsem ey şah oğlu Şah-ı vahiden
Hayalin gönlümde kaldı, fırakın canımda
Bir dahi gözü gözlerim seni ey hüsn-ü münevver
Ey Ali'nin yâdigârı, ey Muhammed'in ciğer köşesi!
Ey huyu güzel, hulku şirin sözü şeker!
Ey Kerbelâya müşerref eden hublara erişti!
Ey yüzü gül, gözleri nergiz, perçemi buhr-u amber!
Yerde insan ağladı şah için,
Suda balıklar cennette huri, gökte melekler
İmam Şah Hüseyin'in kanlı gömleğin Hazreti Fatıma alıp eline
Divana ol yevm-ül mahşer
Diye ki, Hüseyni olanların bağışla suçun
Bu kanlı gömleğin aşkına bağışladım
Hüseynileri bi külli yeksar
Sen dahi Hüseyni olagör ey yar-ı sadık
Cihanda vücudun pak ola, günahtan haber
Hüseynidir Zeynelabidin, Hüseynidir Buhammed Bakır
Hüseyni tarikin beyan eyledi İmam Cafer
İmam Musa Kazım kân-ı evliyadır, Hem Ali Musa Rıza'dır

Cevher bunlara tanıktır
İmam Muhammed Taki, ve Ali Naki, Hasan El-Askeri
Ahir gelip Muhammed Mehdi-i sahib-i zaman
İmamlar aşkına Zülfikâr çalıp ol şahı Sultan
Kerbelânın hakkını alıp,
Lanet tavkını Yezid'in boynuna geçir
Ol dem tığ-ı teber
Hüseynidir Kul Himmet ta ezel
Ezelden Hüseyniler tarikinde kemter
Ol Kul Himmet İmamlar tarikinde yad olma
Kul Himmet ey dost yadigâr'ı onundur çağırır Allah-u Ekber.[315]

---

315 İzmir Yazması (s. 90-91)'de yer alan bu bölüm Kul Himmet'in bir deyişi olduğu anlaşılmaktadır. Ancak çok bozulmuştur. Yazık ki, Kul Himmet'e ait kitaplarda bu şiiri bulamadık.
On İki İmamlar ve ölüm yerleri ise şöyledir:

1. İmam Ali	(Necef'te gömülü)
2. İmam Hasan	(Medine'de gömülü)
3. İmam Hüseyin	(Kerbelâ'da gömülü)
4. İmam Zeynelabidin	(Medine'de gömülü)
5. İmam Muhammed Bakır	(Medine'de gömülü)
6. İmam Cafer Sadık	(Medine'de gömülü)
7. İmam Musa Kazım	(Bağdat'ta gömülü)
8. İmam Ali Rıza	(Horasan'da gömülü)
9. İmam Mahummed Taki	(Bağdat'ta gömülü)
10. İmam Ali Naki	(Şahmeran'da gömülü)
11. İmam Hasan el-Askeri	(Şahmeran'da gömülü)
12. İmam Mehdi	(Samire'de kayboldu)

(Prof.Dr.Cavit Sunar: y.a.g.e., s.39)

28

BÜYÜK ÂLEM, KÜÇÜK ÂLEM[316]

İmdi, büyük âlem insandır, küçük âlem hayvandır. Ulvi âlem insandır, süfli âlem hayvandır. Görünüşte âdem, kişilikçe hayvandır.

Birinci ilimde hayvan, ikincide akılda hayvan, üçüncü fikirde hayvan, dördüncü sohbette hayvan denir.

İlimde hayvan olan kimse görünüşte insandır, (gerçek) anlamda (pek) alçaktır. Ona adem demezler, hayvan derler. İrfan sahiplerinin ona güven ve saygısı yoktur.

Görünüşte insan olan dört nesnedir: Buna dört ana unsur denir. (Bu dört ana unsur) ateş, yel, su ve toprak(tır). Bu dört nesneyi dört taban üzerine oturtmuşlardır. Suyun adını mülhime[317] komuşlar. Toprağın adını mutmaine[318] komuşlar.

---

316 İzmir Yazması "Büyük Âlem, Küçük Âlem" başlıklı bölüm (s. 95).
Alevîliğe göre insanda iki büyük güç vardır: İyi ve kötü. Bu güçler kendi seyrine bırakılacak olursa kötülüğün gücü iyiliğin gücünü egemenliği altına alır. Bu nedenle insan eğitilmek zorundadır. İnsan eğitimden amaç, insandaki "nefsin" eğitimidir. Bu eğitimi dedeler, babalar yapar.
Nefsi eğitimden amaç, nefsi bilmektir. Nefsi bilmekten amaç ise, herşeyden önce nefsi, şehvet, kibir, kin, gazab, haset, riya gibi kötülüklerden sıyırmak, kalbi de bütün dünya ve hatta ukba sevgilerinden arıtmaktır.

317 **mülhime:** Esin veren, ilham eden.

318 **mutmain:** Zihnini bir şeye yatırıp rahatlamış, kuşkusu kalmayıp kanmış.

Ateşin adını emmare[319] koymuşlar. Yelin adını levvame[320] koymuşlar. Dördünün de (birer) uygunu vardır.

İmdi (şöyle) bilinmeli: Nefs-i emmare[321] ateşe bağlıdır. (Nefs-i emmareler) Hakk'ı kabul etmeyen zalimlerdir. Nefs-i emmarede on özellik vardır: Birinci, cehil, ikinci kibir(dir). Üçüncü buğuz[322] (dur). Dördüncü kahır[323] (dır). Beşinci pahıllık[324] (tır). Altıncı isyan(dır). Yedinci nefsaniyet etmek[325] (tir). Sekizinci kin etmek(tir). Dokuzuncu küfür(dür). Onuncu nifak[326] (tır).

İmdi, nefs-i levvamenin[327] uzantısı yeldir. Onun da on özelliği vardır: Birinci zahitlik(tir). İkinci takvalık[328] (tır). Üçüncü terk-i salât[329] (tır). Dördüncü ubudiyet[330] (tir). Beşinci namaz(dır). Altıncı oruç(tur). Yedinci hac(dır). Sekizinci kaza komak[331] (tır). Dokuzuncu zekât'tır). Onuncu abdest(tir).

---

319 **emmare:** Pek buyurucu, zorlayan.
Tarîkatlar gerçekte tasavvufun daha doğrusu hakikatın birer yoludur. Her şeyden önce birer nefs terbiyesi yoludur. Genellikle tasavvuf yolunda hakikat yolcusunun sırası ile şu yedi evreyi geçip tamamlaması gereklidir. Ancak bu sıralama Buyruk'da dağınık anlatılmıştır. Bu yedi evrenin sırası şöyledir: 1. Nefs-i Emmare, 2. Nefs-i Levvame, 3. Nefs-i Mülhime, 4. Nefs-i Mutmainne, 5. Nefs-i Râdiye (Nefs-i Râdiye: Hakikat yolcusu bu makamda artık Allah'dan razı olur. İyiliğin ve kötülüğün, her ne gelirse gelsin Allah'tan geldiğine inanır. Her zaman şükür eder, şikâyet etmez.) 6. Nefs-i Mardiye (Nefs-i Mardiye: Bu makamda ise Allah hakikat yolcusundan razı olur. Hakikat yolcusu Allah'a iyice yaklaşmıştır. Başka bir deyişle artık her iş ve eyleminde Tanrı ile birliktedir. Tüm kötülüklerden, tutkulardan sıyrılmıştır. Bu nefsin egemen olunacağı son evredir. Yani nefs ancak bu makama kadar insana egemen olabilir). 7. Nefs-i Safiya ya da Maiya (Nefs-i Safiya: Nefs bu makamda artık insana egemen olamaz. Artık tümüyle saf ruh durumuna gelmiştir. Yani insan Allah'a ulaşmıştır. Bu makamda insanın eylemleri, sözleri, artık Tanrı'nın eylemleri ve sözleridir.)

320 **levvame:** Çekiştirip dedikodu yapan.

321 **nefs-i emmare:** Hakikat yolcusu. Bu makamda tümüyle kendi nefsinin buyruğu altındadır. Bir haşvandan başka birşey değildir.
nefs-i levvama: Hakikat yolcusu bu makamda yavaş yavaş nefsini kötülemeye, pişmanlık getirmeye başlar. (Bak.420.not)

322 **buğuz:** Öfke.

323 **kahır:** Üzüntü.

324 **pahıllık:** İstemezlik, çekemezlik.

325 **nefsaniyet:** Nefsine düşkünlük.

326 **nifak:** Ara bozuculuk.

327 **nefs-i levvame:** Hakikat yolcusu. Bu makamda kişi yavaş yavaş özbenliğini yokeder, pişmanlık getirmeye başlar.

328 **takvalık:** Tanrı'dan korkma.

329 **terk-i salat:** Namazı bırakma.

330 **ubudiyet:** Zihni birşeye yatırıp rahatlaştırmak, kuşkusu kalmayıp kanmak.

331 **kaza komak:** Tanrı'ya boyun eğmek.

Nefs-i mülhime[332] kabul edicidir, suya orantılıdır. Onun da on özelliği vardır. Birinci akıl(dır). İkinci hikmettir). Üçüncü ilim(dir). Dördüncü nasihat(tır). Beşinci fikir(dir). Altıncı hayır(dır). Yedinci kemal(dır). Sekizinci fazl[333] (dır). Dokuzuncu ihsan[334] (dır). Onuncu cömertliktir.

İmdi, nefs-i mutmaine[335] topraktır. Ulu Tanrı cenneti onun üstüne kurmuştur. Toprak Adem Safiyullah'a koşuttur. Nedeni, toprak en yüce ilmin ayrıntılı kitabıdır. Tanrı şöyle seslenmek izzetinde bulunmuştur:

"Benliğini bilen Tanrı'yı bilir."[336]

Bu söz evliya binasıdır. İmdi (Tanrı'nın) açık söylediği gibi, her kişi(nin kendi) düzeyini bilip konumuna göre doğru yol, doğru düzen üzerinde olması gerekir. Böylece onun da on özelliği vardır. Birinci yoksulları gözetici olmaktır. İkinci hayır öğütlü olmaktır. Üçüncü adil, adalet etmektir. Dördüncü insaflı olmaktır. Beşinci rızadan geleni nur bilmektir. Altıncı ilim sahibi olmaktır. Yedinci, hakikati hak etmektir. Sekizinci Hakk'a yakın olmaktır. Dokuzuncu ahdinde durmaktır. Onuncu vefa nedir fark etmektir, ki duygular açık ola. Nedeni, toprak Şah-ı Merdan'dır. Onun için (bir) adına Ebu Turabî ve bir adına (da) "Ebu Talip" dediler. Velilik, keramet ve nübüvveti[337] ortaya çıkardı. Bu düzey insana özgüdür ve bu düzey (de insan) insandır. Önce insanın kendini bilmesi gerekir.

---

332 **nefs-i mülhime:** Hakikat yolcusuna bu makamda kimi şeyler ilham olmaya başlar. (284. açıklamada anlattığımız gibi tasavvuf yolcusunun yedi evreyi tamamlayıp geçmesi gerekir. Nefs-i mülhime bunun üçüncü aşamasıdır.)

333 **fazl:** Erdem.

334 **ihsan:** Bağışlama.

335 **nefs-i mutmaine:** Hakikat yolcusunun nefsi artık burada seyrini ve icraatını bitirmiş, tümüyle ruhaniyete yönelmiştir. Yolcu bu durumda kabiliyet derecesine göre birçok keşiflerde bulunabilir. Zati tecelliye bile mazhar olabilir. Bu zatı tecelliye tecelliyi berkiyye denir.

336 Bu tümce özgün anlatıda Arapçadır. *"men arefe nefse fakat arefe rebbe"* biçimindedir.

337 **velayet:** Velilik, gizlilik anlamındadır. nübüvvet: açıklık, görünürlük. **Nübüvvet,** batının yani velayeti açığa çıkarır.

Evsaf-ı zemime[338] sekizdir. Bunun tümüne "nefs-i emmare" derler. Birinci pahıldır. İkinci kibir(dir). Üçüncü şehvet(tir). Dördüncü hırs(tır). Beşinci nefis(tir). Altıncı zuraflıktır.[339] Yedinci gazap(tır). Sekizinci hatır yıkmak(tır). İmdi, gönül dedikleri Hakk'ın evidir. Bu sekizi (tutkuyu) yok edersen sekiz cennet kapısı yüzüne açılır ve yedi tamu (kapısı) yüzüne bağlanır. Yok, ortadan kaldırmayıp bunları sana yakın edersen sekiz cennet kapısı yüzüne bağlanır. Yedi tamu kapısı yüzüne açılır.

İmdi bu yedi şeyi bırakmamak gerekir. (O zaman Tanrı) insanı hidayete ulaştırır. Birinci sehavettir.[340] İkinci kanaat(tır). Üçüncü ilimdir. Dördüncü sabırdır. Beşinci ilmine kibir(li) olmamaktır. Altıncı Hakk için hizmet etmektir. Yedinci cömert olmaktır. Önce, yol Muhammed-Ali'den kalmıştır ve bundan tutmuşlardır. Nefsin(in) rızasın(ı) sağla ki tecella, temenna ve niyazı hak ola. İlm-i ulvî,[341] ilm-i süfli[342] ve ilm-i memat[343] bunun için derler. Sıfatı değiştirip sefil sıfata düşersen şeytan ortaya çıkar. Neuzu billah o kimse mahrum olur. Hidayetten[344] çıkar, zulmata[345] düşer. O kimseye görünüşte adem derler, (gerçek) anlamda hayvan derler. Nedeni, ateşten yaratılmıştır.

Ateşe sekiz derler. Tanrı'ya şükür edince (Tanrı) sekiz şeyi bağlar. Birinci riya ateşidir. İkinci şehvet ateşidir. Üçüncü cahillik ateşidir. Dördüncü hırs ateşidir. Beşinci gaflet ateşidir. Altıncı nazar ateşidir. Yedinci kibir ateşidir. Sekizinci batın ateşidir.

338 **evsaf-ı zemime:** Kötü özellikler, kötü vasıflar.
339 **zurafalık:** Sevicilik.
340 **sehavet:** El açıklığı, cömertlik.
341 **ilm-i ulvi:** Ulu, yüce bilim.
342 **ilm-i süfli:** Aşağı, düşük, kibirli bilim.
343 **ilm-i memat:** Ölüm bilimi.
344 **hidayet:** 1. Yol gösterme. 2. doğru yolu arama. 3. doğru yola girme. 4. tanrı tarafından birinin kalbine ilham olunan doğru yolu arama.
345 **zulmet:** Karanlık.

O, birinci riya ateşi zikirle def olur. İkinci şehvet ateşi helal kazançla def olur. Üçüncü cahillik ateşi ilim ile def olur. Dördüncü hırs ateşi ölümü kalbinden çıkarmamakla def olur. Beşinci gaflet ateşi Allah korkusundan ağlamakla def olur. Altıncı nazar ateşi sözü düşünerek söylemekle def olur. Yedinci kibir ateşi nefsini bilmekle def olur. Sekizinci batın ateşi kanaat ile def olur. Topluca söylenecek olursa:

"Nefsini bilen Tanrı'yı da bilir. Nefsini bilmeyen kimse cahildir."[346]

346 İzmir Yazması (s.95-98). Özgün anlatıda son tümcenin yarısı Türkçe, yarısı Arapçadır. **zira':** Dirsekten orta parmak ucuna kadar olan uzunluk ölçüsü. 75 ile 90 santim arasında değişen çeşitleri vardı.

29

VELÂYETNAME[347]

Amma baad rivayettir ki bir gün cümle evliyalar şöyle dediler:

"Ey azizim, hikmetinden aziz nesne yoktur!"

O zaman Şah-ı Velâyet cümle hizmetçilerini katına çağırdı. Şöyle dedi:

"Sizden hükümlerinde hiç yanlış olmayan, dünya ve ahiret için yararlı bir kitap istiyorum. Öyle bir kitap olsun ki bundan sonra ben onlara itibar edip ve onunla amel edeyim. Ve (Başkaları) onunla her nesne üzerine zafer bulalar ve benden sonra bir yadigâr kala."

(Bunun üzerine) cümle hikmet biliciler Şah-ı Velayet'den bir yıl süre istediler. Bir yıl içinde bu sözleri derleyip adını Velâyetname koydular. Bir kitap yaptılar. Üzerini altın ile yazdılar. Bu kitabı Şah-ı Velâyet katında saklayıp -Hakk Teala Celil ve aziz olsun- Hazretleri huzuruna getirdiler.

"Ya Rabbülâlemin ola, iki hoş gele." dediler.[348]

---

347 İzmir Yazması "Büyük Alem, Küçük Alem" (s. 98) başlıklı bölümün sonunda verilir. Biz ayrı bir başlık altında verdik.
348 İzmir Yazması (s. 98).

30

MUHAMMED'İN TUBA AĞACI İLE TARİKLENMESİ[349]

Elma yendiğinde izzet ve azamet galip gelip Cenab-ı Allah'dan izzet ve hitap geldi:

"Ya habibim Muhammed Mustafa, senin ile bizim aramızda muhabbet hasıl oldu.[350] Katıma çık, tarik altından geç ki, kıyamete değin aramızda düşmanlık olmasın.[351] Sende cevr, bizde sitem, zulüm olmasın!" deyince, Hazreti Muhammed Mustafa Hakk Teala Hazretlerinin nazarına geçip durdu. Pes, Hakk Teala cennetin şahı Rıdvan'a:

"Firdevs-i âlânın seçkin bağından; Tuba ağacından bir çatal çubuk getir.[352] Üç zira[353] uzun(luğunda) olsun."[354]

(Rıdvan gidip istenen çubuğu getirdi. Çubuk üç zira uzun(luğunda) idi. Kabzasında yedi ayet Fatiha suresi yazılmıştı. Bir çubuğunda yedi ayet Tebareke[355], bir çubuğunda da En'am Suresinden altı ayet yazılmıştı.[356]

Pes, Hazreti Muhammed Mustafa Sallallahu Aleyhi Vessellem Hakk Teala Hazretlerinin şehadete oturur gibi oturup Allah-u Teala'nın kendi kudret-i lafzı ile:

---

349 İzmir Yazması "Muhammed'in Tuğba Ağacı ile Tariklenmesi" başlıklı bölüm (s. 144-146) Aynı konu s. 212-213'te Malatya Yazması'nda işlenir.
350 İzmir Yazması s.144.
351 Malatya Yazması (s. 212)'de "ağyarlık olmasın" biçimindeki söyleniş yerine İzmir Yazması s.144'te "düşmanlık olmasın" denir.
352 İzmir Yazması s.144.
353 **zira:** Dirsekten ortaparmak ucuna dek olan uzunluk ölçüsü. 75 ile 90 santim arasında değişen çeşitleri vardır.
354 Malatya Yazması (s. 212).
355 İzmir Yazması (s.144). Malatya Yazması (s.213)'te "Berekat suresinin altıncı ayeti yazılmıştı" diye verilir.
356 Malatya Yazması (s. 213).

"Tanrı'dan başka tapacak yok, Muhammed onun elçisidir. Ali de onun velisidir. Ali'den üstün yiğit, Zülfikâr'dan üstün kılıç yok."[357]

"Bundan başka sevdiğiniz bir şey daha: Allah katında bir yardım ve bir zafer vardır. Ey Muhammed, inananlara müjde ver! Ey inananlar! Tanrı'nın dininin yardımcıları olun."[358] diye gülbenk edip Hazreti Resul'ün mübarek arkasına bir kere vurdu. Çubuğun kabzasından yedi damla nur hasıl oldu. Onlar yediler idi. Altı damla nur çubuğun sağından, altı damla nur solundan hasıl oldu. Onlar da On İki İmamlar oldu.

Ondan sonra Hazreti Resul varıp bir tas bal, (bir) kadeh süt ve bir elma niyaz getirdi. Hakk Teala Hazretleri iş bu ayeti kerimeyi buyurdu:

"İnananlar arasında Allah'ı bırakıp O'na koştukları eşleri Tanrı olarak benimseyenler ve onları Allah'ı severcesine sevenler vardır. Müminlerin Allah'ı sevmesi ise hepsinden kuvvetlidir. Zalimler azabı gördükleri zaman bütün kuvvetin Allah'a ait bulunacağını ve Allah'ın azabının şiddetli olduğunu keşki bilselerdi."[359]

"Ey Muhammed, de ki, Allah'ı seviyorsanız bana uyun! Allah da sizi sevsin. Ve günahınızı bağışlasın. Allah affeder ve merhamet eder."[360]

Ayeti okuyup, gülbenk eyleyip o niyazı hakladı. Kıyamet gününe değin muhabbetli kulların halveti hası[361] edip o niyazı konukluk etmesi gerektir.

İmdi böylece anlaşıldı: Bir sofu bir müslim ile muhabbet olmak dilerse, bir tas süt, bir tas bal, bir elma niyazlık alır.

357 Arapça yazılmış olan bu bölüm, az değişikliklerle İzmir Yazması s. 144 ve Malatya Yazması 213'te yer alır.
358 Saff (61) suresinin 13. ayetidir.
359 Bakara (2) Suresinin 165. aytedir.
360 Al-imran (3) Suresinin 31. ayetidir.
361 **halvet-i has:** Tapınım için özel, ıssız yer.

(Bir) kâmil mürşit önünde iki dizi üzerine çöker. (Pîr) üç dilli çubuk ile üç kez vurur. Gülbenk eder. (Bundan sonra o kimse) mürşit, mürebbi, rehber, musahip, aşina, meşrep, mümin ve müslümden bir kimseye cevap vermek (zorunda değildir). Korkusuz olsun!

Hazreti Resul miraca vardığında Hakk Teala Hazretleri yetmiş yedi kere onun dileğini yerine getirdi. Asla cevap vermedi. Muhabbet bu erkân üzerine olmazsa, (o kimselerin) ibadetleri ve hayırları kabul değildir. Nedeni, Allah-Muhammed-Ali'nın muhabbetlerine sitem çekmiş olur, yezit olur.

Tanrı Hazreti mümin, müslüm, derviş ve sofu kullarına yedi kimsenin suretinde görünür. Birinci kendi suretinde (gözükür). İkinci ustad suretinde görünür. Üçüncü pîr suretinde görünür. Dördüncü kendinin sevdiği surette görünür. Beşinci, ondört yaşında masum-u pâk suretinde görünür. Altıncı, muhabbeti suretinde görünür. Yedinci, otuz üç yaşında cennet ehli suretinde görünür.[362]

Muhabbet muhabbetten gün çalmak[363] erkân değildir. Nedeni, Muhammed Mustafa Hazretleri kemal kereminden muhabbet deryası coş edip İmam Hasan Hazretlerini ağzından, ve İmam Hüseyin Hazretlerini boğazından öptü. Hemen o an Hakk Teala Hazretlerinin celâl hışmı galip oldu. Cebrail Hazretleri cennetten dört şal getirdi. Birinci şalın rengi siyah idi. Onu Muhammed Mustafa'ya yas eylesin diye (gönderdi). İkinci şalın rengi yeşil idi. Onu İmam için (gönderdi). Ağı versinler, ağzından şehit eylesinler dedi. Üçüncü şalın rengi kırmızı idi. Onu İmam Hüseyin için (gönderdi). Boğazından Kerbelâ çölünde şehit eylesinler dedi. Dördüncü şalın rengi ak idi. Onu (Tanrı) "(onların) iki cihanda yüzleri ak (olsun) ve onların hürmetine sofu olan kimseleri yargıgadım." diyerek gönderdi.[364]

362 İzmir Yazması (s.144-146).
363 **günü çalmak:** Kıskançlık, çekemezlik yapmak.
364 İzmir Yazması "Dört Kapı Karındaşı" adlı bölüm (s. 139-140).

31

TARÎKATNAME[365]

Birinci Kapı:

Talip olana erenler nazarına gelip doğru yol ile şahit olması farz ve vaciptir. Sonra tarikin mürşidinin eline niyaz eder. (Mürşit) tariki eline alır:

"Destur şah!" deyip durur. Hiç yerinden kıpırdamayıp talip ölün dirilinceye değin on iki rıza erkânı çalar. Sonra gülbenk eder:

"Allah, Allah, Allah, evvelin ve ahirin ve zahirin ve batının bende-i şah kabul-ü dergâh, ikrarı kalu billah, Allah Muhammed Ali hû diyelim hû!"

Tecellâ temenna ve tevellâ ve yezide teberra[366] ederler. İrfanca oturup mürebbinin ve pîrin hakkını alırlar. "Niyaz-ı şah, kabul-ü dergâh" olurlar. Kâmil ehli olan üç beş can[367] yerler. Ondan sonra tercüman kurbanı geldiğinde tekbir ederler:

"Kurban-ı Halil, ferman-ı celil, can-ı İsmail" derler.

İkinci Kapı:

Adem atamız Havva anamızı Lâin oğlu Hannas'a emanet etti. Lâin oğlu Hannas kâfirin kalbine hile geldi. O zaman Adem Safiyullah Havva anamıza üç razı erkânı[368] çaldı. (Erkânı) üç etmek (bundan) tercüman oldu.

365 İzmir Yazması "Haza Tarikname Beyan Olunur Şahım" başlıklı bölüm (s. 57-61).
366 **tecella, temenna, teberra, tevella** sözcükleri daha önce. notlarda açıklandı.
367 Bu tümce tam anlaşılmıyor. Kimin neyi yiyeceği bilinmiyor. Olduğu gibi bıraktık.
368 **razı erkanı:** "Razılık kuralı" anlamında olmalı.

Eyyüp Peygamber hasta oldu. Hatunu Rahime Hatun, Yusuf Peygamberin kızı idi. Lâin bir hekim donunda eşeğe binip geldi. Rahime Hatun'a rast geldi. Lâin Şeytan şöyle dedi:

"Ya Rahime Hatun, senin mubarek benzin solmuş! Var şarap iç, kurtulasın."

Rahime Hatun gelip Eyüp Peygambere danıştı. Eyüp Peygamber dert ile yürekten bir ah çekti. Tüyleri diken diken oldu. And içip Rahime Hatun'a şöyle dedi:

"Ya Rahime Hatun, sen düşman sözüne uyup bana üzüntü verdin! Hakk Teala Hazretleri bana sağlık verip ben bu ağrıdan kurtulursam sana doksan dokuz değnek vurmak boynumun borcu olsun."

Eyyüp Peygamber hastalıktan kurtuldu. "Andım yerini alsın" deyip yüz buğday sapı ile Rahime Hatun'a bir kez vurdu. Eyyüb'ün andı sındı. Yüz buğday sapının her birinden yüz buğday tanesi çıktı. Daha doğrusu, doksan dokuz buğday sapından binbir buğday çıktı. Bir tane Cebrail Aleyhisselam getirdi. Binbir buğday oldu.

O zamanlar Rahime Hatun'un yedi güvercini var idi. Kurban edip Kırklar nazarına getirip yediler.

Hazreti Muhammed'in dokuz hanımı var idi. Ayrıca yirmi cariyesi vardı. Kimi kez mübarek beyki[369] ile ve kimi kez sorkucu ile hatunlara beşer, dokuzar kere tariklerini çalıp tercümanlarını alırdı.

Hazreti Murtaza Ali, Fatıma'dan başka hatunu Zülfikâr ile tariklerdi. Hazreti Fatıma yaşamı boyunca yoldan çıkıp tarikli olmadı. Ancak bir cuma gecesi Hazreti Ali'nin önünde durdu, pençe-i Ali çalındı.

369 Büyük olasılıkla "peyk" sözüdür. Cemde 12 hizmet sahibinden biridir. Kimi yörelerde "iznikçi" denir. Yanında getirdiği ise sopa olmalı.

Ancak, hatunlar yeni hamile olduklarında gelip "Eyvallah" diyerek tarik altından geçmek dilerlerse tarike yatan hatunların yüzlerini niyaz etmekle tarik yerini alır.

Pes, şimdi anlaşıldı ki, kadınlara sayı ile tarik çalmak erkan değildir. Üç tarik çalmak gerekir. (Üç kez tarik çalmak da sakıncalı ise) üç çubuğu birbirine sarıp bir kez (tarik) çalarlar. Buna benzer biçimde çalınan tarik tarik-i evliyadır.

Dul avrat, bakire kız, genç oğlan tarikli olduğunda onlara başka mümin müslim (olduğu gibi tarik çalmak) erkân değildir. Yok, mürşit ve ya seyit olursa o zaman ona erkândır.

Bir sofu kendi günahını alıp pîr önüne çıktığında pîr ona:

"Aşk olsun!" der. "Erenler gönlüne göz, kalbine iman, verdi. Kulak verdi işitesin, dil verdi söyleyesin, geçtiğin mansur darı, göresin hak didarı."

O zofu zahirde batında olan sorunlarını saklamaksızın tümünü pîrin önünde açıklar. Orda günahın büyük mü küçük mü olduğunu görürler. Ondan sonra o sofunun başını ve canını alıp iman verirler. Sofuyu evinden sürmek, malını almak, boynuna testi asmak, ayağına diken döşemek ve alnına şiş dayamak erkândır.

İmdi, Adem atamız, Havva anamız cennette buğday yiyip günahkâr oldukları zaman başlarından tacları, arkalarından hülleleri alınıp cennetten sürüldüler. Üç yüz altmış yıl erenler nazarına getirilmediler. (Hazreti Adem) Kerbelâ yazısında ayağına diken ve alnına âsâ dayayıp üç gün üç gece ağladı.

Ve (Tanrı) Eyyüp Peygamberin malını aldı. (Eyyüp Peygamber) on yedi yıl vird etti. (Tanrı Eyyüp Peygambere) yedi yıl, yedi ay, yedi saat hastalık verip halktan ayırdı. Tenine kurt bıraktı. (Tüm bunlara karşın Eyyüp Peygamber Tanrı'ya) şükrünü kesmedi.

(Bir gün) Musa Peygamber deniz kıyısında boy abdesti alıyordu. Koç başı büyüklüğünde bir taş Tanrı'nın buyruğu ile Musa Peygamberin gömleğini alıp kaçtı. Musa Peygamber öfkelenip taşa (bir söylentiye göre) bir kez, başka bir söylentiye göre de on iki kez asa ile vurdu. Hakkın hikmetiyle o taşın on iki yerinden su coşup aktı. O anda o taş dile geldi. (Musa'ya şöyle) dedi:

"Ya Musa, sen bana niçin zulüm edersin? Ben senin gömleğini şu nedenle alıp kaçarım: Benî İsrail kavminden kimi kimseler, senin kutsal bedeninde kusur var diye kuşku duyarlar, dedikodu yaparlar. Hazreti Rabbülalemin bana "Musa'nın gömleğini al, kaç." diye buyurdu. O Hakk'ın emriyle gömleği alıp kaçtım ki İsrail kavmi seni görüp kuşkusundan kurtulsun istedim."

O zaman Musa o taşı arkasına alıp kırk yıl götürdü, ama mürüvvet demedi. O zaman Hazreti Resulullah:

"Ya Musa, mürüvvet demedin!" deyip kırk gün ortaya perde çekti. Hazreti Musa ile sohbette bulunmadı.

Pes, böylece anlaşıldı ki başından tac, arkasından hülle ve hırka alınıp boynuna taş asıp ayağına diken döşemek, alnına asa dayamak Hazreti Adem'den kaldı. Malını almak, halk arasından sürmek Eyyüp Peygamberden kaldı. Asa dayamak, (boynuna) su asmak Musa Peygamberden kaldı. Yüzü üstüne düşüp için için ağlamak Davut Peygamberden kaldı.[370]

Erkânda tarik çalmak yedidir.[371]

Birinci kendi rızası ile gelene bir tarik çalınır.

370 İzmir Yazması s. 57-61. İzmir Yazması s.124'te birinci tarikten ta onikinci tarike varıncaya kadar sofulara sitem ve sernigün edip ve "zarb-ı Ali ile alalar" denir. Bu bölüm Buyruk s.206'da yer alır.

371 **tarik çalmak:** Alevî inançlarına göre dinsel tören sırasında toplumdaki yetişkinlere asa ile vurmak. Bu asa vuruşunun sayısı kişinin işlediği suça göre değişir. Nitekim bu bölümde işlenen suça göre vurulacak asa sayısı belirlenmek istenmiştir. Bu bölüm İzmir Yazması'nda yer alır (s. 1124-127). Aynı konu Malatya Yazması yer alır (s. 206-207).

İkinci, kendi rızasın(a göre) üç tarik çalınır.

Üçüncü, göz görene beş tarik çalınır.[372]

Dördüncü, sohbet dinleyene on iki tarik çalınır.[373]

Beşinci, sohbeti ceme düşene kırk tarik çalınır.

Altıncı, zalim eli ve dili değen ile malının tılsımı bozulan kimseye yetmiş tarik çalınır.

Yedinci, mürşit, mürebbi, halife olanın arkasından konuşana doksan dokuz tarik çalınır.

Üç tarikten on iki tarike varıncaya değin erkân ehli olan sofuları kendi göğsünüze koyasınız. Ne getirirlerse kabul edesiniz. On iki ile doksan dokuz (tarik arasında ayrıca) ceza ve sürgün verilir. Zarb-ı aliye alınır.[374]

Ve de tarikçi tarik çalınca zülfikârı boynuna koyup mürşide secde ve zülfikâra niyaz eder. (Zülfikârı) pîrinin eline verip ayağa kalkar. Pîr de zülfikârı niyaz edip tarikçinin eline verir. Tarikçi zülfikârı eline alıp:

"Lâ fetâ illâ Ali lâ seyfe illâ Zülfikâr. Nasrı min Allahe ve fethün karib ve beşeril müminin. Ya Muhammed, Ya Ali!" Bundan sonra şu duayı okur:

"Üstad nefesi, tarîkatı iman, destur şah, erkân-ı meşayih, emr-i halife.

Göz görenin, yol varanın. Yolca giden yorulmaz. Gerçek gördüğünden ayrılmaz.

Hal erenler halidir, yol erenler yoludur. Gafil olmayın inen üstat elidir.

---

372 Malatya Yazması'nda bu tümce "gözcü ile gelene beş tarik çalınır" biçimndedir. (s. 206)

373 Malatya Yazması'nda "sohbetten kalana on iki tarik çalınır" biçimindedir. (.s. 206)

374 **zarb-ı Ali:** Ali vuruşu'. Bu bir terim olmalıdır. Bu bir terim olmalıdır. İzmir Yazması'nda, "Birinci tarikten ta on ikinci tarike varıncaya kadar sofulara sitem ve sernigün edip ve zarb-ı ali ile alalar" denir (s. 124). Bu bölüm Malatya Yazması'nda da yer alır (s. 206).

Üstad nefesi tadirak, izin halife, icazet pîrden, eyvallah." deyip durur.

Pîr kaç tarik buyurursa, tarikçi:

"Erenler hak buyurdu, hak çalarım. Lâ fetâ illâ Ali lâ seyfe illâ Zülfikâr. Nasrı min Allahe ve fethün karib ve beşeril müminin. Ya Muhammed, Ya Ali." deyip üç kez rıza eliyle sığayıp ondan sonra indirir. Pîrden kaç rıza buyuruldu ise o kadar çalıp kalkar.[375] Ondan sonra:

"Tarik kabulluğuna, görgüler muradına, Allah diyelim." der. Zülfikâr altından geçen mümin ve müslim[376] iki eli ile kuşağını tutup tarikçinin ayağına niyaz ederler.[377] Nedeni, adem zülfikârdan daha üstündür.[378] Tarikçi de niyaz eden sofunun beline rıza ile bir kere sığaya. Ondan sonra rızanın iki ucundan tutup önce sağ yana niyaz eder. Sonra ortaya niyaz eder. Ardından sol yana niyaz eder. İkisi de pîre karşı durur.

Bundan sonra pîr önce "Kes" duasını eder. Sofular tamam olduktan sonra tarikçi tariki[379] boynuna alıp tarika yatar. O zaman pîr talibin birine buyurur. (O talip) tarikçiye üç[380] tarik çalar. Tarikçi kalkıp durduğunda pîr şöyle dua eder:

"Zülfikâr keskinliğine, sır berkliğine, Yezid'in helakliğine, münkir körlüğüne, mümin kardaşların gönüllerinde muratlarına, üçler, beşler, yediler, kırklar, on iki imamlar, enbiya, evliya, Allah, Muhammed, ya Ali, hû diyelim hû!" diye gülbenk çeker.

Tarik altından geçen bacı kardeşler cemin sağından mümin kardeşlerle niyaz edip tecella, temenna ve tevella ile cemin sol yanından çıkarlar. Geçip nazara dururlar. Mürşit o sofulara:

---

375 Malatya Yazması (s. 206-207).
376 İzmir Yazması (s. 124).
377 Malatya Yazması (s. 207).
378 İzmir Yazması (s. 124).
379 İzmir Yazması'nda **tarik** sözü yerine **zülfikar** sözü geçer. (s. 125) İki sözcük eşanlamlı kullanılmıştır.
380 Malatya Yazması s. 207'de "Bir Zülfikâr çala" denir.

"Temennaları kabul, muratları hasıl ola. Allah diyelim. Hak penahında saklasın, hû diyelim hû!"

Ardından mürşit yer gösterir. İrfanınca oturup niyaz ve gülbenk ederler. Bundan sonra bir süre mürşidin menakıbı, ustadın nefesi ve Şah Hatayi'nin divanı okunup cemin sorunları çözümlenir.[381] (Yine) bir süre saz söz aşıklarının divanı okunur. Mürşidin, musahibin ve öbür hak sahiplerinin muratları verilir.[382] Sohbet yerini aldıktan sonra:

"Oturan duran kardaşlara, şah rızāsıyla hû dedik." denir.

(Böylece) tüm sofu kardeşler rıza ile evlerine giderler. Sofular birbirine tecella, temenna ederler. (Bu tecella, temenna da şöyle bir sıra izlenir.) Sofu mihmana, mihman da sofuya (temenna eder. O sofu ondan sonra) pîre pîr de sofuya (niyaz eder). Genç (sofu) koca (sofuya) niyaz eder. Talip pîr elini öper. Pîr de talibe niyaz eder. Birbirlerine hakkı geçmeme(si gerekir).[383]

Bir bacı kardeş şeriatını tamam edip sırrı hakikate ehl-i tarik olmak dilerse, o kişiyi doğrudan getirmek erkân değildir. O kimseyi veya o bacıyı önce kapıcıya teslim etmek (gerekir). Kapıcı alıp gözcüye teslim eder. Gözcü alıp tarikçiye teslim eder. Tarikçi (onu alıp) götürür, pîr olan kimseye durumu açıklar. Pîr ise:

"Bu meydan Ali[384] meydanıdır. Bu erkân evliya erkânıdır.[385] Bu meydana girenin başı top gerdanı kurban gerekir."[386] der. Böylece nasihat eder.

381 İzmir Yazması'nda "Hatayî'nin divanı" söyleyişi bulunmaz (s. 125). Bu tümce Malatya Yazması'ndan (s.208') alınmıştır.
382 Bu tümce İzmir Yazması'nda (s.125') yar alır. Malatya Yazmasında (s. 208) tümce bozuktur.
383 Malatya Yazması (s. 208.)
384 Malatya Yazması (s. 208). İzmir Yazması'nda "hak meydanıdır" diye verilmiştir. (s. 126)
385 İzmir Yazması (s.126).
386 Buyruk s. 208.

(Yok o talip[387]):

"Hazreti İsmail gibi canım kurban, Mansur gibi darım hazır. Nesimî gibi postum arkamda Fazlı gibi hançer göbeğimde. Bu dergâhtan asla dönüşüm yoktur." derse, ondan sonra mürşit onu dört kapının mihrabına secde ettirir. Ondan sonra onu alıp kabul eder. El etek verip talip eder ve bir sofuya "terbiye et" diye (teslim eder).[388] Ona dört kapı, kırk makam, on yedi erkanın ilimlerini öğretip başlangıçtan sonuca ulaştırır. Dört kapının kıblegâhı budur. (Böylece) bildirilir: Şeriatta secde, tarîkatta secde, mârifette secde, hakikatta secde(dir). İmi böylece anlaşıldı. (O kimse) önce şeriat ehline niyaz eder. Şeriat mihrabında secde ettirilir. Hemen sohbete getirilmez. Başını secdeden kaldırmadan üç tarik çalınır. Onun sevabı şeriat ehline bağışlanır.

Ondan (sonra) tarîkat ehline niyaz ettirilir. Tarîkat mihrabında secde ettirip başını secdeden kaldırmadan[389] üç[390] tarik çalınır. Sevabı tarîkat ehline bağışlanır.

Ondan (sonra) mârifet mihrabında niyaz ettirilir. Başını secdeden kaldırmadan üç erkân çalınır. Sevabı mârifet ehline bağışlanır.

Ondan (sonra) hakikat ehline niyaz ettirilip hakikat mihrabında secde ettirilir. Sevabı hakikat ehline bağışlanır.

Özetle bu üç kapıda da böylece secde ettirilip sevabı üç kapının halkına bağışlanır.[391]

Ondan sonra talip sol eliyle mürşidin sağ eteğini ve sağ eliyle sağ eteğini tutar.[392] (Mürşidin) sağ elini öper:

387 İzmir Yazması'nda bu bölüm biraz karışık anlatılmıştır (s. 125). Önce pîrin söyleriymiş gibi başlar, ardından talibin ağzından anlatılır. Oysa Malatya Yazması'nda doğrudan talibin ağzından anlatılır. Biz Malatya Yazmas'ına göre düzenledik (s. 209).
388 Malatya Yazması (s. 209).
389 Malatya Yazması (s. 209).
390 İzmir Yazması (s. 126).
391 İzmir Yazması (s. 126-127).
392 Malatya Yazması (s. 209).

"Cesedim zahiren, canım batınan verdim, sana talip oldu. Malım nefsine, başım meydanına koydum. El benim etek senindir, şahim!" der.

(Bu söz üzerine) pîr de:

"Ahd-i imanın bütünlüğüne, ikrar iman kabullüğüne Şah, diyelim bir Allah, Allah Allah..." der ki talip olan ve mürit olan ikrarından dönmeye![393]

393 İzmir Yazması (s.127) ve Malatya Yazması (s. 209).

32

ÖLMEDEN ÖNCE ÖLMEK[394]

Ey mümin kardeş Hakk Teala bunu buyurdu:

"Mute kable ente muta" yani "Ey kullarım ölmeden önce ölün, mahşer olmadan hesabınızı görün."[395]

Ancak, "(bu) nasıl olmalı?" dersen, (karşılığı şudur): Sizler hırsınızı, nefsinizi öldürün ve pîr eteği tutun. Daha doğrusu, bir musahip tutup onunla sırat-ı mustakim[396] üzere yola gidip malı mala, canı cana katıp birbirine teslim olup yılda bir kez peygamber vekili, pîrin yamacına geçmektir. (O zaman) mahşerde sorulacak soruları pîr ona sorar. O talibin (yaptığı) iş her ne ise pîr açıklar, bildirir. Yok, talip saklarsa sakladığı günah mahşerde yine sorulur.[397]

İmdi, bir mümin yılbaşı gelip de pîr yamacına geçtiği zaman pîr ona:

"Aşk ola" der.

(Bunun üzerine) talip Fazlı darına iner. Pîr der ki:

394 Alaca Yazması, "Ölmeden Evvel Ölmek" başlıklı bölüm. (s. 177-178) Özbenliği ile hesaplaşma Alevîliğin temel ilkelerinden biridir. Burada yalın biçimde kişinin kendisi ile hesaplaşması gereği anlatılmıştır.

395 *Buyruk*'ta Tanrı'nın olduğu söylenen bu söz, Kur'an'da bulunmaz. Kimi hadis kutaplarında Muhammed'in bu içerikte bir sözü olduğu belirtilir.

396 **Sırat-ül Mustakim:** Sırat köprüsü... Doğru yol anlamındadır. Kur'an'ın Fatiha suresinde (5-6) geçer. Cennete gidebilmek için üstünden geçilmesi gereken cehennem üstünde kurulu köprünün adıdır. "Sırat" sözcüğü Arapça'da "geçilmesi güç yol, keçi yolu" anlamına gelir. İslâm inançlarına göre bir kimse için kesilen kurbanlar o kimseyi sırtlarından taşıyarak bu köprüden kolaylıkla geçirirler.

397 Alaca Yazması, (s. 177).

"Ey talip, cesedine can verdi, kalbine iman verdi! Söylemeye dil verdi. Tutmaya el verdi. Hakk Teala seni beni adem kalbinden halk etti. Ne gördün ne işittin?"

Talip şöyle karşılık verir:

"Hak gördüm er meydanına geldim. Allah, eyvallah."

O gün mahşer günü gibidir. Pîr Tanrı'nın vekili sayılır. El vekilü keelasil[398] gibi bu talibe kabir sorgusu gibi soru sorar. Der ki:

"Aldığın varsa ver. Verdiğin varsa al. Döktüğün varsa doldur. Ağlattığın varsa güldür. Yıktığın varsa kaldır."[399]

O kişide kul hakkı yok ise, Hakk'ın emrinden, farzından, Muhammed'in farzından sorulur, sünnetinden, Ali'nin tarikinden sorulur.

O talip saklamayıp günahını ele verir.[400] Talip:

"Burada sorulup orda sorulmayayım. Hazreti Kur'an'da ne buyurulduysa ona göre davranayım, işleyeyim. Pîrin ve Hakk'ın divanında yüzüm ak olsun. Dört kapı, kırk makamda ona göre davranıp kendimi düzelteyim." diye düşünmelidir.[401]

Yok o talip günahını saklarsa, ulu tarîkata yalan söylemiş olur. Yol haini, iman uğrusu olur. Tarîkat ona helal olmaz. Yediği lokma haram olur. Semah ederse semah haram olur, semahı yalnızca oyundur. Kallenneebi Aleyhisselam "Tüm oyunlar haramdır."[402] diye buyurmuştur. O ceme gelen müslüm bacılara baksa namahremdir. Kâr edem derken zarar eder. Şeriatten, tarîkattan eli boş olur. Mahşerde arasat meydanında kalır. Kimse sahip olmaz.

398 **el vekil-ül ki el-asil:** Asıl hak sahibinin vekili.
399 Alaca Yazması,.(s. 189) ve I. Hacı Bektaş Yazması (s. 226-227).
400 I. Hacı Bektaş Yazması (s. 227).
401 Alaca Yazması (s. 177.)
402 Özgün anlatıda tümce Arapçadır ve "kül lubbu haram" biçimindedir.

Aman kardeş, günahını saklama. Derdini söyle, karanlık kabire koyma! Burada söyle![403]

Yok, talip günahını saklamayıp pîre bildirir de pîr dünya malına tamah edip "İyisin" derse o pîrin başına neler gelir? Yalıncı kezzab olur.[404] O pîr mala tamah edip hakkı batıl ederse ceza günü o talibin hesabını o pîr verir.[405]

Adem, ademi ıslah edemez. Rehber pîr arada araçtır. Bir pîrin yamacına bir talip gelince pîr talibe:

"Seni ahirette yarlıgayım. Gel günahından geçtim." derse, önce kendi günahını affetti mi? (bunu düşünmelidir). Kendi başına ne geleceğini bilmeden talibe "günahından geçtim" derse o pîr dinden çıkar.[406] Ancak, pîr olan kimse talibin günahına göre (onun) cezasını verip, aklamalı. Ondan sonra:

"Bizim gözümüzde iyisin, Hakk Teala'nın indinde de iyi olasın!" derse (bu sözler) duadır. Talibin zenginliğine, güzelliğine bakıp:

"İyisin, senin günahından geçtim." derse ve o cahil talip de ona inanır:

"İşte pîrim günahımdan geçti." derse (boşuna avunur). (Günahı) daha çok eder. O pîrin sözü kitap mı yoksa kendi nefsi için mi akıl etmez. Orasını fark edemez. Kılavuzsuz kalır.[407]

Pîr olanın şöyle yapması gerekir. Talibe günahını söyletir. Küçük günah ise günahına göre cezasını verir. Mürşidin buyruğundan her ne gerekirse ona göre işler. O talibe tövbe verdirir.

---

403 Alaca Yazması (s.190) ve Hacı Bektaş Yazması (s. 227).
404 Alaca Yazması (s. 177).
405 Alaca Yazması (s.190) ve I. Hacı Bektaş Yazması (s. 227).
406 Alaca Yazması (s. 178).
407 Alaca Yazması (s. 178).

"Allah-u Teala affeylemiş ola!" diye dua eder.

Yok, talibin günahı büyükse, onu yüze almasınlar, meydana koymasınlar. Ancak onun davasını mahşerde Hakk Teala icra eder. Ancak pîrin göreceği günah küçüktür. Dünya malına tamah et(mey)ip büyük günah işleyen talibi meydana alırsa:

"Gel günahından geçtim, seni yarlıgadım." derse (ve de o pîr) eğer keramete kadem bastıysa, söz yok. Yok, kendi aklınca (iyisin, hoşsun) derse, o kendi işlevince yola giden çağırırlar.[408] Tanrı'nın divanında münadiler[409] bağırırlar:

"Ey, cihanda benim vekilim olan pîrler gelsin! Bugün (kesin) hesap günüdür."

Pîri getirirler. O pîrin defterine bakarlar. Hazreti Muhammed'in üzerine nazil olan Kur'an'ın hükümlerince hükmedip Hakk'ı hak ettiyse pîre ne mutlu!

"Gel sevabını al. (Sen) hesabını önce dünyada vermişsin." deyip cennete alırlar.

O pîr kendi aklı ile var olan sözde Türkçe bir söz ile ayetsiz hadissiz akınca nefsine yarar bir söz ile:

"Haydi günahından geçtim, seni yarlıgadım." derse kesinlikle kâfir olur.[410] O pîr önde, o talip arkada zebaniler cehenneme götürürler.[411] Allahu Teala der ki:

"Ey asi, sen dünyada Tanrı mıydın? Seni dünyada Muhammed-Ali'nin sulbünden getirdim. İman etmeyip aklınca kendin için yol sürdün. Büyük günah işleyen talibi akça için günahından geçip iyi dedin. Şimdi bugün başını kurtar."[412]

---

408 Alaca Yazması (s. 178).
409 I. Hacı Bektaş Yazması (s.227). münadi: Tellal.
410 I. Hacı Bektaş Yazması (s. 227).
411 I. Hacı Bektaş Yazması (s. 228).
412 Alaca Yazması (s. 178).

"Ey dünyada Kur'an ve hadise inanmayan, kendi günlük uygulamasınca yol, mezhep düzüp 'ben babadan böyle gördüm' diyerek kitapsız yol sürenin sonu budur." deyip çağırırlar. Boğazına zincirler takıp sürerler. (Böyle pîrler) âleme rezil olurlar. Nedeni, baban ölünce kabirde ne ile ödüllendirilir? Sana gerekli olan Hazreti Mevla Sultan-ı enbiyâ her ne buyurduysa ona göre davranasın.

Hakkında şehit olmayan hadise (dayanarak) davranmak olmaz. Arapça söz çoktur. Türkçe olan sözlerin yanlışı çok olur. Onlara göre işlemek caiz değildir. Kesinlikle Kur'an'dan bir delil olmalıdır. Onunla işlemek gerek. Hakk Teala o pîrleri vekil etmiştir. Pîrler, hiyanet etmeye lâyık mıdır?[413]

Son zamanda kimi pîrler, kendi işleklerince "mümin kulun malı murdar olmaz" deyip murdar olmuş hayvanı yerler; ancak, yanlış akla hizmet ederler. Nedeni bıçak Hazreti İsmail'e çalındı. Bıçak hayvanın Kur'an'ıdır. Ancak, önceki zamanda müminlerin bir malına bıçak erişmezse üç beş can gülbenk çekince o hayvan nişan verirdi. Ondan (sonra) boğazlayıp yerlerdi. Son zamanda gelenler buna güç yetiremeyip yanlış fetva verip halka murdarı yedirirler, kanlı olurlar. (Bu tür hayvanları) yemek caiz değildir. (Tanrı bunları) haram buyurmuş; hayvana bıçak buyurmuş(tur).[414]

Örnek şuna benzer: Evine bir vekil koysan, evini, ırzını teslim edip inansan, o vekil senin malına ırzına hiyanet edip tenbih ettiğin gibi görmese de kendi bildiği gibi görse, o vekile ne dersin? Bu örnek çoktur. Ârif isen anlarsın. Akıl olmayan kimse hayvan gibidir. Kim binerse onun olur.[415]

Bir mümin bir mümine avradını teslim etse, o da hiyanetlik etse (ve de o talip) helal etse hatadır. Ulu Tanrı yasaklamıştır. Kimi cahiller derler ki:

413 I. Hacı Bektaş Yazması (s. 228).
414 Alaca Yazması (s. 191).
415 I. Hacı Bektaş Yazması (s.228-229).

"Dişi kulu, erkek kul için yarattı. Mümin kulun birbirine korusu yok."

(Bu düşünce ile) zina ederler. (Oysa) müminin müminden korusu olmaması, bir yerde cem olunca erkek dişi ayrımı olmaksızın zikir ve devran edip birbirine öğüt, nasihat, teselli (vermek içindir). Yok, yiyip içmek için, nefis için korusuz olmak (düşüncesiyle bir kimse) gelirse o cemaat ona haramdır. O yere hayır niyetle gelip ahiret için bir hayır iş işlemek gerek.[416]

Bir mümin bir müminin malını zayi etse, o mümin:

"Benim malımı öde!" dese ödetmek erkândır. Nedeni, ahiret görgüsünü burda görmek gerekir. Tarîkatta erkândır. Hak sahibi:

"Benim kazancımdır." deyip hakkından geçerse hoş olur. Ancak, hakkında kısas yoktur. Ödetirse birşey lazım gelmez. Hakk vekili pîrdir. Müminin davasını mahşere koymayıp pîr divanında görmek gerekir. Nedeni:

"Döktüğün varsa doldur, aldığın varsa ver." demek, ettiğin zararı ödemek gerek demektir ya da hak sahibi ile helalleşmelidir. Kimi cahiller derler ki:

"Mümin ehline ödek yoktur!"

Ancak, Hakk Teala bu konuyu kullarının rızasına bağlamıştır. Dilerse ödetir, dilerse hakkını helal eder. Gerçek kural budur. Birçok söylenti vardır. Onlara göre davranmak caiz değildir.

Her şey (bir) sebeple olur. (Gerçekte) sebebi veren de kendi(dir), o işi yapan da kendi(dir). Ancak, cahil inanç şöyledir ki, bir günah işler de:

"Ettirmese etmezdim." der. Tedbirini noksan işler de takdire bahane bulur. Bu söz şeytanın fiilidir. Nedeni, lanetli cennetten çıkarken meleklere dedi ki:

416 Alaca Yazması (s.191) ve I. Hacı Bektaş Yazması (s. 229).

"Hakk Teala bana secde ettirmeye gücü yetmez miydi? Bana da Adem'e secde ettireydi."

(Oysa) Hakk Teala şer ve hayır yolu kullarına bildirdi. Laini evvelki ilimde okurdu. Gördü ki:

"Ferişteleden birisi benim emrimi tutmasa lanet gömleği onun boynuna geçecektir." denir. Sonra Teala'nın emrini tutmayıp Adem'e secde etmedi, lanetli oldu.

Hakk Teala kullarına kitap gönderdi. İblis'in yolunu ve doğru yolu bildirdi.

"Ey kullarım, siz şeytana tâbi olmayın, düşmandır!" dedi. "Ben izi sırat-ı mustakim üzere tarif etmedim mi eğri yolu göstermedim mi?" der. İtikad-ı cahiliyeye gitmeyip emri-i müruf, nehyi münker etmek gerek.

Bir müminin kalbine bir küfür veya bir fesat gelse hıfz melekleri onu deftere yazarlar mı? Fetfaca yazmaz, takvaca yazar(lar). Şerîatta, tarîkatte yazmaz, hakikatte yazar(lar). Hakikat evliya makamıdır. Evliyanın gönlü gesattan, küfürden arıdır. Bu fesat gelince evliya evliyalıktan aşağı iner. O fesadin sitemin çekip sonra yine evliya olur. O fesat küçük günah olursa sitemin çekip yine evliya olur. O fesat büyük günah ise bir daha o makamı bulamaz. Zira, iblis bir daha (o makamı) görmedi. Ancak, talibin kalbine gelen fesat işlemezse Hakk Teala'dan korkup geri korsa yazılmaz. Ancak, bir talibin kalbine bir hayır gelse, gücü yetmese o hayır yerine yazılır. Yok, şerre gücü yetmeyip elinden gelmediğinden -eline geçse yapacak ama geçmediğinden- yapmasa o günah yine günah yazılır. Ancak, o hayır kalbine geldiğinde malına, canına kıyamayıp o hayırı işlemese, yine hayır yazılmaz, diye buyurdu. Ancak, mümin olan İblis'in vesvesesine ve nefsin havasına, istemesine kulak asmayıp onların dediğini yapmamalı. İrfana gelince müslüm bacıları görüp vesvese belirse:

"Lanet şeytana ve kâfire, nefs sana uymam!" deyip men et(mesi gerekir). Yok, şehvet olup damar kalkıp men edemezse neuzibillah o adam tarik-i evliyaya varmasın. Haramdır, kâr edem derken zarar eder. Yok kuru vesvese olursa onu emrini tutmayıp men ederse, gide gide def olur.

Bir talibin pîri uzak olsa, emanet vechile bir özü yattığı adama sorulsa, pîri gelince o talibe:

"Sen başkasına soruldun." diye sitem etse o pîr günahkâr olur. Zira kıskançlık göstermiş olur. Eğer görüldüğü adam yanlış fetfa verip o talibi azdırdıysa, o talibe sitem edip bir kurban, kırk tarik, kırk kuruş tercüman alıp kaldırması gerekir.[417] Zira kitapsız hocaya uymuş, yanlış gitmiş(tir). Eğer görüldüğü adamın kelamı kitaba uygun olup, pîrin sohbeti kitapsız olursa yol ile o talip, o pîr ile bir kâmil mürşit bulup o pîr kitaba bend et(meliler). O pîr o kâmil mürşidin sözüne uymayıp kabul etmeyip ayetsiz giderse o talip o pîr darına durmamalı. Varıp Ali evlâdı bulup eteğini tutup yapış(malı). Yoksa, Şeytan'ın darına durmuş gibidir. Kitapsız Şeyh Şeytan'dır. Ermeni'nin, Urumun, Yahudi'nin başları kitaplara bağlıdır. Dinleri batıl ise de yine nesh[418] olunmuş kitaplarına amel ederler.[419]

Ve de musahipler birbirini haklamada, birlik etmezse, birbirinden düşkün ol(urlar)sa sitemleri birdir. Bunlar seksen tarik hak etmiştir. Seksen tarik akçesi seksen tercüman (alınır). Otuz dört akçe halife, yetmiş akçe ustad hakkı ve bir kurban ile kabul edesi(ni)z.

Bir talip evliyaya iradet getirse, yola gelmese, yoldan düşkün olsa ya da pîrden düşkün olsa evliyaya gelmesi şarttır.

417 Alaca Yazması (s. 191-193) ve I. Hacı Bektaş Yazması (s. 229-232). Bölümlerin özleri aynı olmakla birlikte cezaların verilişinde küçük ayrımlar bulunur. Sözgelimi yukarıdaki cezalar s.232'de şöyledir: "Kırk kuruş ve bir kurban ve kırk zer dost ile kaldıra"

418 **nesh:** 1. Hükümsüz bırakma, 2. bir şeyin aynını çıkarma gibi anlamlara gelen bu sözcük dinsel terim olarak Kur'an'da yeni bir ayetin eski ayet ya da ayetlerdeki bir hükmü ortadan kaldırması ya da değiştirilmesi anlamında kullanılır.

419 I. Hacı Bektaş Yazması (s. 232). Özgün anlatıda buradan sonra anlatılanlar "Pîr" bölümüne yerleştirilmiştir.

Evliya kabul edip komazsa öyle taliplere de derman olmaz. Allah göstermesin.

Evliya kabul edip getirirse, o taliplerin evlerini ve mallarını yağma edip alalar. Onda birini ustad hakkı çıkaralar. Kalan malını telef edip başları yerine baş alıp üç gün dar çektireler. Ve ondan sonra kabul edeler.

Talip de gelip evliyaya iradet getirse yine evliya ve musahibe yedirdiğini minnet eylese murtaddır. Yok, (talip) günahını bilip gelirse kırk tarik hak etmiştir. Kırk tarike kırk tercüman, on dokuz akçe halife (hakkı) ve yetmiş dokuz akçe üstad hakkı alıp bir kurban ile kabul edesiniz.

Evliyaya iradet getiren talipler Muhammed Ali'nin kavlini ve haberini işitip öğreneler ve üstad nefesi olduğunu bileler. Üç günde, yedi günde, on iki günde ya da kırk günde öğreneler. İhmal etmeyeler. Onlara üç gün, üç gece dar çektireler. Boyunlarına seklem asası(nı)z. Tabanlarına diken koyasınız. Kuvvetleri yeterse seksen tarik hak edesi(ni)z. Seksen tarik, seksen tercüman, yirmi sekiz akçe halife ve yüz akçe üstad hakkı nezir alıp bir kurban ile kabul edesiniz.[420]

420 Gümüşhacıköy Yazması (s.202-203).

33

TASDİK VE TESLİM[421]

İmdi, "lâ ilâhe illallah, Muhammeden Resulullah" diyenlere "Aliyyün Veliyyullah" demek de vaciptir. Emirelmüminin Ali hakkında denmiştir.

Bir sofu(nun) dört şeyi bırakmaması gerekir:

Birinci kanaat

İkinci ilim

Üçüncü sadıklık

Dördüncü sabır(dır).

Her kim talip olursa özünü turap eyleye. Sonra (o) toprağa mârifet tohumu eke. Sonra tevhid suyu ile sulaya. Sonra miskinlik orağı ile biçe. Sonra rıza harmanında döğe. Sonra şevk yeli ile savura. Sonra mihnet ölçeği ile ölçe, sonra takva değirmeninde öğüte. Sonra edep eleğiyle eleye. Sonra sabır fırınında pişire.

Soru: Tarîkatte secde nedir?

Cevap: Tarîkatte secde hemen teslim olmaktır.

Soru: Anlamı nedir?

Cevap: "Başımı yoluna koydum, benim değil senindir." (demektir). Yani, er-hak meydanıdır. Anlaşıldı ki, (secdenin anlamı) meydana gelen kişi(nin) başını top eyleyip ustadına "al" demesidir. Ayrıca, kendi özünü meydana köle edip başından ve canından geçmesi gerektir. Böyle olmak, kendini tasdik ve teslim kılmaktır. Tarik yolunda sıdk-ı muhkem edip meşayih yolunda gezmektir. Bir kimse edep üzere olmazsa o kimsenin secdesi ve teslimi tamam olmaz, böyle bilesiniz!

421 İzmir Yazması "Tasdik ve Teslim" başlıklı bölümü (s. 92-94).

"Secdeyi, havf[422] için mi yoksa bir kimseden bir şey ummak için mi ettin?" diye sorarlarsa (şöyle) karşılık ver:

"Burada korku yoktur. Burada Adem'den bir şey umulmaz."

Nedeni, o vakit Allahu Teala Hazretleri Hazreti Adem'i kendi kudreti eliyle düzdü. Tüm meleklere emreyledi. Bütün melekler Hazreti Adem'e secde kıldı. Ceberut adlı bir melek vardı. O ise Adem'e secde kılmadı. Başını secdeden kaldırıp secde etmedi. Lânet tasması boynuna geçti. Tanrı'nın lanetli İblis'i oldu, nevzu billah minzalike.

Hazreti Şah-ı Velâyet, Adem'i yarattı.[423] Kendini Adem'in kalbinde sakladı. Ve de tüm melekler kendine secde kıldığı için bu kez secde burda Hakk için oldu. Böyle olunca secde etmek ibadet oldu. Zira, emir Hakk'ın oldu.

İmdi, bir kimse kendini Hakk'a teslim edip de başını secdeye koyduğu gibi Hakk'ı onda bulmuş ola ki âyin-i erkân yerini ala. İmdi bir kimse(nin) niyaz ve secde etmesi her iki umudun(u) Hakk'tan istemesidir. Yok, nefsi için secde ve niyaz ederse mutlak kâfir olur.

İmdi, bende-i melalet din babında şeriat Resul'ündür. Bu karar ile amel getiresiniz. Zahiri müslüman olmazsa batını sofu olmaz. Çünkü şeriat kavli Resul'ündür.

Tarîkat kavli Ali'nindir. Bir sofunun ayağını tarîkate bastığında insanlığı belli olması gerekir. Nedeni, Hakk Teala (şöyle) buyurmuştur:

"Ya Muhammed, bu cihanı yarattım insan için! Ve insanı yarattım kendim için. İnsan demek, Ya Muhammed iki âlemdir! Birisi âlem-i kübra'dır. Biri âlem-i suğradır. Bir âlem-i ulvi'dir. Bir âlem-i süflidir. Biri âlem-i hayattır ve biri âlem-i memattır.[424]

---

422 **secde-i havf:** Korku secdesi, görev gereği secde etme anlamında kullanılmış.

423 Bilindiği gibi *"Şahıvelayet"* unvanı Hazreti Ali için kullanılır. Burda "Hazereti Şahıvelayet Adem'i yarattı" denirken Hazreti Ali'nin Tanrı olarak düşünülmesi gerekiyor.

424 İzmir Yazması (s. 94).

34

RIZAYA TESLİM

Bir zamanlar bir sofu dünyayı gezmeye çıktı. Bir gün yolu bir şehere düştü.

Bu şehir şimdiye dek gördüğü şehirlere benzemiyordu. Sabah saatinde herkes işine gücüne gidiyor, sessizlik içinde yaşam sürüyordu. Şehrin alışılmamış bir düzeni vardı. Sofu şehrin bu düzenini şaşa kaldı.Öyle ki birisine yaklaşıp bir soru sormaya cesaret edemedi. Karnı acıkmıştı. Şehri gezerken bir fırın gördü. Ekmek almak için içeri girdi. Fırıncıya para uzatarak ekmek istedi. Ama fırıncı hayretle paraya baktı:

"Bu ne bu? Biz bunu kaldırmak için yıllarca uğraştık, büyük savaşlar verdik Anlaşılan sen rıza şehrinden değilsin, dünyalı olmalısın." dedi.

Sofu;

"Evet bu şehirden değilim." diye karşılık verdi.

Fırıncı:

"Hele belli oluyor. Dur, öyleyse seni görevlilere teslim edeyim. Onlar seninle ilgilenirler. Bizim şehrimizde para pul geçmez." dedi.

Fırıncı bu sofuyu görevlilere teslim etti. Görevliler önce kendi aralarında bu sofuyu ne yapacaklarını tartıştılar. İçlerinden biri:

"Meclise götürelim, ulular karar versin." dedi.

Öbürleri de bu görüşe katıldılar. Bunun üzerine tümü meclisin yolunu tuttu. Yol boyu sofu düşünüyordu.İçinden "Paranın geçmediği bir şehir. Görevliler, ulular meclisi, şimdi de büyük ne görkemli yerdir, gör ne ulular meclisi."diye kurdu.Neyse bir süre yürüdükten sonra divana vardılar. Ama sofu bu şaşa kaldı. Çünkü, divân denen bu meclis hiç de düşündüğü gibi büyük ve göz kamaştırıcı değildi. Düşündüğünün tam karşıtıydı. Bir sessiz köşede küçük bir yapı idi. Yerlere basit kilimler serilmişti. Ak sakallı ulular bağdaş kurmuş kentin sorunlarını görüşüyorlardı. Görevliler uluları selamladıktan sonra:

"Bu dünyalı şehrimize girmiş. Acıkmış, ekmek almak için bir fırına girmiş. Fırıncıya para vermeye kalkmış. Bunun üzerine fırıncı farkına varıp bize teslim etti. Ne yapalım?" diye sordular.

Ulular:

"Bunu neden buraya getirdiniz? Törelerimizi biliyorsunuz. Konakta bir odaya yerleştirin, aşevine götürün gerekeni yapın!"diye buyurdular.

Bunun üzerine görevliler sofu ile birlikte geri döndüler.. Önce bir aş evine götürdüler. Karnını doyurdular. Sonra kentin konukları için yapılmış konağa götürüdüler. Bir odaya yerleştirdiler. Sofuya kentte ne yapması, nasıl yaşaması gerektiğini anlattılar.

"Burada para pul geçmez. Burası rıza şehridir. Rızalıkla her istediğini alır, her istediğini yaparsın."dediler, yeter ki rızalık olsun "bunu unutma!" diye uyardı.

Sofu konağa yerleşti, gezip dolaştı. Rahatı yerindeydi. İstediği yerde yiyip içiyordu. Hiç kimse "Ne arıyorsun?"diye sormuyordu. Birkaç gün sonra eşyalarını topladı. Şehirden ayrılıp yola koyulmak istedi;ama görevlileri karşısında buldu. Görevliler:

Gidemezsin, dediler. Bu şehir rıza şehridir. Adı üstünde, sen buraya rızan ile geldin. Bizde sana yiyecek verdik, yatacak yer sağladık. Bu şehirde kaldığın sürece bizden razı kaldın mı?

Sofu:

“Kuşkusuz razı kaldım, sağ olun!”diye karşılık verdi.

Görevliler:

“Şimdi de bizim de senden razı kalmamız gerek. Bu yiyip, içip, yattığın günler için çalışmalısın.”

Sofu:

“O ki töreniz böyle çalışayım.” diye kabul etti.

Görevliler sofuya yapabileceği bir iş verdiler. Konakladığı odadan alıp daha büyük bir eve yerleştirdiler. Artık o da Rıza şehrinden bir adam olmuştu. Her sabah işine gidiyor, akşama dek çalışıp evine dönüyordu. Yavaş yavaş dost, arkadaş edinme çabasına girişti. Ama her kiminle konuşmaya başlasa ilk sorulan “Sen dünyalı mısın?” oluyordu. Bu şehrin insanları kavga, çekememezlik, kendini beğenmişlik gibi tüm kötülüklerden arınmışlardı. Böylece gün geçti ay geçti. Sofu şehri iyiden iyiye sever oldu. Dünyayı gezme düşüncesinden vazgeçti. Bu şehirde kalmaya karar verdi; ama hala yalnızdı. Bir gün yakın bulduğu bir arkadaşına açıldı:

“Sizin bu şehirde nasıl evlenilir, ne yapılır?” diye sordu.

Arkadaşı:

“Şehrin ortasındaki bahçe var ya, işte orada her cuma günü tanışmak dost edinmek isteyenler toplanır. Gençler gelirler. Herkes orada beğendiği anlaştığı biriyle evlenme yolunu arar. Orada tanışırlar. Anlaşırlarsa evlenirler." dedi.

Sofu cuma günü söylenilen bahçeye gitti. Kocaman bahçe tıklım tıklım doluydu. Türlü giysiler içinde genç kızlar dolaşıyorlardı. Genç kızlar, oğlanlar sohbet ediyorlardı. Birbirini beğenip anlaşanlar uzaklaşıyorlardı. Anlaşamayanlar ayrılıp başkasına yaklaşıyorlardı. Sofu olup bitenleri bir süre hayranlıkla izledi. Sonra kanının kaynadığı bir kıza yaklaştı; ama o bacının ilk sorusu:

"Sen dünyalı mısın?" oldu.

"Evet, dünyalıyım ne olacak?" diye karşılık verdi.

Bacı:

"Davranışlarından hemen belli oluyor; ama alınma zararı yok. O ki beni kendine eş seçmek istiyorsun, bu konuda ben sana yardımcı olurum, davranışlarını düzeltirsin." dedi.

Bacı ile sofu anlaşmaya niyet ettiler. İşten artan boş zamanlarında buluşup konuşuyorlardı. Sofu bir keresinde bacı ile konuşmaya giderken yolun kıyısında kocaman bir nar bahçesi gördü. Bahçenin ne duvarı, ne bekçisi, ne korucusu vardı. Hemen bahçeye daldı. Kimse görmeden bahçeden birkaç nar kopardı. Yakalanırım korkusu ile ivedi davranıp ağacın bir kaç dalını kırdı; ama ne kimse geldi, ne de sordu. Sofu narları toplayıp bacı ile buluşacakları yere gitti. Henüz bacı gelmemişti. Narları bir tabağa koydu. Masanın üzerine yerleştirdi. Bacının gelmesini bekledi. Nitekim bir süre sonra bacı geldi. Ne var ki narları görmesine karşın hiç ilgilenmedi. Oysa sofu bacının narları görüp ilgilenmesini, sevinmesini bekliyordu. Bacı her zamanki gibi yerine oturdu. O zaman sofu dayanamadı. Bacıya narları gösterdi.

Bacı:

"Bunları nerden aldın?" diye sordu.

Sofu narları nerden kopardığını söyledi. Bunun üzerine bacı:

"Beni düşündüğün için sağol. ama o bahçenin yerini, varlığını ben de biliyorum. Canım isteseydi gidip ben de alabilirdim. Şimdi benim canım istemiyor. Bu narlar burada boşuna çürüyecek. Başkalarınıın hakkını boşuna çürütmüş olacağız. Gelirken öğrendim. Narları koparırken bahçeye de zarar vermişsin. Oysa daha dikkatli davranıp bahçeye zarar vermeyebilirdin. Burada kimse senden bir şey kaçırmıyor ki. Bunca senedir rıza şehrinde yaşıyorsun. Bu şehirde rızalıkla her şeyin serbest olduğunu bilmeliydin. Şimdi anlıyorum, sen bu şehre ayak uyduramayacaksın."

Bunları söyledikten sonra bacı sofuyu bırakıp gitti. Görevlilere söylemiş olacak ki, görevliler sofunun yaptıklarını divâna bildirdiler. Divan sofunun durumunu tartıştı. Sonunda sofunun Rıza şehrine uyamayacağına karar verildi. Bunun üzerine görevliler dünyalı sofuyu şehirden attılar.

Şimdi bu olay kulağımıza küpe ola!

Rıza üç türlüdür. Birincisi kişinin kendisi ile rızasıdır. İkincisi toplumla rızasıdır. Üçüncüsü kişinin tarîkatla rızasıdır.

Kendi kendi ile rıza, sofunun pîr önünde, başı secdede iken kendi kendini ölçmesi, kendi kendini yargılamasıdır. Kendi özü ile yüzlesmesidir. Hiç kimsenin tanıklığı, şikayeti olmaksızın kendi özünü yargılamasıdır. Kendi suçunu kendi gözü ile görmesidir. Yeryüzü bir uğraş alanı, secde bir aynadır. Sofu ayna içinde kendini görecektir. Orada kendisiyle baş başa kalacaktır. Kendini ele verebilecektir. İşte o zaman sofu insan evresine çıkmıştır. Bir kelebek bir yumurta bırakır. O yumurta pişmanlık yaprağı ile beslenir. Tövbe ipliği ile kozasını örmeye başlar ve erdem ipeğini yaratır. Kendini o ipekten hücrede tutsak eder. Aylarca, yıllarca yalnızlık köşesinde kendisi ile hesaplaşır. Pîr önünde secdeye durmak, Tanrı katında secdeye durmaktır. Tanrı her şeyi görücü ve bilicidir. Bu dünyada pîri kandırmak olasıdır; ama Tanrı'yı kandırmak olası değilidir, işte kişinin kendi kendisi ile rızası kendi özü ile yüzleşmesidir. Seçenek kişinin yine kendisine bırakılmıştır.

İkincisi kişinin toplumla rızasıdır. Bu, kişinin içinde bulunduğu toplumdan, toplumun kişiden rızasıdır. Bunun kuralları bellidir. Yolumuzda kişinin eline, diline, beline sahip olması gerekir. Bu üç mühür kişiyi kötülükten uzak tutar. Bir sofu bunlara gem vurmazsa sofu olamaz. Kendini bulamaz. Toplum ondan, o toplumdan razı olamaz.

Üçüncüsü, rıza kişinin tarîkatle rızasıdır. Yolumuza giren can ve rıza ile girer. hiçbir zorlama, hiç bir baskı söz konusu değildir. Yolumuza rıza ile giren canın yolumuzun gereklerini inanarak, severek, rıza ile yerine getirmesi gerekir. Yolumuza giriş musahiplikle başlar. Musahiplik olmak demek malı mala, canı cana katmak gerek demektir. Rızalık olayını en küçük çerçeve içinde başlatmak demektir. Bu nedenle İmam Cafer Sadık Hazretleri "ister pîr olsun, isret talip olsun bütün tarîkat ehlinin her an rıza ile iş yapması gerekir. Kendi aralarında rıza oluşturmaları ve rızadan dönmemeleri gerekir." buyurmuştur. Tarîkatta rıza musahiplikle başlar. Musahipler arasında gerçek anlamda rıza olursa tarîkatta rıza olur. Tarîkatta rıza olursa toplumda rıza olur. Toplumda rıza olursa kişinin özünde rıza olur. Böylece üç rıza birleşmiş olur. El ele, el Hakk'a ulaşır.

Şimdi Yukarıdaki dünyayı gezmek isteyen sofunun durumuna dönelim. Gerçekte o sofu ne kendi içinde, ne toplumda ne de rıza oluşturmuştur. Bu nedenle önce kendi içinde, sonra toplum içinde, sonra da tarîkatte rıza oluşturmuş

Rıza şehrine uyamamıştır. Rıza şehrinde yaşayanlar malı mala, canı cana katmışlardır. Eğer o sofu gerçekten rızaya teslim olsaydı, o şehirdeki canlarla malı mala, canı cana katar, eline, beline, diline sahip olurdu. Oysa o sofu üçüne de sahip olamamış, rıza şehrinden kovulmuştur. Onun derdine derman yoktur!

Tarîkat ehlinin isteklerine gem vurması gerekir. Tarîkat ehli rızasız lokmaya el uzatmaz. Kendi karısından başkasına bakamaz. Kendi karısı dışında bütün kadınlar sofunun bacısıdır. Onlara kötü gözle bakan sofuya en önce uyarı olmak üzere doksan dokuz tarik vurulur. Kırkı kendisine, kalan ise hiç kimsenin yüzünü görmeksizin tüm tarîkate ve yüzü görülerek hakikate vurulur. Sofudan üç kurban alınır.

Pîr, halife, musahip, talip tümü Muhammed Ali'nin yoluna rıza ile ikrar verip iradet getirmiş kimselerdir. Bunların birbirlerine teslim olmamaları, dört kapıya teslim olmamaları, mürebbi ve musahibi tanımamaları yezitliktir. Böylelerinin yüzleri karadır. Hakk divanında Tanrı onları domuz görünümüne sokacaktır. İmam Cafer Sadık Hazretleri buyururlar ki: "İkrar verip talip olmuş mürebbi ve musahibe ermiş, Muhammed-Ali'nin yoluna girmiş, erkana boyun eğmiş mümin, müslim bacı-kardeş rızasız iş işlemesin ki rızaları geçerli olsun. Çünkü rızasız iş olmaz. Yol ve erkan ulu Tanrı'nın evidir. Rızasızlık ulu Tanrı'nın yasağıdır. Ondan sakınmak ve ondan korunmak gerek."

Muhammed-Ali'nin yolu ulu Tanrı'nın nurudur. O yolda mümin müslim rızasız lokma yese ya da yedirse şeriatta asi olur. Tarîkat, mârifet ve hakikatte dönek olur. Yüzü karadır. Yol uğursuzdur. Onun lokması çiğdir, haramdır. Haram yiyen ise yezittir. Onun erkânı yolu yoktur. Mümin müslim kesinlikle ondan sakınmalıdır. Onunla iş yapılmaz, ona Hakk lokması yedirilmez. Onun pişirdikleri yenmez, haramdır.

Ondan olmuş çocuk zinadır. Böyle kimseler için "Tanrı'nın laneti tüm münafık insanlara olsun." buyrulmuştur.

Bir kavlinde İmam Cafer Hazretleri şöyle buyurur:

"İster pîr, ister talip olanlara şöyle gerektir: Yoldan dönmeyeler, hakîkatten asla çıkmayalar. Ondan sonra her an rıza hasıl edeler ve rızadan dönmeyeler!"

Mürebbi ve musahip olanlar (için) de böyle gerekir ki, evliyanın ayin-i erkânı ve mürşidin sır nefesi yerini ala. Birbirinin yurduna oturup ondan sonra malı bırakma, canı bırakma, dünyayı bırakma, kötü işleri bırakma va havayı bırakma. Bunları bırakıp teslim-i rızayı kabul edip, rıza kapısında olmazlar, erkân-ı tarîkat, erkân-ı mârifet, erkân-ı hakikat ile rıza gösterip teslim olmazlarsa ister pîr, ister talip (olsunlar) ikrarları caiz olmaz!

Bir kavlinde Hazreti İmam Cafer Sadık şöyle buyurur:[425]

"Bunlar yol ve erkândan düşkündür. Cemden red edip komayasınız. Tercüman ve kurban yedirmeyesiniz ve erkân çalmayasınız!"

Musahipler, pîrler, halifeler ve talipler; tümü Muhammed-Ali yoluna ikrar verip iradet getirenler birbirlerine de teslim olmazlarsa, yola teslim olmazlarsa ve erkâna teslim (olmayıp) tarîkate ve hakikate kâil olmazlarsa, mürebbisini ve musahibini hak bilmezlerse onlar yezid-i pelid olurlar ve yüzleri karadır. Yarın Hakk divanında domuz görünümünde koysa gerektir.

İmam Cafer Sadık Hazretleri şöyle buyururlar:

"Önce gelip ikrâr veren, talip olan, mürebbiye ve musahibe yeten(lerin) tarîkatin, hakîkatin, edep ve erkânlarını, farz ve sünnetlerini kabul edip Muhammed-Ali'nin yoluna,

425 İzmir Yazması "Teslim-i Rıza" başlıklı bölümü (s.32-37).

erkanına boyun verip iradet getirmeleri; mümin müslüm, bacı yoldan rızasız iş işlememeleri gerekir ki ikrarları caiz olsun. Nedeni, rızasız yol olmaz. Yol, erkân Hakk Teala'nın evidir."

İmdi, gerektir ki, talip, musahip, mürit ve muhup Hakk Teala'nın emri ve hem erkânıdır. Erkân kadimdir. Rızasızlık, Hakk Teala'nın emridir. Sakınıp korkmak gerektir. Nedeni, Hakk Teala, havf havfullah demiştir.

Ali-Muhammed yoluna can ve baş veren, ehl-i hak olan mümin müslim bacılara şöyle gerektir: Nedeni her kim olursa olsun evliyaya muhuptir. (Bunlar) mürebbi, musahip, aşina ve meşrebinden cayıp kendi başına iş tutup yoldan dışarı iş işlerlerse (bunların) dört kapıda hizmeti kabul olur mu? El cevap: Olmaz. Nedeni, dervişler ve talipler çok hikmetullah-ı rızasız bir şey hasıl kılmamıştır ve hem evliyanın sırrıdır. Sır olan nur olur. Nur olan dört kapıda, kırk makamda on iki farz-ı kifayede, on yedi erkânda bir mümin ve müslüm rızasız bir lokma verse ve yedirse şeriatte âsi olur. Tarîkatte ve hakîkatte katli vacip olur mu? El cevap: Olur. Tarîkatte ve hakikatte murtad olur ve yüzleri kara olsa gerektir. Hem yol uğrusudur. Yezit sofu yol uğrusudur, yüzü kara hükmolunur. Öyle sofunun hayrından rızasız lokma haramdır ve çiğidir. Haram yiyen yezittir. Ne erkânı ne yolu olur, sakınasınız. İş işlemeyesiniz, rızasız lokma yedirmeyesiniz. Pişirdikleri de haramdır. Onunla olan evlat zinadır, merdut ve münafıktır. Hakkında şöyle buyrulmuştur:

"Tanrı'nın laneti tüm münafık kavimlerin üzerine olsun."[426]

Pîr olanın (talibi) öncelikle mürebbiye ve musahibe yetirmesi erkân-ı kadimdir. Talip, pîr ve mürebbi olana tarîkat, mârifet sırrı hakikat bablarını ve ahkâmlarını farz ve sünnetlerini öğretmeleri gerekir ve hakikat eski doğru yoldur,

---

426 Özgün anlatıda Arapça verilmiştir.

doğru yapıdır. Çünkü, Ali-Muhammed yolu tümünden uludur ve eskidir. Hakkında (şöyle) buyrulmuştur:

"Onun yolu yüce ve uludur."[427]

Nedeni, evliyalar ve enbiyalar yoludur.

Önce pîrlerin iradet getirip, ikrâr verip biat kılalar ki sonra talibe, sadık sofu olan müminlere pîr olan kimseler öğreteler. Ali-Muhammed'in yoluna varalar da yoldan çıkmayalar. Nedeni, evliya yolu, erkânı ve buyruğu rıza ile icazet ile olur. Onlar da birbirleriyle musahiptir. Hakkında (şöyle) buyrulmuştur:

"Rabbena ya rabbena"[428]

Onlar da birbirinden ayrı olmaz. Taliplik davası kılan kardeşler bilin ve âgâh olun ki bu yolun korkusu, bu yola rıza ile varmak ve icazet ile olur. Talip olan(lar) yola varalar ve yoldan çıkmayalar. Pîrden rızasız gezmeyeler. Nedeni, rızasız işlerin tümü haramdır. Mürebbiye ve musahibe kail olasınız!

İmam Cafer Sadık Hazetleri Ali-Muhammed'in yolu konusunda şöyle buyurmuştur:

"Dininiz imanınızdır."[429]

Pîr dindir, musahip imandır. Dinden dönen talipler pîrden de döner. Musahipten dönen imanından döner.

Bir sözünde İmam Cafer Sadık Hazretleri (şöyle) buyurur:

"Din Muhammed, iman Ali'dir."

Dinden imandan dönen talipler haktan dönmüştür. Onlar şeriatta kâfir olur. Tarîkatte merdud[430] ve hakikatte murtad[431]

427 Özgün anlatıda Arapçadır: Ve hüve aliyyül kadim ve hüve aliyyül azim Arapça "Tanrı yüzbin kez korusun" anlamında yemin.
428 Türkçesi tam anlaşılmıyor.
429 Özgün anlatıda Arapçadır.
430 **merdud:** Kovulmuş, geri çevrilmiş.
431 **murtad:** Dönek

olur ve "Tanrı yözbin kez korusun"[432] bir adam dine sövse pîrine de sövmüş gibidir. Neuzibillah ister mümin ister müslim olsunlar onların ikrârı caiz değildir. O yola sığmaz. Ceme komayasınız. Onlar Yezid'den beter yezittir. Onlar Hakk'ı görüp inanmayanlardır. Onlar hakkında euzu besmele okuman erkândır. (Onlara) lanet olsun. (Onlar) hakkında (şöyle) buyrulmuştur:

"Tanrı'nın lâneti hain insanların üzerinedir."[433]

Onlarla ceme oturan, kurban yediren, erkân çalan merdud[434] münafıktır.[435]

İmam Cafer Sadık Hazretleri şöyle buyururlar:

"Musahip musahibe gönül vermezse o kimse İmam Cafer kavlinde musahip değildir."

Talip odur ki yola talip ola ve yola boyun vere ve erkandan çıkmaya. Hakk'tan yüz çevirmeye. Muhammed Ali aşkına zar-ı giryanın[436] eksik etmeye. Nedeni, yol, erkân Muhammed-Ali'den kalmıştır. Tâlip Cebrail Aleyhisselam'dır. İmdi, talip dediğin Cebrail gibi gerektir ki talip olsunlar, kalıp olmasınlar. Niyazları Hakk katında makbul olsun.

Musahip diye, hakikate girene ve bir dilden ötene derler. Hakikat hakk yoludur. Hakikate giren taliplerin tüm işlerinin Hakk'a layık olması gerekir. (Böylece) onlara talib-i alittercüman[437] derler. (Böyle talibe) "Güruh-u naci katarında"[438] Şah'ın talibi derler.

---

432 Özgün anlatıda Arapçadır.
433 Özgün anlatıda Arapçadır.
434 **merdud:** Kovulmuş, geri çevrilmiş.
435 **münafık:** İkiyüzlülükle ara bozan. Kur'an'da inanır görünerek inanmayanlar anlamında kullanılır. Arabozuculuk alamındaki Arapça 'nifak' sözcüğünden türemiştir. Peygamber Muhammed çağında insanları üç bölüme ayırırlar. Müminler (inananlar,), kafirler (inanmayanlar), münafıklar (ara katıcılar).
436 **zar-ı girye:** İnleme, ağlama.
437 **talib-i alittercüm:** Tercüman olmuş talip. Al yoluna girmiş talip anlamında kullanılmıştır.
438 **güruh-u naci:** Kurtulmuş insanlar katarı.

İmam Cafer Sadık Hazretleri (şöyle) buyururlar:

"İster pîr, ister talip, ister muhip olanların Hakk'ı zikirden uzaklaşmaları gerekir. Zikr-i Hakk tevhiddir.[439] (Ondan) uzaklaşmak erkân değildir. Üstadın nefesini[440] söylemek ve söyletmek erkân-ı kadimdir.

İmdi, tarîkat ehli olan talipler, pîr nefesini haklayanlar(dır), rızayı gözleyenler(dir) ve rızadan kaçmayanlardır. Pîr olanlar da rızadan kaçmamalılar.

Pîr olanın rızasız işleri olsa tarîkatte murtad olur ve yol basmıştır. Onların yedikleri haramdır. Nedeni, tarîkatı, hakikati ve erkânı yoktur.

İkrâr verip biat eden bacılar müminlerden ve pîrlerden rızasız iş işleseler ve lokma yedirseler şeriatça boş olurlar. Onu da siyaset etmek[441] erkân-ı kadimdir. (Onlar) tarîkata sığmaz. Öyle olan bacıları yer gök kabul etmez. O müslüm bacının lokmasını kim yerse yezittir. ve lanete vaciptir. Yoldan ve dinden düşkündür. Ayıdan ve domuzdan kötüdür. O kimseleri Şeytan aleyhüllane (bile) kabul etmez denir.

Taliplerin rızadan çıkmamaları gerekir. Sürekli rıza ile, icazet ile olmamaları rızadan çıkmamaları gerekir. Sürekli murat kapısında olmaları gerekir. Pîrden, musahipten ve yoldan dönmemeleri gerekir, ahiret azabından, dünya kazalarından ve belalarından emin olalar ve Ali-Muhammed divanından kalmayalar. Ali-Muhammed'in buyruğunu yerine getire, utanacak duruma düşmeyeler.[442]

439 **tevhid:** Tanrı'nın birliğini bilme ve bu birliğe inanma. Tek olma anlamındaki Arapça vahdet sözcüğünden türemiştir. Tasavvuf dilinde kendini varlığını tanrının varlığında yok edip tanrının varlığıyle var olma anlamındadır. Gerek sünni dilde ve gerekse tasavvuf dilinde bu terimden pek çok terimler türetilmiştir. Şeriat dilinde "Lâ ilahe illallah" (Tanrı'dan başka Tanrı yoktur) tümcesine kelime-i tevhid denir. Burada, tümce "Tanrı'yı anma tevhiddir" biçiminde bir düşünce anlatılmak istenmektedir.

440 **nefes:** Deyiş, şiir.

441 **siyaset etmek:** Cezalandırmak.

442 İzmir Yazması (s. 32-37).

Bir talip nefsini zaptetmese, rızasız lokmaya el sunsa, ya da kendi hatununu koyup başka kadına yelse ceza (olarak) doksan dokuz tarik vuralar. Kırkını kendine etki edecek biçimde vuralar. Kalanı da yüz görmeksizin tarîkate, yüz görerek hakikate cüdam olur. Nezir flör beş, kurban üç(tür).[443]

Hazreti İmam Cafer Sadık (şöyle) buyururlar:

"Pîr olan kimseler dört kapı, kırk makam, on iki erkân, farz-ı kifaye ve on yedi erkânda kâlim vücut olalar ki pîrlikleri caiz ola. Mürüvvet madeni ola."[444]

443 Alaca Yazması "Rızasızlık" bölümünün baş kesimi (s. 168)). Burada dinsel tören olan Görüm sırasında cezalandırma anlatılmak isteniyor. Görümde, suçluyu bağışlatmak isteyen er-bacı birlikte ortaya çıkarlar. Yargılıma sonunda onlara da asa ile vurulur. Bu sırada sürekli dualar edilir, gülbenkler okunur. Ortada bulunan er-bacı yüzükoyun meydanı dolaşırlar. Dede asa ile vuruşları sürdürür. Toplumu tinsel hava sarmıştır. Kimse bu sırada vurulan asanın acısını duymaz. İçinde yaşamayanların anlamayacakları bir ortamdır.

444 İzmir Yazması (s. 37).

35

DÖRT KAPI[445]

445 İzmir Yazması "Dört Kapı" adlı bölüm (s. 29). Alevî inançlarına göre dört kapı, kırk makam ve on yedi erkan ve üç yüz altmış altı Menzil vardır. Bütünü içinde inancın ilkeleri şöyle açıklanır:
Dört kapının birincisi şeriat, ikincisi tarîkat, üçüncüsü mârifet, dördüncüsü hakikat kapısıdır.
Şeriat kapısı doğru inanç ve uğraş ile hizmet edip Hakk Teala'nın didârını görmektir. İnsanlara hizmet ve izzet edip şeriat mizanında tamam olarak şeriat ehlini hâkir görmemektir.
Tarîkat kapısı, tarîkatın gerektirdiği işlerde uzun yıllar hizmet ile gönül dileğini ve kalb isteğini bulup tarîkat ehline muradını vermek, velayet göstermek, keramet izhar eylemek, böylece tarîkat mizanında tamam olmaktır.
Mârifet kapısı, Allah'ı tanıyıp tesliyet bulup rızaya kavuşmaktır. Başkasının ayıbını örtmek, gönlünün muradını tanıyıp zahir ve batını kavramış kişileri hoşnut eylemek, Hakk Teala'nın nurunu her yerde görmektir. Mârifet, aklın nuru, canın hayatı, ilmin sureti, tarîkatın sikkesi, şeriatın gömleğidir.
Hakikat kapısı, hakikat nuru ile insanın kendisinden geçip Mevlâsı ile kendisi arasında nur ile sırra erip keramet gösterip Allah'ın sırrının sırrına germektir.
Peygamberin sözü şeriat, işi tarîkat, durumu mârifet, sırrı hakikattir.
Şeriat farzdır, tarîkat vaciptir, mârifet sünnettir, hakikat nevaldir.
Şeriat anadır, tarîkat babadır, mârifet oğuldur, hakikat oğulun oğludur.
Şeriat doğudur, tarîkat batıdır, mârifet kuzeydir, hakikat kıbledir.
Dört kapıda murat benliğin yok olduğu yerdir. Birlik bu kayıya girmekle olasıdır.
İzmir Yazması'nda on beş makam adı sayılır. Oysa inanca göre kırk makam vardır. Bu kırk makamın onu musahip makamı, onu mürebbi makamı, onu mürşit makamı, onu muhabbet makamıdır. Bu kırk makam şunlardır:
Şeriatın on makamı: 1. İman getirmek, 2. İlim öğrenmek, 3. Namaz, oruç, hac, zekât, 4. Helal kazanç, 5. Haramdan sakınmak, 6. Hayız ve nifas durumlarında karısı ile cinsel ilişkide bulunmamak, 7. Şeriat evine girmek, 8. Şefkatli olmak, 9. Pak yiyip, pak giyinmek, 10. Emr-i maruf ile hareket etmek.
Tarîkatın on makamı: 1. Mürşitten el alıp tövbe kılmak, 2. Talip ve mürit olmak, 3. Saçını, sakalını ve giysisini temiz tutmak, 4. Nefsine mücahade etmek, 5. Hürmet etmek, 6. Havf etmek, 7. Hakk'tan umut kesmemek, 8. İbret ve hidayet üzere olmak, 9. Cemiyet sahibi, nasihat sahibi, muhabbet sahibi olmak, 10. Aşk, sefa, şevk ve fakirlik üzere bulunmak.
Mârifetin on makamı: 1. Edeb, 2. Korku, 3. Sabır, 4. Kanaat, 5. Utanmak, 6. Cömertlik, 7. İlim, 8. Miskinlik, 9. Mârifet, 10. Kendi özünü bilmek (men arefe nesehu fakad arefa Rabbehu).
Hakikatın on makamı: 1. Turab olmak, 2. Yetmiş iki milleti bir görmek ve kimsenin aleyhinde bulunmamak, 3. Eline geçenle yetinmek, 4. Dünyada her şey kendisinden emin olmak, 5. Her işinde Allah tevekkül ve itimat edip yalnız ondan yardım ve başarı dilemek, 6. Suhbet yani sırlardan söz etmek, 7. Sır üzere olmak, 8. Teberra üzere olmak, 9. Münacat üzere olmak, 10. Şevk müşehadesi üzere bulunmak.
Yetmiş üç milletten yetmiş ikisi delalettedir. Ancak bir millet kurtuluşa ermiştir ve her zaman da ve niyaz üzeredir. İşte naci ve münaci olan bu tek millet İmam Cafer Sadık Hazretlerine uyup dünyada küfrü imana, cefayı safaya, kahrı lutfa ve zenginliği yoksulluğa satmışlardır. *(Cavit Sunar: Melamilik ve Bektaşîlik, Ankara 1975, s.166-168.)*

Amma budur ki, kapı dörttür. Önce ilm-i şeriattır, kemal-i mârifettir ve bir de mana-ı tarîkattir. Ana kaynak hakikattir. Bunlar birbirine ayandır. Ancak dördünün de özellikleri vardır. Onu da bilmek gerekir.

Birinci kapı şeriatı bilmeden şeriat tamam olmaz. Mârifet iliminden bilmeden mârifet tamam olmaz. Bunun dördünün sırları tümü birden oldu.

İmdi, ey sofular, ey dervişler, dervişanlar, ey ikrar iman davası kılan canlar, bu yol içinde mürebbi, musahip, aşina ve meşrep diye bunların dördünden birinci şerîat, tarîkat, mârifet, dördüncü hakîkat. Bunların hassiyyeti[446] nusibeti[447] olur. Nusibet nusibettir ve hangisi olursa olsun onlardan dışarda kalmak erkândır.[448]

Şundan ötürü hakikat Hakk oldu. Hakk'ı bilmeyen talipler tümüne inanmamış oldu. Onların bu kez itikatları kalmadı, inkâr ettiler. Onlar Şimir, Mervan ile birlik oldular. İşleri zaruret ile öyle olan talipler Yezid'den beter oldular. Nedeni, ikrarlı yezit olduğu için onlar Hakk'ı görüp inanmayanlardır. Onların şerrinden (korunmak için).

"O mektup gerçekten Süleyman'dan geliyor ve gerçekten de içinde şunlar yazılı: Rahman ve Rahim Allah adıyla bana karşı yücelik davasına girişmeyin ve teslim olarak bana gelin"[449] diye (okumak gerektir). Hazar etmek ve lâfeta suresini okumak gerektir. O belalardan azat olasınız.

---

446 **hassasiyet:** Duyarlık.

447 **nusb:** İslâmlıktan önceki Arap putataparlığında kullanılan dinsel taşlar. İslâmlıktan önce bu taşlara tapılırdı ve mabudun bu taşlar içinde bulunduğuna inanılırdı. Bu taşlar için kurbanlar kesilir, taşların üstlerine bu kurbanların kanları sürülürdü. Kur'an bu Arap geleneğini şiddetle yasaklamıştır. Bu taşlar için kesilen kurbanların yenilmesi de İslâma göre haramdır. *(Orhan Hançerlioğlu, İnanç Sözlüğü, İstanbul 1975, s.460.)*

448 İzmir Yazması (s. 29).

449 Neml (27) Suresi, 30-31. ayetleri. Özgün anlatıda Arapça ve¬rilmiştir.

İlm-i hakikat de (ne) dersen, hakikat ilm-i cavidandır. Cavidan diye dört kapıya derler. Hakikat olan hakikat olur. Hakikat dedikleri bu dört kapı olur.

(Talipler) önce mürebbi izniyle hakikate hak olurlar. Hakka musahip olan Hakk musahibi birbirlerine teslim-i rıza olmazlarsa onlar musahip olur mu? El cevap: Olmaz. Hakkında hadis vardır:

"Lanet tüm hainlerin üzerine olsun."[450] buyrulmuştur.[451]

Dört makam buyurur ki: Birinci makam ceber,[452] ikinci makam melekut,[453] üçüncü makam lâhût,[454] dördüncü makam nâsut(tur).[455]

Ceberut hangisidir? diye sorarlarsa "Şeriattır" diye karşılık ver. Ona Cebrail müteallikt ir.[456]

Nasut hakikattir. Ona Azrail müteallikt ir.

Bunları bilen dervişe lokma-i merdan ve hırka-i pîran helaldir. Bilmezse haramdır.[457]

Hazreti Ali Emirelmüminin buyurur ki:

"Şeriatın, tarîkatın, mârifetin ve hakikatın bildirilen durumlarını talip olanın tutması gerekir. Birinci kapı şeriatı

450 Özgün anlatıda Arapçadır.
451 İzmir Yazması (s.30-31).
452 **ceberrut:** İslâm gizemciliğinde Tanrı'ya varma çabasının aşamalarından biridir. Tanrı'nın büyüklüğünü de dile getiren bu sözcük gerçekte "güç anlamına gelen İbranice "geburat" sözcüğünden türemiştir. Ayrıca bu terim Tanrı'nın niteliklerini de dile getirir. Buna karşılık Tanrı'nın kendisine lâhut denir. Gizemcilere göre en üstte lâhut âlemi, ortada ceberrut alemi, altta melekût alemi vardır. (Hançerlioğlu, İnanç Sözlüğü)
453 **melekût:** Gizemcilikte görünmeyen varlıkların evreni. Âlem-i gayb deyimi ile anlamdaştır. Sözcük olarak Arapça hükümdarlık demektir. Hükümdar anlamındaki melek ya da melik deyiminden türemiştir. Görünmeyenlerin bu evreninde ruhlar ve melekler yaşar. Bu tasarımın temeli Platonculuktur. Platon'un duyular üstü düşünsel evreninin İslâmlaşmış biçimidir. Zaman ve uzayla sınırlanmayan, sonsuz ve sınırsız bir evren olarak tasarımlanmıştır. (Hançerlioğlu, s.397).
454 **lâhût:** Tanrısal evren. Tanrısal evrenle ilgili anlamında da lâhûti denir. Bu anlamda meleklere de lâhûtiyan denir.
455 **nasut:** İnsanlık, insanlıkla ilgili şeyler.
456 **müteallik:** İlgili, ilişkili.
457 2. Hacı Bektaş Yazması (s. 243).

bildirir. İkinci kapı tarîkatı bildirir. Üçüncü kapı mârifeti bildirir. Dördüncü kapı sırr-ı hakikatı bildirir.

Senden "şeriat nedir" diye sorarlarsa, "Şeriat Muhammed Mustafa Sallallahü Teala aleyhi vessellem Hazretlerinindir. Hakk'ı batıldan seçen ulu kapıdır, şerîat" diye karşılık ver.

Şeriat kaçtır diye sorarlarsa, "beştir" diye karşılık ver. Beş nesne ile bağlanır, beş nesne ile açılır. Birincisi ahmaklık ile bağlanır, itaat ve namaz ile açılır. İkinci, nefsile[458] ile bağlanır, ibadet ile açılır. Üçüncü asilik ve acele ile bağlanır, niyaz etmekle açılır. Dördüncü küfr ile bağlanır; iman ile açılır. Beşinci şirk ile bağlanır, hayır ve ihsan ile açılır.

İkinci kapı tarîkatı bildirir: Tarîkat yedi arşındır. Nebilik de yedi yön üzerinedir. Yedi aslı vardır. Yedi taatı[459] vardır. Nedeni, Hazreti Peygamber:

"Tarîkat yedi nesne ile açılır, yedi nesne ile bağlanır." buyurmuştur.

Birinci, pahıllık ile bağlanır, kerem ile açılır. İkinci, cahillik ile bağlanır, inayet ile açılır. Üçüncü, habislik ile bağlanır, hidayet ile açılır. Dördüncü dünyalık ile bağlanır,

---

458 **nefis:** Can ve ruh. İslâm felsefesinde ve gizemcilikte nefis (özbenlik) insanın bedeni dışında kalan ve tanrısal bir özden yapılmış olan bölümüdür. Kötülük de iyilik de ondan gelir. Bundan ötürü dinsel ve gizemsel eğitim, usun (aklın) eğitimi değil, nefsin eğitimidir. Batınilere göre Tanrı önce akılı, sonra ve onun yardımıyla nefsi yaratmıştır. Akıl tam, nefis ise noksandır. Evren, bu noksanlığın tamlık isteğinden ötürü devinmesinden oluşmuştur. Usun (Akl-ı kül) yetkinliğine imrenen ruh (nefs-i kül) onun yetkinliğine varmak için dönmeye başlayınca ilkin gökler (felekler) meydana geldi, onların dönmesinden de cisimler (escâm) oluştu. Madenler, bitkiler ve hayvanlar işte bu cisimlerdir. Cisimler meydana gelince tünel nefis (nefs-i kül) tikellere bölünmüş ve bedenlere girmiştir. İnsan, daha özel bir oluşma sonunda varlaşmış ve tümel akılı da kendi kişiliğinde somutlaştırmıştır. Tümel akıl ve nefis, bu açıdan evrende tek ve üstün varlık olarak sadece insanda yansımaktadır. Bunların en yetkin biçimde kullanılan nâtık (söyleyen, peygamber)'dir. Ne var ki, nâtık'ın sözlerini herkes anlayamaz. Onları anlayan ve yorumlayan da sâmit (sunan, imam)'tir. Nefsin yedi derecesi vardır. (Bu yüzden özellikle halvetiler Tanrı'nın yedi adını söyleyerek zikrederler.) Bu yedi derece şunlardır: 1. Nefs-i emmare: Kötülüğe, bedensel isteklere eğilimli nefi. 2. Nefs-i levvame: Kötülüğü kınayan, iyiliğe eğilimli nefis. 3. Nefs-i mülhime: Esinlendiren, ilham eden nefis. 4. Nefs-i mutmaine: Gerçeği bilmede kuşkusuz olan nefis. 5. Nefs-i râdiyye: Tanrı'dan gelene razı olan nefis. 6. Nefs-i mardiyye: Buna karşı Tanrı'nın rızasını kazanan nefis. 7. Nefs-i sâfiyye ya da zekiyye: Her türlü kötülükten arınmış, saf ve temiz nefis. (Hançerlioğlu, s.448-449).

459 **taat:** Tanrı buyrukları, tapınım.

kanaat ile açılır. Beşinci şeytanlık ile bağlanır, rahmanlık ile açılır. Altıncı kibir ve haset ile bağlanır, akıl ve batın gözü ile açılır. Yedinci, gaybet ile bağlanır, kerem ile açılır.[460]

"Mârifet kaç kapıdır?" diye sorarlarsa, "binbir kapıdır" diye karşılık ver. "Anlamı nedir?" derlerse, "Hakk Teala Hazretlerinin binbir adı vardır. Binbir kelamı vardır, binbir köşesi vardır. Binbir kapısı vardır. Arifler ve abitler, özünü bilenler amelleri sebebiyle o kapıyı açarlar. Cennetin sekiz kapısını açarlar ve yüzlerine tamunun yedi kapısı bağlanır, inşallah-u teala. Halifelerin, pîrlerin, zakirlerin bu hesabı bilmeleri taliplere ve bilmeyenlere öğretmeleri vaciptir. Yoksa adları ism-i müsemmas[461] değildir. Yedikleri haramdır. Taliplerin yedikleri boyunlarında kala![462]

"Hakikat nedir?" diye sorarlarsa, "Hakikat Hakk Teala'nındır" diye karşılık ver. Kapısı kaçtır? (derlerse) "bir" diye karşılık ver. Bir nesne ile bağlanır, bir nesne ile açılır. Açıkçası, musahipsizlik ile bağlanır, musahip(li)lik ile açılır. Hakikat Hakk Teala üzeredir. Hakikat menziline yeten, Hakk'a yetmiş gibidir. Hakikate yetmeyen, Hakk'a yetemez. Mârifet Hakikatten hasıl olur.[463]

Sana şöyle sorarlarsa ki, şeriat kardeşi kimdir? Tarîkat kardeşi kimdir? Mârifet kardeşi kimdir? Sırrı hakikat kardeşi kimdir? On yedi erkânın kardeşi kimdir? Biri kırk, kırkı bir eden kimdir?

"Kardeş yedidir" diye karşılık ver. Birinci şeriat kardeşidir. İkinci tarîkat kardeşidir. Üçüncü mârifet kardeşidir. Pîr sözünü bilip Tanrı'sını tanıyan ehl-i kâmil katında bir talip bir

460 İzmir Yazması (s. 74-75.)
İzmir Yazması (s. 61) ile Alaca Yazması (s. 185)'te anlatılanlar arasında küçük ayrımlar vardır. Sözgelimi İzmir Yazması'ndaki "rehberin cünübu" yerine Alaca Yazması'nada "meşre-bin cünübu" sözü geçer. s. 61'deki "muhabbetin" sözü yerine s.185'te "muhubin" sözü geçer.
461 **müsemmas:** Adlanmış, adı olan.
462 İzmir Yazması (s. 76).
463 İzmir Yazması (s. 75).

talip ile musahip olmakla mârifet kardeşi olunur.[464] Allah bir, Resul hak, Hazreti Ali ve oğullarının imamlığı hak demekle müminler şeriat, tarîkat, mârifet kardeşi olurlar. Dördüncüsü hakikat kardeşidir. Hakk'ı insanda, insanı hakta gören ehl-i hak ve ustad-ı kâmile sevgi gösteren hakikat kardeşi olur. Beşincisi kırklar makamı (kardeşi)dir. Dört kapının hizmetini bilip işleyen Kırklar katında Kırklar ile kardeş olur. Altıncı on yedi erkân (kardeşi)dir. On yedi erkanın adını bilip gereğini yerine getiren, sır ehli olan, kâmil mürşit gözünde ve yetmiş yedi erkânda, onyedi erkân sahibi ile kardeş olur. Yedincisi ceset kardeşidir. (Kişi) bir babanın belinden, bir ananın karnından gelmekle ceset kardeşi olur.

Bir kimsenin şeriat babası öz babasıdır. Tarîkat babası mürebbidir. Mârifet babası mürebbidir. Hakikat babası Muhammed'dir.

Şeriat abdesti su ile olur. Tarîkat abdesti pîre biat etmektir. Mârifet abdesti nefsini bilip Rabbini tanımaktır. Hakikat abdeti öz ayıplarını görüp başkalarının ayıbını örtmektir.[465]

İmdi (şöylece) bilinmeli: Şeriat cünubu ihtilam[466] veya avrat cima etmekle olur. Tarîkat cünubu, pîrsizlik veya ikrarına yalan(cı) çıkıp ahdini bozmaktır ve mârifet cünubu nefsini bilmemektir. Hakikat cünubu kendi ayıplarını örtüp başka adamın ayıbını açıp, akılı ile bildiğine, kalbi ile tanıdığına inanmamaktır. On yedi erkânın cünubu edepsizlik ve hayasızlıktır. Kırk makamın cünubu dört kapının hizmetini terk edip rızasız kendi başına iş etmektir ve musahibin cünubu, musahibine kem bakıp kem söylemektir. Musahibin evine hainlikle varmaktır. Meşrebin cünübü gaybetin edip sırrın açıklamaktır. Muhibin cünübü, cevr-i cefa zulm-ü sitemkâr olmaktır.[467]

464 İzmir Yazması (s.139) ,Malatya Yazması (s. 211).
465 İzmir Yazması (s. 139) ve Malatya Yazması (s. 211-213).
466 ihtilam: Düş azması, ergen olma.
467 İzmir Yazması (s.61) ve Alaca Yazması (s. 185) Bu iki yazmada anlatılanlar arasında küçük ayrımlar vardır. İzmir Yazmasında "rehberin cünubu" yerine s. 185'te "meşrebin cünubu" denir. İzmir Yazması'nda (s. 61), muhabbetin" denirken, Alaca Yazması'nda (s.185) "muhibin" denir.

Ancak, şeriat cünüp su ile temiz olur. Tarîkat cünübü pîr elinden temiz olur. Mârifet cünübü mürşit elinden temiz olur. Hakikat cünübü mürebbi elinden temiz olur. Musahip cünübü tövbe edip yaramaz amelin terk edip halife elinden temiz olur.[468]

(Şöyle) bir söyleyişle:

Şeriat gemidir, tarîkat denizdir, mârifet dalgıçtır, hakikat incidir. İmdi pîr olan kimselere gerektir ki şeriat gemisine gireler, tarîkat denizinde yüzeler, mârifet dalgıcı olup hakikat incisine erişip çıkaralar. Onun üzere amel edeler ki onların ikrarları caiz ola.

(Şöyle) bir söyleyişle:

Şeriat kesin bilmeye derler. Tarîkat, talip(in) kendisini ispat etmesine derler. Mârifet sözün kavramını bilmeye derler. Hakikat vasıl olmaya derler.

(Şöyle) bir söyleyişle:

Şeriat kulluk etmektir. Tarîkat bilmektir. Mârifet ermektir. Hakikat görmektir.

(Şöyle) bir söyleyişle:

Şeriat ilimdir. Tarîkat imandır. Mârifet dindir. Hakikat amel kılmaktır.

Bir deyişle; şeriat tendir. Tarîkat ettir. Hakikat candır.

Bir deyişle; şeriat işitmektir. Tarîkat görmektir. Mârifet anlamaktır. Hakikat bilmektir.

Bir deyişle; şeriat kapıdır. Tarîkat eşiktir. Mârifet sövedir. Hakikat kilittir.

Bir deyişle; şeriat çerağdır. Tarîkat fitildir. Mârifet yağdır. Hakikat ışıktır.[469]

---

468 Alaca Yazması, (s. 185-186)
469 İzmir Yazması (s. 18-19)

36

MAKAMLAR[470]

"Makam kaç?" diye sorarlarsa, makam on beştir.

Birinci makam tövbedir. Hakkında Hakk Teala (şöyle) buyurmuştur:

"Ey inananlar yürekten tövbe ederek Tanrı'ya dönün ki Tanrı'nız kötülüklerinizi örtsün, sizi içinden ırmaklar akan cennetlere koysun."[471]

---

470 İzmir Yazması "Makamlar Beyan Olunur" başlıklı bölüm (s. 18).
Daha önceki dipnotlarda belirttiğimiz gibi Alevî inançlarına göre 40 makam vardır. Oysa Buyruk'un İzmir Yazması'nda "Kırk Makam" yerine on beş makam sayılır. Bu durumun yazma bozukluğundan doğduğu ortadadır. Çeşitli eserlerde bu kırk makam farklı adlarla anılır. Nitekim mirat-ül Makasıt'ta Kırk Makam şöyle sıralanır:
"Şeriat: on makamdan birinci iman getirmektir. İkincisi ilim öğrenmektir. Üçüncüsü namaz kılmaktır, zekât vermektir, oruç tutmaktır, hacca gitmektir; dördüncüsü helal kesbeylemektir, Riba yememektir. Beşincisi haramdan sakınmaktır. Altıncısı hayız ve nisva halinde zevcine yakın olmayıp bu halde mahreminin nikâhı haram olduğunu bilmektir. Yedincisi şeriat evine girmektir. Sekizicisi şefkattir. Dokuzuncusu pak yiyip, pak giyinmektir. Onuncu makam makam-ı emr-i maruftur.
Tarîkatın dahi on makamdır: Birincisi mürşitten el alıp tövbe kılmaktır. İkincisi talip olmaktır. (Mürit üçtür. Mürid-i evvel mutlak, ikinci mecazi, üçüncü mürid-i mürşit. Mürid-i mutlak odur ki, her bir hâlinde mürşide mutabık edip hüccet talep etmeye, lakin mürşidde sadık-ül kavl olmak şarttır. Mürşid-i mecazi oldur ki zahiren şeyh dileğinde olup batınen kendi dileğinde ola. Mürşid-i mezit oldur ki şeyhinden bir türlü hal görecek, ol saat yüzüm döndürmeye, fakat hilaf-ı şerğ olunsa derviş muhtar olup hilaf-ı şerğ fiil, fiili şeytanidir.) Üçüncü makam saçın ve libasın giderip, dördüncü makam nefsine mücadele etmektir. Beşinci makam makam-ı hürmettir. Altıncı havfdür. Yedinci Hakk'tan ümidin kesmemektir. Sekizinci ibrettir, hidayettir ve seccadeyi azizlerdir. Dokuzuncusu sahib-i cemiyettir ve sahib-i nasihattir ve sahib-i muhabbettir. Onuncu makam aşk ve şevktir ve sefadır ve fakirliktir.
Mârifetin dahi on makamı vardır. Birincisi makam edeptir, ikincisi korkudur, üçüncüsü sabırdır, dördüncüsü kanaattır, beşincisi utanmaktır, altıncısı cömertliktir, yedincisi ilimdir, sekizincisi miskinliktir, dokuzuncusu mârifettir, onuncusu kendi özün bilmektir.
Hakikatın dahi on makamı vardır. Evvelki turap olmaktır, ikincisi yetmişiki milleti bir görmek ve gıybet etmemek, üçüncü eline gelene kail olmaktır, dördüncü dünyada yaratılmış olanın cümlesi kendisinden emin olmaktır, zirâ kimi vahdettir. Beşinci cem-i umurda Allah-u Teala'ya tevekkül ve itibat edip iane ve nusreti yalnız ondan talep etmektir, altıncı sohbettir, yedinci makam-ı sırdır, sekizinci makam-ı teberradır, dokuzuncu makam-ı münacattır, onuncu makam-ı müşehadede-i celb-i şevktir." *(A.Yılmaz: Tahtacılarda Gelenekler, Ankara 1948, s.47-48)*

471 Tahrim (66) Suresi, 8. Ayet. Özgün anlatıda Arapça verilmiştir.

İkinci makam iradettir. Hakk Teala hakkında (şöyle) buyurmuştur:

"Ey Muhammed! Kuşkusuz sana baş eğerek ellerini verenler, Tanrı'ya baş eğip el vermiş sayılırlar. Tanrı'nın eli onların elinin üstündedir. Verdiği bu sözden dönen ancak kendi aleyhine dönmüş olur. Tanrı'ya verdiği sözü yerine getirene Tanrı büyük ödül verecektir."[472]

Üçüncü makam havf[473] etmektir. Hakk Teala hakkında (şöyle) buyurmuştur:

"Tanrı uğrunda gereği gibi cihat edin."[474]

Dördüncü makam sabırdır. Hakkında Hakk Teala (şöyle) buyurmuştur:

"Tanrı kuşkusuz sabredenlerle birliktedir."[475]

Beşinci makam hayadır. Hakkında Hakk Teala (şöyle) buyurmuştur:

"Haya imandır.[476]"

Altıncı makam zühüttür.[477] Hakk Teala hakkında şöyle buyurmuştur:

"Onu yanlarında alıkoymak istedikleri için ucuz bir fiyata bir kaç dirheme sattılar."[478]

Yedinci makam kanaattir. Hakkında (şöyle) buyrulmuştur:

472 Feth (48) Suresi 9-10. Ayet. Özgün anlatıda Arapça'dır.
473 **havf:** Korku.
474 Hacc (22.) suresinin 78. ayetidir. Özgün anlatıda Arapça olarak verilmiştir. Ayetin tamamı şöyledir: "Tanrı uğrunda gereği gibi cihat edin. O sizi seçmiş, babanız İbrahim olan dine de sizin için zorluk kılmamıştır. Daha önce Kur'an'da Peygamberin size şahit olması, sizin de insanlara şahit olmanız için size Müslüman adını veren O'dur. Artık namaz kılın, zekât verin. Tanrı'ya sarılın. O sizin sahibinizdir. Ne güzel sahip ve ne güzel yardımcıdır."
475 Bakara (11) Suresinin 153. Ayetidir. Özgün anlatıda Arapça olarak verilmiştir. Ayetin bütünü şöyledir: "Ey inananlar sabır ve namazla yardım dileyin. Tanrı kuşkusuz sabredenlerle birliktedir."
476 Özgün metinde Arapça olarak verilen bu tümce "el haya minel-iman" biçimindedir.
477 **zühüt:** Üst-baş ve saçına önem vermeyip dünya malına bağlanmama. Kendini tümüyle tapınmaya verme. Aşırı sofuluk olarak da tanımlanır. Türkçe de "zahitlik" diye de söylenilen sözcük Arapça "dinci" anlamına gelen "zahit" sözünden kaynaklanır. İslâmın başlangıcında bu bütün Müslümanların tuttukları bir yoldur. Tasavvufta da bu zühd (her zaman hazdan kendini alıkoyarak tümüyle tapınıma dalma) ve takva (dinin yasaklarından korkma ve yapmama) ile başlamıştır. Bu sofuluk kimi anlayışlarda dünyadan tümüyle el etek çekmeye kadar varmıştır.
478 Yusuf (22) Suresinin 20. Ayeti. Özgün anlatıda Arapçadır.

"Kanaat tükenmez hazinedir."[479]

Sekizinci makam izzettir.[480] Hakkında Hakk Teala (şöyle) buyurmuştur:

"Oysa şeref Tanrı'nın peygamberinin ve inananlarınındır."[481]

Dokuzuncu makam ilimdir. Hakkında Hakk Teala (şöyle) buyurmuştur:

"Tanrı'mız, bize dünyada iyiyi, ahirette iyiyi ver, bizi ateşin azabından koru."[482]

Onuncu makam teskindir. Hakkında Hakk Teala (şöyle) buyurmuştur:

"Müslüman eli ile, dili ile en iyi Müslüman olan kimsedir."[483]

Onbirinci makam rızadır. Hakkında Hakk Teala (şöyle) buyurmuştur:

"Tanrı onlardan hoşnut olmuştur, onlar da Tanrı'dan hoşnut olmuşlardır. Bu büyük kurtuluştur."[484]

On ikinci makam tevekküldür. Hakkında Hakk Teala (şöyle) buyurmuştur:

"Tanrı'ya güvenen kimseye o yeter. Tanrı buyruğunu yerine getirendir. Tanrı her şey için bir ölçü var etmiştir."[485]

On üçüncü makam ibadettir. Hakkında Hakk Teala (şöyle) buyurmuştur:

---

479 Özgün anlatıda Arapçadır.

480 **izzet:** Yücelik, onurluluk.

481 Münafıkin (62) suresinin 8. ayetidir. Özgün anlatıda Arapça olarak verilmiştir. Ayetin tamamı şöyledir: "Eğer bu savaştan Medine'ye dönersek şerefli kimseler alçakları and olsun ki ortadan çıkaracaktır, diyorlardı. Oysa şeref Tanrı'nın peygamberinin ve inananlarınındır. Ama iki yüzlüler bu gerçeği bilmezler."

482 Bakara (2) Suresinin 201. Ayeti. Özgün anlatıda Arapçadır.

483 Bu tümce özgün anlatıda Arapçadır. Tanrı'nın sözü olarak anılan bu tümce Kur'an'da bulunmaz.

484 Maide (5) Suresinin 119 ayetidir. Özgün metinde Arapça olarak verilmiştir. Tamamı şöyledir: "Bu doğruluklara doğrulukların fayda verdiği gündür, ebedi ve temelli kalacaklar altlarından ırmaklar akan cennetler onlarındır. Tanrı onlardan hoşnut olmuştur. Bu büyük kurtuluştur."

485 Talak (65)suresinin 3. ayetidir. Özgün metinde Arapça olarak verilmiştir. Ayetin tamamı şöyledir: "Tanrı kendisine karşı gelmekten sakınan kimseye kurtuluş sağlar. Ona beklemediği yerden rızk verir. Tanrı'ya güvenen kimseye o yeter. Tanrı buyruğunu yerine getirendir. Tanrı her şey için bir ölçü var etmiştir."

"Rabbine kavuşmayı uman kimse yararlı iş işlesin ve Rabbine kullukta hiç ortak koşmasın."[486]

On dördüncü makam tefekkürdür. Hakkında Hakk Teala (şöyle) buyurmuştur:

"Bir an düşünmek yetmiş yıl ibadetten hayırlıdır."[487]

On beşinci makam heybettir. Hakkında Hakk Teala (şöyle) buyurmuştur:

"Eğer biz Kur'an'ı bir dağa indirmiş olsaydık, sen onun Tanrı korkusuyla baş eğerek parça parça olduğunu görürdün. Bu örnekleri insanlar düşünsünler diye veriyoruz."[488]

Tarîkatın cevapları bunlardır. Taliplere ve müritlere gerekli olan yolda ve erkânda evveli ahiri Muhammed Ali'dir. Hakkında Hak-Muhammed-Ali kavlehu Teala (şöyle) buyurmuştur:

"Tanrı kâfirlerin yüreklerini kapatıp mühürler."[489]

Pîr, halife denen kimselere şöyle gerekir: Evlad-ı Resul'den ola, evlad-ı Resul'e yetişip biat kılalar ve erkâna da iradet getireler. Tarîkatleri ve hakikatleri tamam ola. Hazreti pîre yetmiş olalar.

Pîr olanın o kapılarda kâmil olması gerekir. Tarîkatın kapılarını, hikmetlerini, beyanlarını, ayetlerini tümüyle bilmeyince erkânı da iyice öğrenmeyince ve bilmeyince onların pîrliği caiz olmaz. Yedikleri, aldıkları haramdır.[490]

---

486 Kehf (54) Suresinin 110. Ayetidir. Özgün anlatıda Arapça olarak verilmiştir. Ayetin tamamı şöyledir: "De ki: Ben ancak sizin gibi bir insanım, ancak bana Tanrı'nın tek bir Tanrı olduğu vahyolunur. Rabbine kavuşmayı uman kimse yararlı iş işlesin ve Rabbine kullukta hiç ortak koşmasın."

487 Özgün anlatıda Arapçadır. Tümceyi Tanrı'nın ilettiği söylenmesine karşın Kur'an'da bulunmaz. Peygamber'in hadisi olduğu söylenir.

488 Haşr (59) Suresinn 21. Ayeti.Özgün anlatıda Arapçadır.

489 Araf (7) suresinin 101. ayetidir. Özgün metinde Arapça olarak verilmiştir. Tamamı şöyledir: "Ey Muhammed işte kasabalıların halllerini sana anlatıyoruz. And olsun ki onlara peygamberleri belgeler getirdi. Önceleri yalanladıklarından ötürü inanmadılar. Tanrı kâfirlerin yüreklerini kapatıp mühürler."

490 İzmir Yazması (s. 25')te bu bölüm biter.

37

ÜÇ SÜNNET YEDİ FARZ[491]

İmam Cafer Sadık mezheb-i pak hazretleri (şöyle) buyurur:

491 İzmir Yazması (s. 114-115), Alaca Yazması (164-166), 2. Hacı Bektaş Yazması (s 245-246)nda,nda yer alır. "Üç sünnet-Yedi Farz"başlığı altında verilir. Üç sünnet yedi farz da çeşitli kitaplarda değişik biçimde anlatılır.

A. Yılmaz'ın verdiklerine göre üç sünnet: Allah, Muhammed Ali'dir. Bunların üçünü bir bilmek gerekir. Allah, Muhammed, Ali bir idi, ervah-ı ezelde nurları bir idi (A. Yılmaz: Tahtacılarda gelenekler Ankara 1948, s. 43) aynı yapıtta ise yedi farz ise şöyle sıralanır: Musahip, mürebbi, rehber, mürşit, aşna, peşine, çeğildeşinden ibarettir. Başka bir rivayet göre ise: İki musahip iki de eşleri dört, bir mürebbi bir rehber ve bir mürşit yedidir. (A. Yılmaz, s, 43)

Bedri Noyan ise şu bilgileri verir:

Üç sünnet, yedi farz hakkında: Sırname adlı yazmada İmam Cafer Sadık Hazretlerine atfen şu bilgi verilir: Birinci sünnet gönlünden ve düşüncesinden Tanrısal gerçeği (ilahi hakikatı) çıkarmamaktır. Bunu daima hatırlamaktır. 2. Sünnet: Bir kardeşine karşı kin garaz, duygusu beslememektir. 3. Sünnet: Kahrına ve her haline teslim ve razı olmaktır.

Yedi Farz şunlardır: 1. Farz: Var olan her nesnede tanrıyı tanımak, (gerçeği görmek). Kendisine söylenenlerin herhangi bir kimseye açmamaktır. Ahdini şeytandan korumak ve Tarıyk-i nacinin sırlarını dışta kalanlardan gizlemektir. 2. Farz: Ayıbları örtücü olmaktır. Gördüğünü örtüp, görmediğini söylememektir. 3. Farz: Tanrısal gerçeği düşünmek, her derdin ondan geldiğini unutmamaktır. 4. Farz: Mürşit ve rehber hakkını Hakk bilmiş olmaktır. Onun iradesine uymaktır. Her işe başlarken ona başvurmak, onda perdesiz, Cemal-ullah'ı görmektir. 5. Farz: Musahib hakkını erenler meydanına götürmek, mürşidine boş elle gelmemektir. Talibin abdesti oldur. 6. Farz: Meydanda mürşidinden aldığı eli Hazreti pîrin eli bilmek, ondan hakkın eline ermek, ikrar verip tevbe kılmaktır. 7. Farz: Mürşidinden kazandığı bilgiye uymak ve yol ehline karşı alçak gönüllü olmaktır.

Fakıyrde bulunan büyük sığır dili cönkte 40-45'te yazılı olan Derviş Halil Yavyavi tarafından Hicrî 1236'da kopya edilmiş olan (Risale-i Tarıykat) adlı risalenin en sonunda bu konuda şu kayıt vardır:

"Evvel sünnet: Sufi dilin kelime-i tevhidden ayrılmaya. Muhammed-Ali ve evlad-ı Ali'yi zikrede. İkinci sünnet: Kibiri gönlünden gidere ve derini pak ede. Üçüncü sünnet: Buyrulan farzlar ile ol hüküm üzerinde ola."

"Evvel Farz: Sırdar ola. İkinci Farz: Zahitten (zahirden) erkanını saklaya. Üçüncü Farz: Bir kimse bir nefes söylerse onu hak bile. Dördüncü Farz: Özrüne niyaz ehili ola. Derd ve belaya sabir ola. Beşinci Farz: Mürebbi hakkına muti ola. Ehil-i huccet olmaya. Altıncı Farz: Musahib hakkını bile. Yedinci Farz: Daima günahına tövbe edici ola. Sekizinci Farz: Tac üzerine zikrolunan erkanları bile ve icra ede ve her kemalinde noksan olmaya ve bu hükümlere muhalefet etmeye ve niyaz ehli ola. Sahib-i irşad ola ve halim ve mazlum ola. Muhammed-Ali sıfatı budur. V'Allah-ı â'lem bis-savab" *(Doç. Dr. Bedri Noyan, Bütün Yönleriyle Bektaşîlik-Alevîlik, C.3, 892-893).*

"Tarîkatte üç sünnet ve yedi farz vardır. Her mürit, aşık ve talibin bilmesi gerekir."[492]

Talibin boynunda sofuluğun hakkında üç sünneti vardır.[493]

Birinci sünnet budur: Daima Allah'ın kelamı dilden gitmemeli. Kelime-i tevhid kalbinden gitmemeli.[494] Gönülde kin, kibir olmamalı.[495]

İkinci sünnet budur: Kalbinden avdeti gidere.[496] Kalbinde avdet olmaya.[497]

Üçüncü sünnet budur: Talip olan yola teslim ola.[498] Talip bin ise bir gibi otura, hemen biri söyleye.[499] Turap ola.[500]

Sofuluğun yedi farzı vardır.[501]

İmam Cafer der ki:

"Biri budur: Hep varlığın kudretin hak bile. Sırrını izhar[502] eylemeye. Zahit[503] imanını Şeytan'dan nasıl sakınırsa, sen de öyle sakınasın![504] Birinci budur ki, (talip) mürebbisine düşe.[505]

İkinci farz budur: Dest-i kudret makamına iletmiş ola. Yani candan geçe Hakk'tan dönmeye.[506] Sırdan ola, gördüğünü örte.[507] Musahip ola.[508]

492 Yazması (s. 245).
493 İzmir Yazması (s. 114)
494 Alaca Yazması (s. 164) ve 2. Hacı Bektaş Yazması (s. 245) Burada anlatılanlar yerine İzmir Yazması'nda birinci sünnete "gönülde kin, kibir olmasın" diye açıklama getirilir.
495 İzmir Yazması (s. 114)
496 Alaca Yazması (s. 166) ve 2. Hacıbektaş Yazması, (s. 245)
497 İzmir Yazması (s. 114).
498 2. Hacıbektaş Yazması, s. 245.
499 Alaca Yazması (s. 165)
500 İzmir Yazması (s. 114).
501 İzmir Yazması (s. 114).
502 **izhar:** Gösterme, ortaya çıkarma.
503 **zahit:** Dindar, dine düşkün. Zahitlik: Aşırı sofuluk. İslâmın başlangıcında bu tüm Müslümanların tuttukları bir yoldu. Tasavvufda zühd (her türlü hazdan kendini alıkoyarak tümüyle tapınma dalma) ve takva (dinin yasakladıklarından korkma ve yapmama) ile başlamıştır. Bu sofuluk kimi anlayışlarda dünyadan tümüyle el etek çekmeye kadar varmıştır. *(Hançerlioğlu, s. 706)*
504 2. Hacıbektaş Yazması (s. 245)
505 İzmir Yazması, (s. 114)
506 Alaca Yazması (s. 165)
507 2. Hacı Bektaş Yazması s. 245)
508 İzmir Yazması (s. 114)

Üçüncü farz budur: Her nerde olsa daima özür ve niyaz eyleye. Nedeni, her kötülük Hakk'ı unutmakla olur.[509] Dünya kendine zerre kader gelmeye.[510] Tac uğruna.[511]

Dördüncü farz budur: Uğrun dirlik etmekten sakına, Mürebbi hakkına kail ola.[512] Halifeden tövbe ala.[513] Sırdar ola.[514]

Beşinci farz budur: Musahip hakkını ceme getire. Musahip hakkını yitirmeye.[515] Halifeden musahip hakkını cemiyete yetire.[516] Yare yar ola ve özü ulu ola.[517]

Altıncı farz budur: Halifeden el tutup tövbe kıla.[518] Halifeden hırka giye.[519] Beli berk ola.[520]

Yedinci farz budur: Halifeden[521] taç vurunup üstada özünü yetire. Kendi bilsin terk ede. Yol ehline paymal ola.[522] Hakk ile sohbet kıla.[523]

Sofuluğun bir şartı daha vardır. O şart şudur: Özünü meşayihe yetire![524]

İmdi, böylece bilinsin: Bu sünnetleri, bu farzları yerine getirmeyen ve bu minval üzere olmayanlara sofu diye inanmayasınız![525]

Birinci sünnetten düşen talibi kendi gönlüne koyasınız. Nasıl hizmet ederse onunla kabul edesiniz.[526] Sitem edip ihtiyacı ile kabul edesiniz.[527]

509 2. Hacıbektaş Yazması (s. 245).
510 Alaca Yazması (s. 165).
511 İzmir Yazması (s. 114).
512 2. Hacıbektaş Yazması (s. 245).
513 (Alaca Yazması (s. 165).
514 İzmir Yazması (s. 114).
515 2. Hacıbektaş Yazması (s. 245)
516 Alaca Yazması (s. 165).
517 İzmir Yazması (s. 114).
518 2. Hacıbektaş Yazması (s. 245)
519 (Alaca Yazması) (s. 165).
520 İzmir Yazması (s. 114).
521 Alaca Yazması (s. 165).
522 2. Hacıbektaş Yazması (s. 246).
523 İzmir Yazması (s. 114).
524 İzmir Yazması s. 114 ve Alaca Yazması (s. 165).
525 İzmir Yazması 114 ve Alaca Yazması (s. 165).
526 İzmir Yazması (s. 114 ve Alaca Yazması (s. 165).
527 İzmir Yazması (s. 114 ve Alaca Yazması (s. 165).

İkinci sünnetten düşen talibe üç sırdeste[528] vurasınız. Üç akçe niyaz alasınız. Birini halifeye,[529] ikisini gâzilere veresiniz.[530]

Üçüncü sünnetten düşen talibe beş sırdeste vurasınız. Beş akçe niyaz alasınız. Üç akçesini gazilere, ikisini halifeye veresiniz.[531]

Birinci farzdan düşen talibe beş sırdeste vurasınız. Beş akçe niyaz alasınız. İkisini halifeye ve üç akçe gazilere veresiniz.[532]

İkinci farzdan düşen talibe yedi sırdeste vurasınız. Yedi akçe niyazını alasınız. Dört akçesini gazilere, üç akçesini halifeye veresiniz.[533]

Üçüncü farzdan düşen talibe dokuz sırdeste vurasınız. Onyedi akçe niyaz alasınız. On akçesini gazilere, yedi akçesini halifeye veresiniz.[534]

Dördüncü farzdan düşen talibe on sekiz sırdeste vurasınız. Yirmi yedi akçe niyazını alasınız. On yedi akçesini gazilere, on akçesini halifeye veresiniz.[535]

---

528 **sırdeste:** Asa ile vuruş anlamına gelen bir tarîkat terimi olmalı.
529 **halife:** Anadolu Kızılbaşlarını Erdebil tekkesi yönünde örgütleyen ve eğiten kimse. Erdebil tekkesinin görevlendirdiği bu kişiler 18. yüzyıla değin önemli rol oynamışa benzerler. Daha sonra dedeler arasında erimiş kaybolmuş olmalılar.
530 **gâzi:** Düşkün görülürken ona şefeatçi olmak amacıyla onunla birlikte darda durup ona vurulacak tariklere ortak olan kimse. Gaziler aracılığı ile bir kimseye fazla dayak vurulmasına engel olunmuş olunur. Düşkün kaldırmaların sonunda gazilere maddi karşılık verilerek gönülleri alınır.
531 İzmir Yazması (s. 115). Oysa (Alaca Yazması (s. 165)'te "üçüncü sünnetten düşen talibe bir tarik uralar" denir. 2. Hacı Bektaş Yazması (s. 246)'da ise "üçüncü sünnetten düşene üç tarik çalıp üç akçe gâzilere ve bir akçe halifeye alalar" denir.
532 İzmir Yazması, (s. 115). Oysa Alaca Yazması (s. 166)'da"Evvel farzdan düşen talibe üç tarik vuralar. Yedi akça gazilere tercüman alalar. Üç akçasını halifeye vereler. On akça nezir alalar" denir. 2. Hacı Bektaş Yazması'nda ise "evveli farzdan düşene üç tarik urup üç akça gazelere ve bir akça gazilere ve bir akça halifeye ve beş akçe Hacı Bektaş'a tercüman alalar" denir (s. 246). Burda "Hacı Bektaş tekkesi"nin sonradan eklediği açıkça belli oluyor. Alaca Yazması (s. 166)
533 İzmir Yazması (s. 115). Burası (s. 166 Alaca Yazması) "İkinci farzdan düşen talibe yedi tarik uralar, yedi akçe tercüman alalar." biçimindedir. (s. 246) (Hacı Bektaş Yazması'nda ise "ikinci farzdan düşene yedi tarik vurup yedi akçe gâzilere, üç akçe halifeye ve on akçe Hacı Bektaş'a alalar" denir.)
534 İzmir Yazması (s. 115). Öte yandan Alaca Yazması'nda "üçüncü farzdan düşen talibe: dokuz tarik uralar (s. 166). Dokuz akçe tercüman alalar. On akçesini halifeye vereler. Kalanını gazilere vereler. Kırk akçe nezir vereler." (s. 166) denir. Buna karşı 2. Hacı Bektaş Yazması'nda "üçüncü farzdan düşene dokuz tarik urup on bir akçe gazilere yedi akçe halifeye on altı akçe Hacı Bektaş'a alalar" (s. 246) denir.
535 İzmir Yazması (s. 115). Dördüncü farz için Alaca Yazması'nda da (s. 166) aynı şeyler söylenir. Ayrıca "Kırk akçe nezir vereler. "söylenişi de vardır. Buyruk (s. 246) (2. Hacı Bektaş Yazması'nda ise "dokuz tarik vurup, on yedi akçe halifeye, kırk akçe Hacı Bektaşa alalar" denir.

İmdi üç farz kaldı ve arta kalan üçünün günahı birdir. Birinci farz tac (ister) tacı alınmış olsun, ikinci farz (ister) tövbeden dönmüş olsun, üçüncü farz (ister) musahipten düşmüş olsun, bu üç farzın günahı birdir. Bunlara kırk yedi sırdeste vurasınız. Otuz dokuz akçe gazilere niyaz alasınız ve otuzdokuz akçe halifeye niyaz alasınız.[536]

Farzdan düşen bir kimse özünü erenlere yetirip kabul ettirmezse ona derman yoktur. (Erenler) kabul-ü şefaat ile kabul ederlerse mal mülkünü miras taksim edeler.[537] Evliyanın kabul etmediği talibin derdine derman yoktur. İmam Cafer Sadık Hazretleri talip olanın durumu konusunda şöyle buyurdu.[538]

536 İzmir Yazması (s. 115). (Oysa Alaca Yazması'nda "kırk tarik uralar. Kırk akçe tercüman alalar. Otuz akçesini halifeye vereler. Yetmiş akçe nezir vereler." (s. 166) denirken 2. Hacı Bektaş Yazmasında "bunlara kırk yedi tarik vurup, otuz dört akçe gazilere, otuz akçe halifeye yetmiş akçe Hacı Bektaş'a alalar" (s. 247) denir.

537 2. Hacı Bektaş Yazması (s. 247) ve Alaca Yazması'nda "eren" sözü yerine, "talip" denir; "erlenler" sözüne karşılık "evliya" sözcüğü verilir (s. 166) .

538 Alaca Yazması, (s. 166)

38

TARİKAT YOLU[539]

İmdi ey talip, Hazreti Muhammed Mustafa Sallallahu Teala Aleyhi Vesselam ve Hazreti Fatıma, İmam Hasan, İmam Hüseyin, On İki İmam ve server-i enbiyanın yolu tarîkat yolunu bildirelim ki bu yol, bu erkân hak yolu ola ve erkân-ı kadim ola.

İmdi anlaşıldı ki, beş kimse anıldı. Biri Şahı Merdan Ali, biri Hazreti Fatıma, biri İmam Hasan, biri İmam Hüseyin, biri Zeynel Abidin'dir.[540] Bunların sözleridir. Birinci hamuşluk[541] mârifetini beyan eder. İkinci zehirnuşluk[542] mârifetini beyan eder. Üçüncü perdepuşluk[543] mârifetini beyan eder. Dördüncü sofuluk beyan eder. İnşallah-u Teala (böylece) zikrolunur.

"Kimin oğlusun?" diye sorarlarsa:

"Yolun oğluyum." diye karşılık ver.

"Yol nedir?" diye sorarlarsa:

"Birinci şeriat, ikinci tarîkat, üçüncü mârifet, dördüncü sırrı hakikat, yol bunlardır." diyesin. Bunun anlamı, bu dört

539 İzmir Yazması, "Tarîkatın Yolu" adlı bölüm. (s. 80)

540 Gerçekte "Ehl-i beyt beş kişidir. Bunlar Muhammed, kızı Fatıma, damadı ve amcası oğlu Ali ile torunları Hasan ve Hüseyin'dir. Ehl-i Beyt'e, Pençe-i Âl-ı Abâ da denir. Bunların kendilerine özgü ayrı birer rengi olduğuna inanılır. Bu beş renk şöyledir: Muhammed ak renk. Ali, koyu yeşil ya da koyu kırmızı. Fatıma siyah. Hasan belli belirsiz yeşil ve belli belirsiz sarı renk. Hüseyin, açık kırmızı, açık yeşil ve pembe renk. Oysa burda dördüncü imam kabul edilen İmam Zeyn'ül-Âbidin'in de adı geçmektedir.

541 **hamuş:** Susan, susmuş. hamuşluk: Suskunluk.

542 **zehirnuş:** Zehir içen, zehir içici. "Zehir" ve "-nuş" birleşiminden oluşmuş bir sözcük. Farsça -nuş eki "içen, içici" anlamıyla sözcüklere gelen bir ektir.

543 **perdepuş:** Örtücü, örten.

âlemdir. İlmine amel etmek, dünyada tama'etmemektir. Taha ehli didâr[544] görmez.[545]

Tarîkatın on iki işleği (vardır).[546]

"Tarîkatın icabı kaçtır?" diye sorarlarsa:

"On ikidir" diye karşılık ver.

Birinci, önce kendi özünü hassas etmektir.

İkinci mârifet tohumunu ekmektir.

Üçüncü meşvuk[547] beslemektir.

Dördüncü rıza eteğini tutmaktır.

Beşinci hikmet sıfatını cem etmektir.

Altıncı, özünü, hizmet (ve) hürmetini saklamaktır.

Yedinci, özünü mukarribiyle[548] hurd[549] etmektir.

Sekizinci, özünü sabır eline vermektir.

Dokuzuncu, muhabbet ölçeği ile ölçmektir.

Onuncu, takva[550] değirmeninde özünü öğütmektir.

On birinci, su ile yoğurmaktır.

---

544 **didar:** 1. Güzel yüz, 2. Görme, 3. Cennette Tanrı'nın manevi görünüşü. Ehl-i didar: Hakk'ın didârı, daha doğrusu Hakk'ın yüzü insanın kendi yüzüdür. İnsanın kendi yüzünden başkaca ve ayrıca bir Hakk yüzü yoktur. İnsanda oluşan Tanrı'dır. Tanrı'nın yüzüne erişmek de insanın kendi yüzünü bulması ve bilmesidir. Ehl-i didâr, sözü ile Tanrı'nın yüzüne erişmiş insan yüzü anlatılmak istenmektedir.

545 İzmir Yazması (s. 80) "Tarîkatın Yolu" başlığı altında anlatılanlar burada biter.

546 İzmir Yazması. "Tarîkatın On İki İşleği" başlıklı bölüm. (s. 80)

547 **meşvuk:** Mutluluk, sevinç, neşe (şevk kökünden).

548 **mukarrib:** Yaklaştıran, yakınlaştıran.

549 **hurd:** Küçük kırıntı, önemsiz.

550 **takva:** Dinin yasakladıklarını yapmama. "Sakınma" anlamındaki Arapça "vikaye" sözünden türemiştir. Gizemcilikte dünyadan el, etek çekerek bir yere kapanıp tanrıyla başbaşa kalmayı (böylelikle Tanrı'dan başka herşeyden sakınmayı) dile getirir. Bu anlamda takva, Yahudilik ve Hıristiyanlıkta da uygulanır. Sünnî Müslümanlar bu anlamda takvaya karşıdırlar. Çalışmayı ve yaşamayı Tanrı buyruğu sayarlar.

On ikinci, iradet[551] tandırında pişirmek, ihlas[552] sofrasına girmek, özünü dervişlere ve yoksullara sarfetmektir.

İmdi anlaşıla ki, dört kitabın manası Ali hakkını söyler. Birinci Tevrat, ikinci Zebur, üçüncü İncil, dördüncü Kur'an-ı Azimuşşan'dır. Dört ırmağa sakidir. Birinci su, ikinci süt, üçüncü bal, dördüncü kevserdir. Cümle âlem halkı Ali'nin haklılığını söylese kıyamete değin vasfetmek mümkün değildir.[553]

On iki farz (ise şunlardır):[554]

On ikiden birinci(si) Hakk'tan korkmaktır. Yani, talibin önce Hakk'ına doğru sözlü olması gerektir ve doğru işli, helal lokmalı ola. Şeriatı aziz tut ki, takvan temiz ola. Her ne yolda ve ayin-i erkânda ne var ise cümlesi feth-i nusret ola. Hazreti Muhammed Mustafa Sallallahu Teala Aleyhi Vesselleme itaat etmiş ola.

İkinci(si) budur: Kimseye haksız söz söylemeye ve farigullah[555] ola. Dosta düşmana, kamu halka ikrar ve inkârdan bir gözle baka. Kendi özünü cümleden aşağı göre.

Üçüncü: Halka şefkat ve nasihat kılıp edep ile ola. Yol erkana can baş vere ki, kazancı makbul olup defteri hedayete yazıla.

Dördüncü: Ehl-i tazarru[556] ola. Yani ademi aziz göre. İzzet ile her bireye hürmet kıla, hakir tutmaya.

551 **iradet:** 1. İrade, 2. Gönüldeki istek. İrade sözünün gizemcilikte ve İslâmda önemli bir yeri vardır. Yapabilme gücü. İradenin bir Tanrı gücü olduğu hemen hemen bütün dinlerde bulunmakla birlikte, insanın bütün davranışlarının Tanrıca belirlendiği inancı Müslüman olabilmenin beş koşulundan biri sayılır. Bu nedenle bu konuya en çok önem veren din, İslâm dinidir. İslâm inançlarına göre insanın iradesi olmadığı gibi, özgürlüğü de yoktur. İnsana her eylemi ve davranışı Tanrı yaptırır. İnsan, kendiliğinden hiçbir şey yapamaz. İslâm terminolojisinde kaza ve kader deyimleri ile dile getirilen bu inançta en aşırı İslâm öğretisi Cebriyye adını taşır. VIII. yüzyılda kurulan bu mezhebin anlayışına göre insan, "yel önündeki tüy gibi" Tanrı'nın iradesine bağlıdır. İnsanın bütün davranış ve eylemlerinin önceden Tanrıca belirlendiği ileri süren İslâm dini de bunun gibi "insan iradesi" (irade-i cüzziyye)'ni Tanrı iradesi (irade-i külliye)'nin buyruğunda sayar. (Hançerlioğlu, s.273-274.)

552 **ihlas:** Tanrı'ya yürekten inanma, içten gelen bağlılık.

553 İzmir Yazması (s. 80)

554 İzmir Yazması "On İki Farz" başlıklı bölüm (s. 72-73).

555 **fariğ:** 1. Boş. 2. Vazgeçmiş. 3. Rahat. 4. Üzerideki bir hakkı başkasına bırakan.

556 **tazarru:** Kendini alçaltarak yalvarma.

Beşinci: Rızaya teslim ola. Tanrı'dan gelene razı ve belalara sabırlı ola ki, Hakk'ı inkâr etmeye. Hem de Hakk Teala sabırlı kullarını sever ola.

Altıncı: Tevekkel ola. Dünya sorunları ile uğraşmaya.

Yedinci: Her şeye tahammül kıla. Hakk Teala görücüdür.

Sekizinci: Halktan sakınır ola ki kaza-i asumana[557] erişmeye. Çok kaza hasıl olur.

Dokuzuncu: Kanaat ehli ola. Aza kanaat ede ki çoğu bula.

Onuncu: Hakk'tan gelecek rızk için gam yemeye.

Onbirinci: Uzlettir.[558] Halka karışmamak gerekir.

Onikinci: Talip olanda Hakk sermayesin ola.

Bu anılan on iki, tarîkat-ı ilm-i alâmettir. Bu yolda hikmet çoktu.

On iki Erkân (ise şunlardır):[559]

İmam Cafer Hazretlerine (göre) talip olana erkân budur:
Birinci kanaat ehli olmalı.
İkinci sabır ehli olmalı.
Üçüncü hulk-u mülayım[560] olmalı.
Dördüncü cömert olmalı.
Beşinci gördüğünü gördüm dememeli.
Altıncı pîrden rızasız iş işlememeli.
Yedinci döğene ve söğene kul olmalı.
Sekizinci küfürü iman saymalı.
Dokuzuncu sağ mürebbi (olmalı).
Onuncu sağ musahip (olmalı).
On birinci sağ sohbet (olmalı).

---

557 **kaza-i asuman:** Gök kazası. "Kaza" İslâmda gerçekleşmemiş yazgı anlamındadır. İslâm inançlarına göre "kaza ve kader Tanrı'dır".
558 **uzlet:** Bir kıyıya çekilip, kendi kendine tek başına oturma.
559 İzmir Yazması, (s. 72-73)
560 **hülk-u mülayim:** Yumuşak, ince yaratılışlı.

On ikinci sağ aşina (olmalı).

Ondan sonra "Selamünaleyküm" demek şeriat ehline gelmiştir.

"Aşk olsun" demek tarîkat ehline gelmiştir.

"Kuvt olsun" demek mârifet ehline gelmiştir.

"Hû" demek hakikat ehline gelmiştir.

İmdi anlaşıldı ki sağ birdir, müşkil kırktır. "Anlamı nedir?" diye sorulursa, bir sofu sağ musahibinden ayrı düşse, bir vilayete varsa, o sofu kırk köyde ya da kırk yerde sohbet görse o sohbet içinde birer müşgil musahibi tutması erkân-ı kadimdir.

Mürebbi kapısı birdir. Ancak dört mürebbi kadimdir. Nedeni, her kapının mürebbisi olur.

Kazancı yetmiş yedi değin erkândır.

Meşrep üçe değin erkândır.

Muhibbet evvel-ahir, zahir-batın bir olmak erkândır. Nedeni, muhibbet Hakk Teala'dır ve birdir. Şeriki naziri yoktur. İki denmez.[561]

Caferi Sadık aleyhüsselam buyurur ki:

"Erkân-ı tarîkatte hırkanın pîri mürebbidir. Yüzü pîrdir ve hırkanın yemini sağ eldir. Hırkanın yesarı[562] sol eldir."

---

561 İzmir Yazması, (s. 116)

562 Alevî inançlarına göre gerek Tac, gerekse hırka giymenin belli koşulları vardır. Sözgelimi on iki terekli tacı giymenin oniki şartı vardır. Bu oniki şart şunlardır: 1. Cahilliği bırakım ilim öğrenmek. 2. Asiliği bırakıp, Tanrı'ya ve elçisine boyun eğmek. 3. Nefs heva ve hevesini bırakıp Tanrı'dan günahı bağışlamasını dilemek. 4. Gafleti bırakıp her zaman Tanrı'yı anmak. 5. Cimriliği bırakıp kanaat ehli olmak. 6. Dünya muhabbetini bırakıp Tanrı'ya ve elçisine sevgi göstermek. Tanrı'ya tevekkülde bulunmak. 7. Dünyanın yüksek mertebeleri ve kibiri, böbürlenmeyi bırakıp zühütte bulunmak. 8. Şehveti bırakıp takvaya sarılmak. 9. Gururu bırakıp tevazu sahibi olmak. 10. Müslümanlara cevr-ü cefadan sakınıp onlara yararlı olmak. 11. Aç gözlülüğü ve aceleciliği bırakıp cömert ve sabırlı olmak. 12. Allah'ın kazasından yüz çevirmeyip Allah'a teslim olmak. Daha doğrusu kazaya rıza göstermek, belaya sabır etmek ve nimete şükür etmek.
İnanca göre Hırka, Hz.Muhammed'e miraçta Cebrail giydirmiştir. O Hz. Ali'ye Ali ise Hasan Basri'ye giydirmiş, ondan da öbür tarîkat ulularına geçmiştir. Hırkanın kimi özellikleri vardır. Ancak, burada "Hırka'nın yesar" diye yine bir özelliği anlatılmak isteniyor. "Yesar: 1. Sol, 2. Zenginlik, varlık, genişlik" anlamlarına gelmektedir. Hırka'nın öbür özellikleri kimi sorunların çözümü bölümünde anlatılmıştır.

"Tarîkat ahkâmında altı nesne farzdır. Birinci sahavet,[563] ikinci mârifet, üçüncü yakın, dördüncü sabır, beşinci tevekkül, altıncı tefekkürdür."

"Tarîkat erkânında da altı nesne farzdır: Birinci ilim, ikinci hilim,[564] üçüncü rıza, dördüncü şükür, beşinci zikir, altıncı uzlettir."

"Tarîkat beyanında altı nesne farzdır: Birini iradet, ikinci icabet, üçüncü züht, dördüncü takva, beşinci kanaat, altıncı ahlâktır."

"Tarîkat icabetinde altı nesne farzdır: Birini ihsan, ikinci zikir, üçüncü şükür, dördüncü terk, beşinci havf, altıncı şevk."

İmam-ı müttekin Ali ibn Ebu Talip Keremullahı vechehu (şöyle) söyler:

"Meyan bestenin şeddinde kaç nesne açılır? O açılan nesneler on dörttür: Birinci sofrası açık gerek. İkinci kapısı açık gerek. Üçüncü alnı açık gerek. Dördüncü kulağı açık gerek. Beşinci dili açık gerek. Altıncı keremi açık gerek. Yedinci kademi açık gerek. Sekizinci eli açık gerek. Dokuzuncu lutfu açık gerek. Onuncu sahaveti açık gerek. On birinci hülku açık gerek. On ikinci yakını açık gerek. On üçüncü tevekkül ehli olması gerek. On dördüncü fatiha okuması gerek.

Ol nesne ki bağlanır on ikidir. Bağlandığı nesneler (şunlardır): Birinci gözü bağlı gerek. İkinci kulağı yaramaz habere bağlı gerek. Üçüncü dili şirke bağlı gerek. Dördüncü kine gönlü bağlı gerek. Beşinci mekri[565] bağlı gerek. Altıncı bu buhulu[566] bağlı gerek. Yedinci hırsı bağlı gerek. Sekizinci ucubu[567] bağlı gerek. Dokuzuncu eli uğruluğa bağlı gerek.

563 **sehavet:** Cömertlik.
564 **hilim:** Uysallık.
565 **mekr:** Hile, düzen.
566 **buhl:** Pintilik, cimrilik.
567 **ucb:** Kendini beğinmişlik, kibir, gurur.
Alevî inançlarına göre tac ve hırka giymek mürşidin hakkıdır. Bir mürşidin hırka ve tac giyebilmesi için şu özelliklere sahip olması gerekir: 1. Ehl-i sünnet v'el-cemaat üzere olmak. 2. Batın ilminden haberden olmak. 3. Âkil ve kâmil olup müritlere

Onuncu yaramaz işlerden bağlı gerek. On birinci Hakk'tan başkasına."

"Pîr kimdir?" diye sorarlarsa "Yoldur" de.

"Seninle pîr arasında ne bağlanmıştır?" diye sorarlarsa "Ahdi aman bendi bağlıdır." diye karşılık ver.

"Ustadınla senin ortanda ne bağlıdır?" diye sorarlarsa "Şedd-i şah ve telkin-i pîran bağlıdır". "Şeddi nedir?" diye sorarlarsa "teslim olmaktır" diye karşılık ver. Vefa eylemektir.

"Pîrinle senin ortanda ne nişan vardır?" diye sorarlarsa "tevella, teberra" de.

"Tarîkatın abdesti nedir?" diye sorarlarsa "dört nesnedir" diye karşılık ver. Birinci, dervişlerin katına boş varmamak. İkinci daima taharetle olmak. Üçüncü elinden geldikçe emr-i maaruf eylemek. Dördüncü neh-i münker eylemek.

"Tarîkatın şartı kaçtır?" diye sorarlarsa "dörttür" diye karşılık ver. Birinci yalan söylememek. İkinci zina etmemek. Üçüncü kumar oynamamak. Dördüncü elinle koymadığını almamak.

"Tarîkatın pîri kaçtır?" diye sorarlarsa "dörttür" (diye karşılık ver): Birinci irşattır. İkinci vasıldır. Üçüncü biattır. Dördüncü nazardır.

"Pişiva-yı fakir nedir?" diye sorarlarsa "dörttür" de. Birinci Şam pîrleridir. İkinci pişivayı fakir yol içine teslim olmaktır. Üçüncü Türkistan pîrleridir. (Bunlar) pişiva-yı fakir-i sıdktır. Dördüncü Hazreti Resul'den rivayettir. Fakir-i mârifettir.

---

güzel nasihat etmek. 4. Özverili olmak. 5. Şeci yani kimsenin kimsenin zebunu olmamak, yalnız Tanrı'ya boyun eğmek. 6. Şehvete ve kadınlara düşkün olmamak. 7. Dünyaya tutku ile bağlanmamak. Müritlerin mallarına göz koymamak ve çiftçilikle uğraşmamak. 8. Müritlere şefkatli olmak. 9.Uysal olmak.10. Bağışlayıcı olmak. 11. İyi huylu olmak. 12. Müritlerin kendi ihtiyacı varken onu kendi işlerinde kullanmamak. 13. Kerem edici olmak. Nedeni, Kerem, Ehl-i Beyt hanedanın özelliğidir. 14. Tanrı'ya mütevekkil olmak. 15. Hakk'ın rızasına daima teslim ve razı olmak. 16. Kazaya rıza göstermek. 17. Onurlu olmak ve ahdine bağlı olmak. 18. Acele etmeyip sakin olmak. 19. Ahdini hiç bir biçimde bozmamak. 20. İkrarında sabit olmak.

"Fakr ahkâmı kaçtır?" diye sorarlarsa "altıdır" diye karşılık ver. Birinci mârifet ile Hüdâ'yı bilmek. İkinci kime gerekirse ona sahavet etmektir. Üçüncü yakınlıktır. Dördüncü sıdk ile Tanrı adını anmaktır. Beşinci Allah-u Teala'sına tefekkür etmektir. Altıncı dünya hevesine gönlü bağlı olmaktır.

"Tarîkatın erkânı kaçtır?" diye sorarlarsa "altıdır" diye karşılık ver. Birinci tüm günahlarına tövbe etmektir. İkinci Hak nefesine teslim olmaktır. Üçüncü her nesneye sabır etmektir. Dördüncü takva eylemektir. Beşinci halktan uzlet etmektir. Altıncı terktir.

"Makam hangi nesnelerdir?" diye sorarlarsa şöyle karşılık ver: Birinci makam naibandır, abidandır, zahidandır, sadıkandır, razıyandır, şakirandır, muhibbandır, arifandır. Ancak tayyip naip Adem'dir. Abid İdris(dir). Zahit İsa(dır). Sadık Eyyüp(dür). Razı Musa(dır). Şakirt Nuh(dur). Muhip İbrahim(dir). Arif Muhammed'dir ve Ali'dir.[568]

568 2. Hacı Bektaş Yazması (s. 238-241).

39

ON İKİ ERKAN[569]

İmam Cafer Sadık Hazretleri(nin) tarîkat hali ve hakkında buyurdukları bu saptananlardır. (Bu) erkân-ı evliyadır. Gaflet dolanmasın! Her üstat ve pîr olana lazım ve gereklidir. Bu erkân Muhammed-Ali'dendir. Onlardan kalmıştır. Her talibin (bu) yolu bilmesi gerekir. Ondan (sonra) yola gitmesi gerekir.

Birincisi tarîkatın on iki erkânı vardır. Ayin-i cem olduğunda bunlar icra olunmayınca erkân tamam olmaz. Yenilen içilen helal olmaz.

Elbette bunların sahiplerini bilmek gerek. Nedeni, bu menzillerin sahipleri evlâd-ı Ali'dir. Bu menzilleri icra eder evlâd-ı Ali'dir. Hazreti Şâh, cem vaktinde bu hizmetlerin her birini bir evladına gülbenk edip (verir) sonra erkânını sürerdi.

Tarîkatçi İmam Hasan'dır.

Berber Muhammed Hanefi'dir.

Saki Tayyip'dir.

Süpürgeci Turap'dır.

569 1. Hacı Bektaş Yazması (s. 222) ile 2. Hacı Bektaş Yazması (s. 244) nda anlatılanlardan düzenlendi. Kökende burada kırık dökük anlatılanlar Alevî dinsel törenlerini oluşturur ve bunlar **On İki Erkan** değil **"On İki Hizmet"** olarak adlandırılır. **On İki Erkan** daha önce geçen **Musahip** bölümde dipnotlarda ayrıntılı biçimde anlatılmıştır. Yalnız Tahtacı dinsel törenlerinde kalmış, Anadolu Alevîliğinde unutulmuştur. Bu nedenle Anadolu Alevîliğinde On İki Hizmetle On iki Erkan terimleri eşanlamlı terimler gibi kullanılır olmuştur. Biz burada özgün metne bağlı kalarak On İki Erkan diye verdik Ama anlatılanlar On İki Hizmet'tir. Ancak, törenin karmaşık yapısı nedeniyle hemen hiçbir yerde doğru düzgün anlatılamamıştır. Biz cem törenini Musahip bölümünde dipnotlatla ayrıntılı biçimde işlemiş bulunuyoruz. Genel anlamda Anadolu'da cem törenleri orada dipnotlarda açıklandığı biçimde uygulanır.

Ferraş İmam Hüseyin'dir.

Zakir Abdüssamet'dir.

Sofradar Abdülvahit'dir.

Hâdim Abdülmuin'dir.

Gözcü Abdülkerim'dir.

Pervane Abdullah'dır.

Çerağcı Hadi Ekber'dir.

Kapıcı Abdülceli'dir.

Bu anılan zat-ı şeriflerin tümü evlâd-ı Ali'dir. Hizmetleri hazır ola hû diyelim, hû...[570]

Seyyid-i ferraş süpürge çalıp yamaca durduğunda şu duayı okur:

"Hüseyn-i Kerbelâ için gözlerim kan-ı yaştır.
Sad hazeran lanet Yezid'in kalbi kara taştır.
Pîrimiz Kırklar içinde seyyid-i ferraştır.

Ber cemal, Muhammed kemal, İmam Hasan, İmam Hüseyin, Ali (r.a) salavat."

İbrikçi şunu okur:

"Men fulam-ı Haydarım adadan etmem havf-u bak.
Çünkü bu hizmette ustaddır bana Selman-ı pak.

Ber cemal, Muhammed kemal, İmam Hasan, İmam Hüseyin, Ali (r.a) salavat."

570 Buyruk s. 244-245 (2.Hacı Bektaş Yazması). Burada anlatılan hizmetlerin her birinin ehl-i beyt hanedanından kaldığına inanılır. Ancak bu hizmet ve hizmet sahiplerinin değişik adlarla anıldıkları olur. Sözgelimi Cavit Sunar'a göre on iki hizmet ile sahipleri şunlardır:
1. Tarîkatçı: İmam Hasan el-Mücteba
2. Yatakçı: İmam Hüseyin Şehid-i Kerbelâ.
3. Berber: Hz. Muhammed Hanefi.
4. Zâkir: Hz. Abdüssamet.
5. Sofracı: Hz. Abdülvahit.
6. İbrikçi: Hz. Selman-ı Pâk.
7. Sâki: Hz. Tayyip.
8. Meydan Hizmetçisi: Hz. Abdülmümin.
9. Gözcü: Hz. Abdülkerim.
10. Pervane: Hz. Abdullah.
11. Çırağcı: H. Hâdi-i Ekber.
12. Bevvab: Hz. Abdülcelîl. (Cavit Sunar: y.a.g.e., s. 165)

Sofracı şu duayı okur:
"(Evvel) Allah diyelim
Kadim Allah diyelim
Geldi Ali sofrası
Gaziler şah diyelim
Hakk versin biz yiyelim
Gerçeğe hû diyelim.
Saka duası şudur:
"Allah, Allah din Muhammed dinidir.
Sallü âlâ nazik Cemal kevser suyun verenler aşkına!

Şahim Ali hem şehsuvar, hem sakidir, hem sakadır, kainatın aynıdır.

Kimse bilmez bu sırrı Hakk bilür perverdigar
Arşı yarıldı çıktı Düldül ebr ile hem bile.
Ey havariç yola gel, eyleme Şahı inkâr.
Çeşm-i bedden saklasın Hakk seni
Ol gevher harmanından sen kalıpsın yadigâr.
Dediler şu cihanın nuru kimdir, kim ola?
Kim ola: Şah Hasan, Şah Hüseyin adı kaldı yadigâr.
Cömertler cömerti sensin ey emil el mümin!
Cömertler erkânı budur dedi Kanber sofradar
Men Şahın mecnunuyum, şah bana Leyla göründü
Eşiğinde bunca yıl olmuşum tozlu gubar.
Şah Hatayî'm kande olsam sen bu sırrı söyle gel
Lâ fetâ illâ Aliy lâ seyfe illâ Zülfikâr...
Mey olsun içenlere, rahmet geçenlere

Hasan Ali'ye Hüseyin Veliye sadık, saf Selman-ı pak, Ahmed-i Muhtar, Haydar-ı Kerrar Kerbela-yı deşt-i Kanber ser verenler aşkına! Gözüm yaşın sel ettim, derim ya Ali, saka İmam Hasan İmam Hüseyin."

Bunu okuyup ocak başına (biraz su) döker. Sonra tüm (cem erenleri)ne dağıtır.

(Cem erenleri):

"Rahmetullah İmam Hasan, İmam Hüseyin" diye çağrışırlar. İki, üç adama (daha su) verip tamam etmesinler. Zira Hüseyin anılar. Belki cem içinden Hüseyin için ah çekip bir adam ağlasa, o adam tamudan kurtulur. O müminin gözyaşını melekler bir şişe içine koyup mahşere götürüp koyalar. O adamın gözyaşı ırmak olup o adamı oda yandırmayıp odunu söndürmeye sebep olur.

Şöyle bir rivayet vardır: Bir harici ile bir mümin bir yerde dururken o müminin kalbine gelse Kerbela şehitlerinin ahvalini düşünüp Hüseyin aşkına ağlasa, o harici o müminin yüzüne bakıp "Acep bunun ne derdi var?" deyip harici de ağlasa, Hakk Teala o müminin (yanısıra) o haricinin de günahını bağışlar. Zira o haricinin kalbine rahim gelmiştir. Belki ervahında bir iyi damarı vardır. Kalennebi:

"Kişi kendisini hangi kavimden sayarsa ondandır."[571]

Yani, bir adam kendisini hangi kavme benzetirse o da ondandır. O harici müminin ağladığına ağladı. O da ona benzeyip günahları affa oldu. Yine elden geldikçe kendini iyilere benzetip iyilere yâr olmak gerek.

Suyu dağıttıktan sonra (saka) yamaca geçip şunu okur:

"Sad hazaran olsun ey münafık canına
Ben demedim, Hakk buyurdu, bunu senin şanına
Ümmetiyem dersin, salavat verirsin Peygamber'e
Ali'ye şekkin var, ne amel ahdine, peymanına
Elli kere hacca varsan tavafın olmaz kabul
Arafat'a çıkarsın da kelp düşer kurbanına

571 Özgün anlatıda bu tümce Arapça verilmiştir.

Ali hazretinden adaveti kesmedin
Şefaati kimden uman cürmüne isyanına.
Ey azazil ah seni takvumu inkâr eyledin!
Yuf senin çürük geçmiş, ol fasit imanına.
Gel Sultan Hatayî'm, sen bu sırrı söylegil,
Şah bir keremkânıdır, kalmaya cümlenin isyanına.
Lâ feta illâ Ali lâ seyfe illâ Zülfikâr.

Bu da tekmil olduktan sonra eğer cuma gecesi ise üç tekbir alınır. Ondan sonra pîr olan gülbenk eder. Çerağ duası şudur:

"Şebb-i çerağı çünkü yandırdık Hûda'nın aşkına
Fahr-ı âlem ol Muhammed Mustafa'nın aşkına.
Haşre dek yansın, yakılsın, hanedanın aşkına.
Sakiî kevser Aliyyel Murtaza'nın aşkına.
Seyyidil kevneyn Hakk'ı Enbiya'nın aşkına.
Hazreti Hünkâr kutb-u evliyanın aşkına.
Seyyidi siyadet muhibi saadet tur-u münacat
Ver Muhammed Mustafa'ya salavat."

Çerağcı bu duayı okuduktan sonra pîr olan gülbenk eder. Cümle erkân yerini bulduktan sonra rıza bahş eder. Ondan sonra her mümin müslim evine gider.[572]

Kurban tekbir edilirken şu ayet okunur:

"Bismillâhirrahmanirrahim ve kulilhamdü lillahilleziy lem yettehız veleden ve lem yekün lehu şeriykün fiymülki ve lem yekün lehu veliyyün minnezzülli ve kebbirhü tekbıyren."[573]

"Kurban-ı Halil, ferman-ı celil can-ı İsmail, Allahu ekber, Allahu ekber velhamdülillah" diye (kurban) tekbir edilir.[574]

572 1. Hacıbektaş Yazması. (s. 223-226).
573 İsra (17) suresinin 111. Ayeti olup Türkçesi şöyledir:"Evlat edinmeyen mülkünde hiç bir ortağı olmayan, azdan dolayı yardımcıya da ihtiyacı bulunmayan Allah'a hamd olsun. Onu büyük bil, büyüklükle an."
574 Malatya Yazması (s. 212)..

40

KİMİ SORUNLARIN ÇÖZÜMÜ[575]

Ammar Yaser, Şah'ın huzuruna gelip niyaz eyledi. Şöyle dedi:

"Ya Şah izniniz olursa erenlere bir kaç sorun arz edeyim."

Şah-ı velâyet (şöyle) karşılık verdi:

"Arz eyle ya Ammar!"

Ammar yerine niyaz edip oturdu.[576] Sordu ki:

"Tanrı'm sana yarayan ve ademe yar olan nedir?"

"Birinci ilim öğrenmek, ikinci yiğitlik vaktinde hak işlerle uğraşmaktır."

"Ya Resulullah, adem ve senin katında saygın olan uğraşılacak iş nasıl iştir?" diye sordu.

"Üçüncü, her kişi kendi hünerini halk yanında ve mürşidi kâmil yanında söylemektir." diye karşılık verdi.

"Ey Şah, bir adam kendi dostundan kötü iş görürse, ondan dostluğu nasıl kesmeli?" diye sordu.

"Üç şey ile kesilir." diye seslendi. "Birinci o dostu ziyaret etmemektir. İkinci halini hatrını sormamaktır. Üçüncü, o kimsenin katında haceti var ise istememektir."

"Ey Şah bir kişinin işi gayret ile mi hoş olur ya da kaza ile mi hoş olur?" diye sordum.

575 İzmir Yazması "Müşgillerin Cevabı" başlıklı bölüm (s. 99-100). Ayrıca dağınık olarak başka bölümlerde verilen sorular ve karşılıkları da bu bölümde derlenmiştir.

576 1. Hacı Bektaş Yazması (s. 256)

“Gayret kazaya neden olur.” diye karşılık verdi.

“Ey Şah yiğitlikten ne gibi şeyler söylenir?” diye sordum.

“Bir haya, bir edep, bir yiğitlik, bunlar söylenir gider.” diye karşılık verdi.

“Ey Şah pîrlere nasıl şey hoş gelir?” diye sordum.

“Ayin-i erkânda ona bilicilik ve talibe doğru yolu gösterme hoş gelir.” diye karşılık verdi.

“Nasıl şey acele gider?” diye sordum.

“Pîrlerden kötü nüfus, kötü ahlâk, yalan dünya çıkarı için bencillik etmek hoş değildir. İmdi, dünya malı için şehvet gösterir, tazarru ve niyaz eder, o kişi hasis olmuş olmalıdır.” diye karşılık verdi.

“Ey Şah-ı Velayet saki kimdir?” diye sordum.

“Cömertliktir, evrenin aynıdır” dedi.

“Ey Şah cömertlikte murat nedir?” diye sordum.

“Öğütte saki ola, ilimde saki ola ve gönlü şad ola.” diye seslendi.

“Ey Şah, insan gönlünü ne besler?” diye sordum.

“(Tanrı’ya) kavuşmaya özlem duymak besler.” diye karşılık verdi.

“Ey Şah, insan ne ile aydınlanır?” diye sordum.

“Sözü tatlı olmakla.” diye karşılık verdi.

“Ey Şah, kişinin isteyip de bulamayacağı şey nedir?” diye sordum.

“Dayanıklılık, gam içinde mutluluk ve dosta sevimli olmak. Bu üçü bulunmaz.”

"Ey Şah, yaramaz ahlâk nedir?" diye sordum.

"Tüm iyiliklere karşı kötülük etmek." diye karşılık verdi.

"Ey Şah, hünerler içinde hiç ayıp hüner var mıdır?" diye sordum.

"Elinden cömertlik ve mârifet gelmesine karşın minnet etmek, benim katımda ayıptır." diye karşılık verdi.

"Ey Şah-ı Velayet, bahadırlıktan nişan nedir?" diye sordum.

"Bir kimsenin üzerine kadir olacak intikamı affedip (vaz) geçmesidir." diye karşılık verdi.

"Ey Şah, insanın ilmini artıran nedir?" diye sordum.

"Doğruluktur." diye karşılık verdi.

"Ey Şah, hiç ayıbı olmayan kimse kimdir?" diye sordum.

"Hakk Teala Hazretleridir" diye karşılık verdi.

"Ey Şah, akıllardan hangisi güzeldir?" diye sordum.

"Yaramaz kimseden yaramaz işi saklamaktır." diye karşılık verdi.

"Ey Şah, insanın hangi eksiği zararlıdır?" diye sordum.

"Önce gelir bir insanı haklar, sonra gelir yalanlar, bu insana ziyandır." diye karşılık verdi.

"Ey Şah, yaşamın hangi anı boşa gitmiştir?" diye sordum.

"İnsanın gücü yetmesine karşın, bir kimseye yardım edemediği an boşa harcanmıştır." diye karşılık verdi.

"Ey Şah, hangi buyruk hor tutulmaz." diye sordum.

"(Birinci) Hakk Teala'nın ve Resul'ün buyruğunu hor tutmak olmaz. İkinci bilgelerin buyruğudur. Üçüncüsü pîr buyruğudur. Dördüncüsü rehber buyruğu(dur). Beşinci halife buyruğudur. Altıncı mürşit buyruğudur. Yedinci Musahip buyruğudur. Sekizinci âşinâ buyruğudur. Dokuzuncu üstat buyruğudur. Onuncu ata-ana buyruğudur. On birinci komşu buyruğudur. On ikinci kadının erinin buyruğunu hor tutması erkân değildir." diye karşılık verdi.

"Ey Şah, dirliğin hangisi güzeldir?" diye sordum.

"Yiyip yedirmek güzeldir." diye karşılık verdi.

"Ey Şah, ahirete ne yarar?" diye sordum.

"Hayırlı uğraş ve doğru yol yararlıdır." diye karşılık verdi.

"Ey Şah, ahiretin azığı nedir?" diye sordum.

"El ile vermek, az kazanç ile yetinmek, Tanrı'nın sevdiği işleri yapmaktır." diye karşılık verdi.

"Ey Şah, insanı yaramaz eden nedir?" diye sordum.

"Avradın erine yalan söylemesi ve hayasızlık etmektir." diye karşılık verdi.

"Ey Şah, ne yapayım da muhanete muhtaç olmayayım?" diye sordum.

"Az yemek, az uyumak, az konuşmakla (kişi) muhanete muhtaç olmaz." diye karşılık verdi.

"Ey Şah, insanın hangisi akıllıdır?" diye sordum.

"Az söyleyen, çok dinleyen ve çok bilen akıllıdır." diye karşılık verdi.

"Ey Şah, fesat neden kopar?" diye sordum.

"Cahillikten kopar." diye karşılık verdi.

"Ey Şah, sevgiyi gideren nedir?" diye sordum.

"İki kimseyi birbirine kötülemek." diye karşılık verdi.

"Ey Şahım Ali, gerçek niyâz nedir?" diye sordum.

"Özünü turap etmektir." diye karşılık verdi.

"Ey Şah, tedbiri kimden alalım?" diye sordum.

"Üç özelliği olandan. Birinci temiz dinli ola. İkinci, iyi kimse, üçüncü bilici ola." diye karşılık verdi.

"Ey Şah, kaç şey ile iyilik tamam olur?" diye sordum.

"Atasına itaat etmek, cömertlik etse minnet etmemek ve pîre hizmet etse minnet etmemek ile tamam olur." diye karşılık verdi.

"Ey Şah, başkasına muhtaç olmayan kimse kimdir?" diye sordum.

"İdrak eden akıllı kişi, ibadete muhtaç olmayan hünerkâr kişidir." diye karşılık verdi.

"Bütün cihan halkının dost olduğu kimse kimdir?" diye sordum.

"Ulemayı gözleyen, yalan söylemeyen ve kimseyi incitmeyen insan olur." diye karşılık verdi.

"Ey Şah, ilim öğreneyim, ölçüsünü nasıl bileyim?" diye sordum.

"Âgâh değil isen âgâh olursun. Yoksul isen varlıklı olursun. Sohbet bilmez isen söz sahibi olursun." diye karşılık verdi.

"Ey Şah, mal ne içindir?" diye sordum.

"Birinci, kendi ihtiyacın için, ikinci ahiret azığı için. Üçüncü iki cihanı dost etmek için. Dördüncü yoksullara yararın dokunması için." diye karşılık verdi.

"Ey Şah, velayet bilicilerin pîri kimdir?" diye sordum.

"Sahibi olup, gönlü dar olmayan kimsedir." diye karşılık verdi.

"Ey Şah, mürüvvet nedir?" diye sordum.

"Müminlerin üzerine hak vacip etmektir." diye karşılık verdi.

"Ey Şah, yendiğinde kişiyi öldüren tatlı nesne nedir?" diye sordum.

"Şehvettir." diye karşılık verdi.

"Ey Şah, hiç bir zaman bozulmayan yapı hangisidir?" diye sordum.

"Turap olmaktır." diye karşılık verdi.

"Ey Şah, hangi tatlı nesne sonunda acı olur?" diye sordum.

"Yalan dünyaya aldanmak sonunda acı olur." diye karşılık verdi.

"Ey Şahım Ali, hangi gömlek eskimez?" diye sordum.

"O iyi dindir." diye karşılık verdi.

"Ey Şah, hangi düşman dosttan iyidir?" dedim.

"Nefistir." diye karşılık verdi.

"Ey Şah, hangi hastalığa kişi ilaç bulamaz." diye sordum.

"Akıl eksikliğidir." diye karşılık verdi.

"Ey Şah, hangi yücelik alçaklıktan alçaktır." diye sordum.

"Kibirliliktir." diye karşılık verdi.

"Ey Şah, kişinin güzel huyu nedir?" diye sordum.

"Bir kişiyi onursuzluktan kurtarmaktır." diye karşılık verdi.

"Ey Şah, kötü huy nedir?" diye sordum.

"Bir kişiyi haksız yere horlamaktır." diye karşılık verdi.

"Ey Şah, asla sağalması olmayan yara hangi yaradır?" diye sordum.

"Mazlum olana hükmedip haksız yere zulüm etmektir. Buna sağalmak yoktur." diye karşılık verdi.[577]

"Ey Şah, senden sonra mürit ve muhiplerin kimi hak saysınlar?" diye sordum.

"On bir evladımı hak saysınlar." diye buyurdu.

"On bir evladından sonra kimi hak saysınlar?" diye sordu(m).

"Evladımı izleyenleri hak saysınlar." diye buyurdu.

"Evladını izleyenler kimlerdir?" diye sordu.

"Evladımı izleyenler (Benim ve oğullarımın) gösterdiği özellikleri gösteren gerçek müritlerimdir." diye buyurdu.[578]

Ammar "Şahım, evlatlarının gösterdiği nişanları gösteren erenlerden sonra kimi hak göreler?" diye sordu.

"Evlatlarımın, izleyenlerinin tarîkatını erkânı üzere yürüten, çar, darp, erkân, tıraş, sofra, çerağ sahibi halifelerine hak bakalar." diye Hazreti Şah buyurdu.

"Ey Şah, evlatlarını izleyenler varken, çar, darp, tıraş, sofra, çerağ, erkân sahibi halifelere hak bakarlar mı?" diye Ammar sordu.

"Halifeler razı olursa, halifelere de bakarlar." diye Şah buyurdu.

"Ey Şah, çar, darp, erkân, tıraş, sofra, çerağ sahibi halife bulunmazsa kime hak baksınlar?" diye Ammar sordu.

"Tarîkat erkânı, evlatlarımın halifelerinin yerine oturana hak baksınlar."diye Hazreti Şah buyurdu.

577 İzmir Yazması (s. 99-100)
578 Bu bölüm "Silsilename" arı ile anılır ve bütünü çok ayrıntılıdır.

"Çar, darp, erkân, tıraş, sofra, çerağ sahibi halife varken, erkân üzerine hülefa menziline oturana hak baksınlar mı?" diye sordu Ammar.

"Ey Ammar, erkân-ı tarîkat üzere er menziline oturan vekildir. Halife asıldır. Vekil asıl yanında hareket edemez. Öyleyse halifeye hak baksınlar. Şöyle ki er menzilinde oturan ere de hak bakarlar. Halife vekildir ve hulefa asıldır. Hülefa vekildir ve evladım asıldır. Evladım vekildir ve ben asılım." diye Hazreti Şah buyurdu.

"Ey Şah, aydınlık söyle anlayamadım." dedi Ammar.

"Ey Ammar, er yerine oturanın başı halifeye bağlıdır. Halifenin başı hülefaya bağlıdır. Evlatlarımın başı bana bağlıdır ve benim başım yola bağlıdır. Yol tümünden uludur." diye Şah buyurdu.

"Ey Şah çar, darp, erkân, tıraş, sofra çerağ sahibi halife bulunmazsa kime hak baksınlar?" diye sordu Ammar.

"Er menzilinde oturan kara taşa bile bakarlar." diye buyurdu Şah.

"Ey Şah, er menzilinde elsiz eteksizden el tutulmaz, şöyle ki bağlanmaz, çar, darp, tıraş, sofra, çerağ, olmayandan hilafet alınmaz, erkân-ı tarîkat üzere bizden ve üstattan alınmayana el verilmez (se kime hak baksınlar)?" diye sordu Ammar.

"Ey Ammar, müritlerim ve muhiplerim tevellamı ve teberramı gözeteler! Haricilerle ihtilat[579] etmeyeler. Elsiz ve eteksizin eğrisini doğrultmayalar. Üstat hakkına riayet edeler. Üstattan can(larını) bile sakınmayalar. Böyle davranıp ustad gözü ile göreler ve tarîkat ve erkân-ı evliyadan bir harf dahi öğretenin önüne geçmeyeler. Sözlerine inanalar. Harici elinden dolu içmeyeler. Yoldan ve haktan kaçmayalar. Ölü

579 **ihtilat:** Karışma, karışıp görüşme, birlikte olma.

ve ihtiyar önüne geçmeyeler. Tarîkatı olanı ayıralar. Alem bir, er bir, nur bir. Nefsini bilmeyen hayvandır. Nefsini bilen insandır.[580] El ele el bir Hakk'a. Hakk dergâhında çekilen katarın pişivasıyım."

(Bunlar) buyrulduğunda Ammar Yaser Şah'a niyaz edip sustu.[581]

Yolun hizmetleri:[582]

"Pîrlik kimden kaldı?"

"Şah-ı merdan Ali'den kaldı. Zira Cebrail'in pîridir."

"Sadri seyyitlik kimden kaldı?"

"Hazreti Resul Ekrem'den kaldı. Cümle âleme sadridir."

"Şahmanlık kimden kaldı?"

"İsmail Aleyhisselam'dan kaldı."[583]

"Zakirlik kimden kaldı?"

"Cebrail Aleyhüsselam'dan kaldı ve bir kavilde kalem kudrettir, ondan kaldı."

"Sâkilik kimden kaldı?"

"Hazreti imam Hüseyin'den kaldı ki saki-i kevserdir. Sakalık onun elindendir."

"Çerağcılık kimden kaldı?"

"Hazreti Selman Farisi'den kaldı. Zira sekiz çerağ onun elindedir."[584]

"Çerağın lülesi kaçtır?"

"Dörttür. Birinci şeriat, ikinci tarîkat, üçüncü mârifet, dördüncü hakikattır. Yani Hakk'ı tanımaktır."

"Hadimlik kimden kaldı?"

580 Özgün anlatıda bu tümce Arapçadır.
581 2. Hacı Bektaş Yazması (s. 247-252) arası.
582 İzmir Yazması "Yolun Hizmetleri" başlıklı bölüm (s. 83).
583 Yolun hizmetleri olarak sayılan özellikler, değişik yazmalarda değişik biçimlerde anlatılır. Söz gelimi İzmir Yazması'nda (s. 61) "Şahmanlık Peygamberden kaldı." denir.
584 İzmir Yazması "çerağcılık Habib Ensari'den kaldı" diye geçer (s. 61)

"Hazreti Resul'den kaldı."

"Tarikçilik kimden kaldı?"

"Mikail Aleyhisselam'dan kaldı."[585]

"Ferraşlık kimden kaldı?"

"İbrahim Halilullah'dan kaldı."

"Carcılık kimden kaldı?"

"İsrafil Aleyhisselam'dan kaldı."[586]

"Nakiplik cennette Rıdvan'dan kaldı."

"Adamak Süleyman'dan kaldı."

"Gözcülük gözcü Karaca Ahmet'den kaldı."

"Başmaşlık, Şeyh Hasan Basri'den kaldı."[587]

Senden sorarlarsa:

"Mağrur kimdir?"

"Tarik-i mustakimden azanlardır." diye karşılık ver.

"Atan belini ne ile bağladı?" diye sorarlarsa:

"Ata bel bağlamaz. Pîrler bağlar. Her kişi pîrin sohbetinden utangaç olmaya. Sözünde azlık, daha doğrusu eksiklik bulunmaya ki tariki erkân yerini ala." diye karşılık ver.

"Pîr ile senin aranda ne vardır?" diye sorarlarsa:

"Tecella, temenna ve yezide teberra vardır. Nedeni, Hazreti İmam Cafer Sadık Hazretleri buyururlar ki (kişi) tecella ve temenna ederse boynundan farzı eda eder ve Yezid'e teberra ederse imamların hakkını eda etmiş olur." diye karşılık ver.

"Pîr sana ne dedi?" diye sorarlarsa:

585 İzmir Yazması "Tarikçilik Azrail'den kaldı. Mülk de Mikail'den kaldı" biçiminde verilir (s. 61).
586 İzmir Yazması (s. 83-84).
587 İzmir Yazması (s. 61).

"Pîr bana 'Hizmet ile otur, hürmet ve izzet ile söyle.' dedi" diye karşılık ver.

"Pîr kulağına ne dedi?" diye sorarlarsa:

"Pîr kulağıma 'şeriatta olgun ol. Tarîkatta haberdar ol. Hakikatte payimal ol. Mârifette âgâh ol.' dedi" diye karşılık ver.[588]

Vasiyet-i Resul (ise şöyledir):[589]

"Ya Ali, her kim Kur'an okusa emrini tutmasa, tamuda bir değirmen var! Âlimlerin başı öğünür. Nedeni isyan eder. Söz gelimi, bir âmâ kişi bir basiret kişi ile giderken önlerine kitap ya da ekmek gelse ama kişi bassa bir şey gerekmez. Gören kimse bassa kâfir olur."

"Ya Ali, avradınıza, evladınıza doğru yolu edep, erkân, farz ve sünneti öğretin! Üzerinize farzdır." dedi.

Ya Ali, evinizden bal, çörek otu, kuru üzümü eksik etme(yin) ferişteler dua eder.

Ya Ali, ata ve anasını inciten(in) ev(in)e ve konuk gelmeyen eve ferişteler girmez.

Ya Ali, seni paça suyuna davet etseler git. Konuk savaşırsa sen ona iyi söyle, ki Hakk Teala sana iyilik vere, rahmet ede.

Ya Ali, güneşe karşı oturma kalbini kabartır.

Ya Ali, çok uyuma, göz altında kararmalar yapar.

Ya Ali, kötülük edene iyilik eyle, herkes kendi kemalini işler.

Ya Ali, yolculuğa çıkarken ve sıkıntılı günlerde yÂsin suresini ve inna enzelna suresini oku (ki) sana kötülük etmek isteyen başarı elde edemeye.

---

588 İzmir Yazması s. 75

589 2. Hacı Bektaş Yazması **"Vasiyet-i Resul"** başlıklı bölüm (s. 220-222).

Ya Ali, öksüz ağladığı zaman arş titrer. Hakk Teala "Ya Cebrail, tamuyu muştula,"her kim onu güldürse, uçmağı muştula, onu güldüren uçmağa girer." buyurur.

Ya Ali, gayret imandandır. Gayreti olmayanın imanı olmaz. Ancak, bir el dünya, bir el ahiret için gayret etmeli.

Ya Ali, el yunarken suyun içine tükürme. Elini peşine çalma. Çerağı üfürüp söndürme. Ocak başını pala ile çalma. Eğninde giysi dikme. Eşik üzerine oturma.[590] Yalıncak yatma. Yalın ayak işeme. Soğan sarımsak kabuğunu yakma. Bunların tümü yoksulluk getirir. Kirli işlerdir.

Ya Ali, ataya anaya asi olma.[591]

İmam Cafer Sadık hırka ve tarîkat(ın) edepleri konusunda (şunları) buyurur:

"Hırkanın imamı nedir, İslâm'ı nedir?"

"Hırkanın imanı settarlıktır.[592] Hırkanın İslâm'ı temizliktir. Hırkanın dini aşinalıktır."

"Hırkanın kıblesi nedir?"

"Hırkanın kıblesi pîrdir."

"Hırkanın kelimesi nedir?"

"Hırkanın kelimesi Allahu Teala'yı anmaktır."

"Hırkanın sırrı nedir?"

"Hırka sırrı şevktir."

"Hırkanın payı nedir?"

"Hırka payı zühüttür."

"Hırka gönlü nedir?"

"Hırka gönlü doğruluktur."

590 Alevî inançlarına göre eşik kutsaldır. Üzerine basılmaz Eşik Fatıma, Söğe Muhammed, kapı Ali'dir. Kapı arka dönmek de günahtır.
591 2. Hacı Bektaş Yazması (s. 222)
592 **settar:** Örten, gizleyen, kaplayan.

"Hırkanın kilidi nedir?"

"Hırkanın açarı tekbirdir."

"Hırkanın gusülü nedir?"

"Hırkanın gusülü dünya uğraşında temizliktir."

"Hırkanın kemali nedir?"

"Hırkanın kemali doğruluktur."

"Hırkanın canı nedir?"

"Hırkanın canı ibadettir."

"Hırkanın namazı nedir?"

"Hırkanın namazı doğruluktur."

"Hırkanın yakası nedir?"

"Hırkanın yakası razılıktır."

"Hırkanın eteği nedir?"

"Hırkanın eteği dervişliktir."

"Hırkanın içerisi nedir?"

"Hırkanın içerisi nurdur."

"Hırkanın dışarısı nedir?"

"Hırkanın dışarısı gözlemdir."

"Hırkanın farzı sohbettir."

"Hırkanın sünneti makastır."

"Hırkanın mârifeti sıdktır."

"Hırkanın rengi meşayihtir."[593]

"Hırkanın yüzü pîr, içi mürebbidir."

"Yemini sağ el, varlığı sol eldir."

---

593 Burada anlatılan hırkanın özelliklerinin de değişik biçimleri vardır: Söz gelimi Cavit Sunar hırkanın özelliklerini şöyle verir:
1. İmanı, mürşidini sevindirmektir. Kalbi, kıblesi pîrdir. Zahiri her nesneyi örtmek, pîri anlamaktır. Batını, edep, sır hakikattır. Gusulü dünyayı terktir. Namazı, hakkına kanaat, ululuk, arılıktır. Farzı, didardır. Yeni, Tarîkattır. Eteği dervişliktir. Derviş odur ki tüm âlem yok olsa insan kendine hiç bir dert edinmeyendir, kendini tümüyle yok bilendir. (Sunar: a.g.e., s.162.). meşayih: Şeyhler.

"Derviş kimdir?" diye sorarlarsa:

"Derviş, alemi gurfeye gidecek olsa derdi olmayan kimsedir." diye karşılık ver.

"Tövbe eli nedir?" diye sorarlarsa:

"İçtenliktir. Yani kişinin kendini arıtmasıdır." diye karşılık ver.

"Arılık nedir?" diye soracak olurlarsa:

"Tanrı'nın buyruklarını yerine getirme ve doğruluktur." diye karşılık ver.

"Tövbe eli nedir?" diye sorarlarsa:

"Yedidir." de.

"Bunlar kimin imanıdır?" derlerse:

"Birinci gizli melaikeler imanıdır. İkinci maruf peygamberler imanıdır. Üçüncü gerçek evliyalar imanıdır. Dördüncü kesin(likle) mürit (olanların) imanıdır. Beşinci mevkuf kafirler imanıdır. Altıncı Müslümanlar imanıdır. Yedinci Müminler imanıdır. Tanrı'nın inayeti bunların üzerindedir."

"İmanın bir ağaca benzer. İmanın aslı Tanrı korkusudur. Dibi müminlerin gönlüdür. İmanın gönlü Kur'an'dır. İmanın derisi hayadır. Teni şükürdür. Buğdayı takvadır. Yaprağı tövbedir. Yemişi ilahi inayettir."

"Bir kişi dervişin hırkasını giymek ve kisvetine girmek isterse o kişi(nin) şeriat ilmini, mârifet ilmini, tarîkat ilmini, hakikat ilmini bilmesi gerekir. Şeriattan sorulduğunda şeriat ilmi ile karşılık vermesi gerekir. Mârifetten sorulduğunda mârifet ilmi ile karşılık vermesi gerekir. Hakikatten soru sorulursa hakikat ilmi ile karşılık vermesi gerekir."

"Böylece derviş yolundan dönmemeli. Kime gerekirse vasıla yetirmeğe gücü olmalı. Her mürit bu dört makamı bilmeli ve tarîkatını doğru tutmaya gücü olmalı. Hakikatını, gücünü, zahmatini ve mücadelesini çekmeye dayanıklı olmalı. Nedeni, bu dört makamı bilmezse, bütün evliyalar kıyamet gününde o dervişten davacı olurlar."

"Bu dört makamın manasını yerine getirmiş olsa, bütün evliyalar onun şefaatçısı olurlar. Bir derviş gereksiz yere hırkasını yitirse kıyamet gününe değin yüzü kara olur. Yolundan geri dönerse tarîkat murtadı olur. Şeriat murtadı, tarîkat murtadından yeğdir. Şunun için ki, şeriat murtadı, bir kez "la ilahe illallah Muhammaden Resulullah ve Aliyyün veliyullah" demekle necat bulur. Amma, tarîkat murtadı hiç bir biçimde necat bulmaz. Kesinlikle kıyamet gününde yüzü kara olur."[594]

"Ey Talip, sen başa çıktın mı?" deseler:

"Bazan çıktım." diye karşılık ver.

"Ne aradan çıktın?"

"Erler meydanından çıktım. Seyyid-i saadet, ulema, tuğ-u âlem ve Hazreti Ebul Kasım'ın çerağı dibinde (çıktım)."

"Kemerbeste misin?" derlerse:

"Kemerbesteyim." diye karşılık ver.

"Kemerbeste kaçtır?" derlerse:

"Kemerbeste üçtür."

"Kapıda durduğunda ne üzere durursun?"

"Karar üzere."

"Kapı kimdir? Eşiği kimdir? Üstü kimdir?" derlerse:

594 "Derviş" diye anılan bu kimse gerçekte "mürşittir". Daha önce dipnotta açıkladığımız gibi, mürşit hırka ve taç giyinen kimsedir. Bunları giyinebilmesi için belli özellikleri olması gerekir. İşte burda bunlar yerine getirilmediğinde mürşidin ne duruma düşeceği anlatılmak istenmektedir.

"Kapı şeriattır. Eşiği Ali'nindir. Kanadı Cebrail'dir. Üstü Muhammed Mustafa'nındır."

"Meydan kimindir ve kimden kalmıştır?" derlerse:

"Baba Amr'dan kalmıştır."

"Ne vechile kalmıştır."

"Hazreti Resul gazaya gittiklerinde sayısız kâfir kırdılar. Üç gün, üç gece aç kaldılar. Baba Amr Radıyallahu Teala İslâm askerine yolda birer ekmek vererek Saa'dî Vakkas'a geldi. Ona da verdi. O ekmeği almadı. Bir ok çekip baba Amr'a attı. Hazreti Ali huzuruna gelip şikâyet eyledi:

Hazreti Ali de Sa'di erenler(i) meydanına davet eyledi. Baba Amr ve Sa'di, ikisi kapıya geçti. Sadi Vakkas suçlu bulundu. Tarîkat asası o zaman çalındı."

"Hangi kapıdan çıktın?" derlerse:

"Şeriat kapısından girdim, tarîkat kapısından, erkân kapısından çıktım ve dedim ki "Esselamü aleyküm ya ehl-i şeriat. Esselamü aleyküm ve ehl-i tarîkat. Esselamü aleyküm ya ehl-i mârifet. Esselamü Aleyküm ya ehl-i hakikat. Yolu, erkanı kuran üstatlarımızın ervahına salavat!"

"Ey aşık nerede ikrar verdin?" diye sorarlarsa:

"Erenler meydanında, pîrler karşısında (ikrar) verdim." diye cevap verilir.

"(İkrar) verdiğinde, elin, başın, kulağın, gözün, gönlün nerede idi?" diye sorarlarsa:

"Elim mürşidin elinde, kulağım emanet ve nasihatta idi. Gözüm erenler dîdârında idi. Özüm dar-ı Mansur'da idi. Gönlüm Muhammed Ali, On iki İmam, On dört Masum-u Pak, Hünkâr Hacı Bektaş Veli ve hak gerçek erenlerde idi. İkrarım imanım Muhammed-Ali'dir."

"Mürşidin kulağına ne emanet bırakmış?" diye sorarlarsa:

"Şeriatta muhkem ol, tarîkatta haberdar ol, mârifette payidar ol. Hakikatte sabit kadem ol." karşılığıdır.

"İkrar-ı tercüman nedir?" diye sorarlarsa:

"Şah-ı merdan kuluyum. Al-ı abanın soyuyum. İmam Cafer Sadık mezhebindenim. Rehberim Muhammed, Mürşidim Ali'dir." karşılığıdır.

"Mürşidinle senin aranda ne nişan vardır?" diye sorarlarsa, karşılığı şudur:

"Tevella Muhammed-Ali dostunu dost tutmaktır ve teberra Muhammed-Ali düşmanını düşman tutmaktır."

"Mürşide ikrar vermenin ne anlamı vardır?" diye sorarlarsa, karşılığı şudur:

"Mürşide ikrar vermek, teslim ve rızasında olmaktır. Gidince durmaktır. Anlamı budur: Her sadık aşık mürşide gelip görünmeli. Emaneti teslim eylemelidir. İkrar verdiği gibi ezelde canını da teslim etmelidir. El ele el Hakk'a gitmelidir. Murat, Muhammed-Ali ve On iki İmam katarına katılıp ikrar vermektir. (Böylece) ecel vaktinde de emaneti mürşidine tapşırmak gerek. O zaman kesinlikle Muhammed-Ali, On iki İmam, On dört Masum-u Pak ve Hakk erenler ervahına katılır, ebedi zayi olmaz ve yine adem sıfatına erişir. Yoksa, şimdi ikrar verip sonra ecel vaktinde -Tanrı korusun- mürşidini şaşırırsa emaneti teslim eden olursa ervah-ı esfele[595] katılır. Nedeni, "Gelme, gelme; dönme, dönme. Gelenin malı, dönenin canı gider." Allah korusun. Hakk erenler tümümüzü şaşırmaya!"

"Ey derviş talip misin, kalıp mısın?"

"Ey Derviş talip oğluyum."

---

595 **ervah-ı efsel:** Aşağılık ruhlar.

"Şeriatta kimin oğlusun?"

"Şeriatta Adem Ata oğluyum."

"Mârifette kimin oğlusun?"

"Mârifette kemal oğluyum."

"Hakikatta kimin oğlusun?"

"Hakikatte yer anam, gök atamdır."[596]

"Ey Derviş, başında (ne var?)"

"Başımda devlet tacı var."[597]

"Alnında (ne var?)"

"Alnımda hidâyet nuru var."[598]

"Kaşında (ne var?)"

"Kaşımda kudret kalemi var."[599]

"Gözünde (ne var?)"

"Gözümde vahdet nuru var."[600]

"Göğsünde (ne var?)"

"Göğsümde vahdet imanı var."[601]

---

596 "Yer anam, gök atam" inancı özgün eski Türk inançlarındandır.

597 Özellikle Bektaşîlerin başlarına giydikleri özel tac vardır. Bu soruda düşünülen odur. Bu tac yücelik, ululuk, mutluluk anlamına gelir. Ancak, bu ululuk, yücelik, mutluluk da bilgi bakımından, ruh bakımındandır.

598 Kimilerine göre alında Namaz-ı taat vardır. Bu Tanrı'nın buyruklarını, dinin gereklerini yerine getirmek için gösterilen, kulluk, onunla ilgili namaz anlamına gelir. Bu karşılık da gönül yönünden, ruh bakımındandır. Bu taat, Sünnilik'in düşündüğü gibi değildir. Bunda Tanrı'ya, Ali'ye Uymak, onun buyruklarını uygulamak, yerine getirmek demektir. *(İsmet Zeki Eyüboğlu: Bütün Yönleriyle Bektaşîlik, İst. 1980, s.156).*

599 Bu sorunun "Kanımda ne var?" biçiminde sorulduğu ve "Feth-u kudret" diye karşılık verildiği anlaşılır. Burada feth sözü "gönüllerini açmak, başkalarıyla dostluk kurmak, Ali sevgisini çoğaltmak, insanın özünü aydınlatmaktır. Ruhlarını ışıklandırmak, "Tarîkat sevgisini yaymak" gibi anlamlara gelir. *(İsmet Zeki Eyüboğlu: a.g.e., s.156-157.)*

600 "Nur-ı velayet" Gözde ululuk ışığı, yücelik, aydınlığı vardır anlamındadır. "Velilik" aşamasına ulaşmış bir kimsenin bütün gönüllere ışık saçacak bir yücelikte olduğu anlamını içerir. Bunda kişi ruh bakımından, anlayış yönünden, en yüksek aşamaya ulaşmış, bakışı ışık, görüşü ışık olmuştur. *(Eyüboğlu: y.a.g.e., s.157)*

601 "Vahdet imanı" yerine "Kur'an-ı hikmet" dendiğini biliyoruz. Tarîkatlar inançlarına göre, inanmış kimsenin gönlü Kur'an'dır. Tanrı'nın Kur'an ile bildirdiklerini gönülde taşıyan kimse gerçek Müslümandır, mümindir, inanmıştır. Kur'an yalnız okumak ezberlemek için değildir. Tanrı yolunu göstermek, insanı bütün eksikliklerinden, kötülüklerden arındırmak, ruh bakımından olgunluğa, gerçeğe ulaştırmak içindir. Bu nedenle, önemli olan kişinin gönlünde taşıdığı, bütün özünü, inceliğini benimsediği, uyguladığı Kur'an'dır. Tasavvufta 'gönül' Tanrı'nın evidir, onun bakış yeri, başka bir deyimle "nazargâhı"dır. Bu yüzden ayrı bir değeri, ayrı bir özelliği vardır. *(Eyüboğlu, s.158).*

"Kulağında (ne var?)"

"Kulağımda nübüvvet bangi var."[602]

"Burnunda (ne var?)"

"Burnumda cennet kokusu var."[603]

"Elinde (ne var?)"

"Elimde velayet eli var."[604]

"Ayağında (ne var?)"

"Ayağımda mahşer yerine varıp gelmek var."[605]

"Dizlerin ne yapar?"

"Dizlerim hak yolunda hizmet eyler."[606]

"Sağında (ne var?)"

"Sağımda gübün var."[607]

"Solunda (ne var?)"

---

602 "Nübüvvet banki", "Bank-i Muhammed": Peygamber Muhammed'in insanları İslâmlığa çağırışı, birlik, bütünlük sağlayışı anlamında söylenen bu sözlerin başka bir anlamı daha vardır. Bu da Allah-Muhammed-Ali üçlüsünün özünde dile gelen "Birlik"tir. *(Eyüboğlu, s.157.)*

603 "Buy-i cennet": Allah-Muhammed-Ali inancını benimseyip "pîr"e bağlanan bir kimsenin gideceği yer "cennet"tir. Oranın önderi Ali'dir. Ali orada "saki-i kevser"dir. Bütün doğrulara, erenlere "cennet"in mutluluk veren içkisini, şarabını sunacaktır. Ancak bu cennet katılıkla, şeriatın koyduğu ağır yasaklarla, baskılarla değil "ermek"le, Ali'nin yolunda gidip ruh olgunluğuna ulaşıp "ârif" olmakla gidilebilir. (Eyüboğlu, s.157)

604 "Dest-i velayet": Bektaşîlik'e giren bir kimsenin bir yol göstericisi, elinden tutanı olması gerekir. Tarîkatta "veli" sayılan bir kimsenin bir erenin elinden tutanı da, bu kurumda en yüksek aşamaya ulaşmış olan, "velilik" aşamasına çıkmış olan uludur. Onun eline "velilik eli" anlamında "dest-i velayet" denir. Bunun en yücesi de Hacı Bektaş Veli'dir. Alevîler tarîkatın kaynağı olarak Ali'yi bildikleri için ona da Şahı-ı velayet derler. İşte bu gerçeğe, doğru yola, Tanrı katına ulaştırıcı ele Ali'den başlayarak 'dest-i velayet' denir. Bu elin tutmadığı kimse yolda kalır, olgunluğa ulaşamaz.

605 Eyüboğlu ayağımda "erkan-ı meşayih" olarak verir. Erkân-ı meşayih: Tarîkat ulularının koydukları genel ilkelere, tarîkatın yasası niteliğinde olan kurallara, onları düzenleyen yetkilere, sözün kısası bu inanç kurumunun temeli ni oluşturan varlıklara "erkan" denir, direkler anlamına gelir. Bu tarîkatın özü olduğundan bu adı almıştır. Alevîlikte yapılacak bütün işler, alınan görevler, bu "erkân"a bağlı olduğundan, bunlar insanın gereksiz davranışlarını önleyen birer ayakbağı niteliğindedir, bağlayıcı ilkelerdir. *(Eyüboğlu, s.160)*

606 **Dem-i hizmet:** Tarîkat yoluna girenin ve doğruluk yolunu tutanın, başlıca görevi, kendisine verileni yapmak, bunu yaparken de sevinç duymaktır. Gönül açıklığı ile; güleryüz göstermekten geri kalmamaktır. Pîr buyruğu altında hizmet, olgunlaşmak, bencillikten, büyük gönüllülükten, kendini beğenmişlikten sıyrılmak demektir. Hizmete karşılık beklemek, bir nesneden ummak, çıkar düşünmek, yarar gözetmek yoktur. (Eyüboğlu, s.159)

607 Sağ sürekli ulviyete, hayra delil sayılır. Burada "gübün" hayır meleği olmalıdır.

"Solumda kâtip var."[608]

"Ardında (ne var?)"

"Ardımda ecel var."[609]

"Önünde (ne var?)"

"Önümde nasip var."[610]

"Cesedin kaç kapısı var?"

"Cesedimin on iki kapısı var."

"Vücudun kaç damarı var?"

"Vücudumun üç yüz altmış altı damarı var."

"Müminde ne var?"

"Müminin ikrarı var."

"Münkirde ne var?"

"Münkirin inkârı var."

Bunu bilenlere yerden göğe değin eyvallah!"[611]

Bu hatem burada oldu tamam,

Yardımcınız olsun On İki İmam![612]

---

608 Sol, süfliye, şerrre delil sayılır. Burada katip olarak günah yazan melek düşünülmüş olmalıdır.

609 **ecel:** Tüm inanç kurumlarında olduğu gibi, Bektaşîlikte de ölüm bir Tanrı buyruğudur. Ondan kurtuluş yoktur. Tanrı buyruğu olduğundan, güler yüzle iyi yürekle karşılanması, korkup ürküntüye kapılınmaması gerekir.

610 **nasip:** Yaşayan kendini olgunlaşma, yücelme yoluna veren, Ali'nin izini süren pîrin ardınca giden bir 'can'a bütün dileklerini gerçekleştirecek kapılar açıktır. Ona Tanrı'nın nice mutluluklar bağışlayacağı, Ali'nin nice ululuklar, sevinçler vereceği sayılmakla bitmez. Alevîlik "nasip" yoludur. İnsana ne ayrılmışsa, ne verilecekse onu bulacaktır. Kişinin ona güler yüzle yönelme olgunluğuna ulaşması, varması bütün tutkulardan, küçültücü davranışlardan sıyrılmasına bağlıdır. (Eyüboğlu s.160)

611 2. Hacı Bektaş Yazması (s. 247-252) arasında serpiştirilmiş bölümler.

612 İzmir Yazması (s. 100)

41

ŞÎA MEZHEBİ[613]

On sekiz bin âlemin adı, nişanı yok iken Hazreti Muhammed Mustafa ve Aliyyel Murtaza'nın nuru var idi ve nurları zâhir idi,[614] bir idi. Abdullah ile Ebu Talip zamanında iki oldu, mânâsı birdir. Muhammed Mustafa'nın nuru Abdullah'tan zuhura geldi. Hazreti Ali'nin nuru Ebu Talip'ten geldi.

Muhammed ile Ali'nin sırrını hiç kimse bilmezdi. O zaman yetmiş iki millet iki bölük olmuş idi.[615] Otuz altı bölüğü havariç oldu. Ebubekir, Ömer ve Osman'ı severlerdi. Otuz altısı şîa mezhebinde idi. Hazreti Ali'yi severlerdi.

Şîa mezhebinde olanlar, Hazreti Muhammed ve Hazreti Ali ile dört kapı, kırk makam, on yedi erkânda her işleri bir idi. Bir kapıdan girip, bir kapıdan çıkarlardı. Bir sofrada yiyip, bir kaptan içerlerdi. Aralarında perde yoktu. Bu yol Muhammed Ali'nin şeriatıdır, derlerdi.[616] Aralarında ayri gayri yoktu. Şîaların koçları koyunlarından, boğaları ineklerinden, horozları tavuklarından ayrılmazdı.[617]

Amma (havariçler) Muhammed ile Ali'den bu erkânı görmemişlerdi. Tasdik ile yakın işlerlerdi. Havariçlerin dört

---

613 İzmir Yazması "Şîa Mezhebi" başlıklı bölüm (s. 150). Burada anlatılanlarının bir bölümü Malatya Yazması'nda da yer alır (s. 213-215). Bu bölüm Buyruk'un "sonsöz"ü durumundadır. İçerik bakımından "Ali ile Muhammed'in Musahip olması" bölümü ile benzerlik gösterir. Gadir-i Hum olayına dayanır.

614 İzmir Yazması (s. 150)

615 Malatya Yazması (s. 213)

616 Malatya Yazması'nda ayrıca "yetmiş iki millet, yetmiş iki bölük olmuştu" tümcesi vardır (s. 214).

617 İzmir Yazması (s. 150)

kapı, kırk makam, on yedi erkânda işleri bir değildi. Onun için kendi sofralarından yiyip kendi kaplarından içip, kendi kapılarından girip çıkarlardı.

Pes, bu ahvalden Hazreti Resul haberdar idi. Bir gün yetmiş iki milleti topladı. Deve palanından bir minber yapıp vaaz-ı nasihat eyledi. Hazreti Muhammed, Hazreti Ali'yi yanına çağırdı. Minberde ikisi bir gömlekten baş çıkardı. Baş bir, ayak iki oldular. Yine baktılar ki ayak bir, baş iki olmuş. Ondan sonra Hazreti Ali, Hazreti Resul'ün libas-ı şeriflerini giyip ayrıldı. O vakit Hazreti Resul:

"Benimle Ali aynı nurdanız. Ben ilim şehriyim. Ali ise o şehrin kapısıdır. Ali dünya ahiret kardeşimdir. Ali ile aynı etten, aynı cisimdeniz. Zahirimiz, batınımız birdir. Ben kimin velisi isem, Ali de onun velisidir." buyurdu.[618]

Bir gün gaipten bir ses geldi:

"Ey Şîalar, sizi bir er ister varın. Su aktı duruldu. Nazara eren aşık oldu. Hakk dîdârı görmesin ne tahsil edersin? Siz varanda derman yerine bir gevher satılır. Şara varın. Pîrim beni aşk küresinde kaynattı. Âşık olan ulaşsın, payınızı alın. Mümin olan kalbiniz ve gönlünüz arı, ayan olsun. Münkir olan kimsenin gönlünde kara kaygı olsun. Rakip ah desin." diye Şîalara seslendi.

Şu beyitleri güzel ses ile gaipten Şîa mezhebinden (olanlara) söyleyip ayini erkânca beyan eyleyip okudu:

Ey cümle cihana şefi
Ahmed-i Muhtar değil midir?
Ahmet, Mahmut, Ebu'l-Kasım veliler,
Nebiler içinde server değil midir?
Hakk'tan selam indiren Cebrail emin,

618 Malatya Yazması (s. 214-215)

Bedir gazasında vaz-ı minber değil midir?

Çıktılar minber üzerine, bir gömlek giydiler,

"Lahmike lahmi" deyip koçan Haydar değil midir?

Muhabbet kemerini bağlayıp, mürebbi musahip oldular,

Bu güftar hak Resul'ün kurduğu erkân değil midir?

Ehl-i tarîkat biat bel bağladılar,
Biri Selman, biri Kanber değil midir?
Şek getirmeyesiniz, lahmike lahmi hadisine,
Bunlar da bahrızat içinde gevher değil midir?
Biz ol gevherlerdeniz, amenna ve saddaknâ,
İmam müminlerin ikrarı değil midir?
Hazret kapısında seyyid-i Hûda'dır Aliyyel Murtaza,
Hem cennet-i Rıdvan, hem saki-i kevser değil midir?
Bab-ı Resul Emirelmüminin,
Cümle tarikler içinde hak rehber değil midir?
Beşiğinde yatarken hamle kılıp ejderhayı iki biçen,
Bunlara aşikâr olan Haydar-ı kerrar değil midir?
Öptü Habibullah'ı dedi "Ya gözüm nuru Esadullah oğlanları.

Şebbirü Şübber İmam Zeynel Abidin, din serveri Muhammed Bakır, İmam Cafer değil midir?

Andan İmam Musa Kâzım, Ali Musa Rıza, Şah Tâki,

Hem Ali Nâki, Hasan Askeri değil midir?

Andan İmam Muhammed Mehdi sahib-i zaman salavatullah-u aleyhüm.

Ecmain mahlukat eşiğinde kemter değil midir?

Rahmetinden ve dergâhından yâd eyleme, dostum muhabbetle,

Aşina meşrep virani cümleden kemter değil midir?

Şîa mezhebinden olanlara bunu okudu. Ali ile Muhammed'in yolu aşikare oldu. Dört kapı, kırk makam, onyedi erkân üzere evliyanın ayini erkânı ve mürşidin sır nefesi beyan olundu. O zamandan beri şimdi evliya âyin erkân ondan kaldı.

Mârifet ehli ve arif olan canlar, sofular bu manâdan fark eden ehl-i kâmil bilir. Cahil nadan olanlar bu hikmet ilmine hayran kalsa gerektir. Bunun bahşişi doğru gelmek ve kudretiyle amil olup amel kılmaktır.

İmdi, bu ayetler hürmetine, divanından dergâhından ve dîdârından mahrum etmeye. Allah, Allah, Allah gani hüda.[619]

(Bu kılavuzu) Selman-ı Farisî, Şah'ın kendisinden öykülemiştir. Al-i Abâ'[620]nın soyağacıdır. Bunu Farsça olarak buyurmuştu. Horasan Erenleri Rûm'a ayak bastıklarında Farsçadan Türkçeye çevirmişlerdir ve bunu tarîkat erenleri aziz canları gibi saklasınlar. El ele, el Hakk'a!.[621]

---

619 İzmir Yazması (s. 154).

620 Al-i Abâ: Muhammed peygamberin üzerine abasını örttükleri. Ali, Fatıma, Hasan, Hüseyin.

621 2. Hacı Bektaş Yazması (s. 259)

Ek 1.

FAKR-NÂME

Ahmet Yesevî

Amma bil ki kutupların kutbu, şeyhlerin başı, velilerin sultanı, takva sahiplerinin delili, nebilerin sultanı (Peygamber) Hazretlerinin, Allah'ın salât ve selâmı üzerine olsun, sofrasının çocuğu Sultan Hâce Ahmed-i Yesevî Hazretleri bu risalede şöyle buyurmuşlardır: Bizden sonra ahir zaman yakın olduğunda öyle şeyhler ortaya çıkacak ki İblîs, lânet onun üzerine olsun, onlardan ders alacak ve bütün halk onlara dost olacak ve (fakat) müritlerini idare edemeyecekler.

O şeyhler ki müritlerinden aç gözlülükle bir şeyler dilerler ve canlarını küfür ve delâletten ayırmazlar ve bid'at ehlini iyi görürler ve sünnet ehlini kötü görürler. Şeriat ilmi ile amel etmezler ve nāmahremlere göz salarlar (bakarlar) ve kötülüğü âdet edip Allahu Teala'nın rahmetinde ümitli olurlar ve şeyhlik işlerini değersiz görürler, (onların) müritleri de dinden çıkmış olur ve kendileri de dinden çıkmış olur. Ve yine değersiz bir şekilde ve inleyerek müritlerinin eşiğinde dolaşırlar, o halde müritlerinden yardım alırlar. Eğer müritleri bağış ve yardımda bulunmasa, döğüşürler ve derler ki, "Ben usanmışım, Tanrı da usanmıştır." derler.

Şeyh odur ki yardım alsa, hak etmiş olanlara verir. Eğer alıp kendisi yese, murdar et yemiş gibi olur. Eğer elbise yapıp giyse, o elbise eskiyene kadar Hak Teala (onun) namaz ve orucunu kabul etmez. Eğer aldığı yardımdan ekmek yapıp yese, Hak Teala onu cehennemde türlü azaba uğratır. Eğer öyle şeyhe bir kişi îtikât etse (inansa), kâfir olur. Öyle şeyhler mel'undurlar. Onların fitnesi Deccal'den beterdir. Şeriatten, tarîkatten, hakikatten, mârifetten uzaklaşmışlardır.

Ey tâlip, eğer Hakk'ı isteyip bulayım desen, öyle pîre el ver (uzat) ki şeriatte ârif bi'llâh olsun, tarîkatte sırlara vâkıf olsun, hakikatte tam manasıyla olgun olsun, mârifette büyük bir deniz olsun. Öyle pîre el ver (uzat) ki işin saadet olsun. Eğer mürit şeriat ilmini bilmese, şeriat ilmini (ona) öğretsin. Eğer tarîkatte bir hâl meydana gelse, tarîkat ilmi ile yola salsın ve hakîkat yönünden müride yol göstersin ve mârifette ilahî cezbe meydana getirsin.

Şeyh Zu'n-nûn-i Mısrî, Allah'ın rahmeti üzerine olsun, şöyle demişlerdir ki mürit kır yıl hizmet kılmayınca, şeyhlik ve fakîrlik ve dervişlik mevkii ona verilmez ve hırka giymesi ona layık görülmez. Sultan Ahmet Yesevî Hazretleri buyurmuşlardır ki; bir kimse pîrlik ve şeyhlik iddiasında bulunsa, kırk yıl tâ pîrin hizmetinde bulunmayınca, şeyhlik mevkii ona layık görülmez. Eğer mürit alsa, (o mürit) dinden çıkmış olur. Dervişlik iddiasında bulunan kimse, önce hak emrine itaat edip şeriat emri ile yola girmeli ve bâtıl işlerden ve bid'atlerden vazgeçmelidir. Gece kalkıp namaz kılmayınca, gündüz hizmet etmeyince, şeyhlik iddiasında bulunsa, işi bâtıl olur. Bir kimse şeriat emrinden çıksa, dinden (de) çıkmış olur. Eğer tevbe etmeden dünyadan göçse, Hakk Teala(onu) cehennemde türlü azaba uğratır.

Ey derviş, eğer (o kimseler) riyakâr zâhit, sevdalı âbit veya dilenci sofi veya hercaî derviş olsalar, (onların) sofilikleri murdar, işleri fesat, müritleri dinden çıkmış (olur); öylelerinin sofilikleri keyfi hareket (başı boşluk), dervişlikleri açgözlülük, niyetleri fitnelik, yolları mübah kılma, sünnetleri bid'at, fiilleri kabahat, neticeleri bedbahtlık, sırları hainlik, gusulları cenabettir. Sofilerde riyazet yok, fakirlerde kanaat yok, zenginlerde cömertlik yok, dervişlerde kıyamet korkusu yok.

Ey derviş, halimiz nasıl olacak? Ey derviş, bil ve uyanık ol ki evvela şeriat kelimesini, ikinci (olarak) tarîkat kelimesini, üçüncü (olarak) mârifet kelimesini, dördüncü (olarak) hakikat kelimesini bilmek gerek. Eğer (bir kimse) sofi olup da bu kelimeleri bilmese, sofi değildir. Ey derviş, şeyhler daha önce gelenlerin fakirliğini kabul edip, sözlerine uyup, ahkâm ve erkânlarını bilip, geçici istekleri terk edip, nefsi mücadele yayı ile parçalayıp kendisine itaat ettirip ve kanâati âdet haline getirip, kazasına razı olup, belasına sabredip, nimetine şükredip, bildirilen risaleye göre amel edip Hüdâ-yi Teala'nın emirlerini yerine getirse, dervişlik adı ona uygun olur; yoksa bunları bilmeden şeyhlik iddiasında bulunsa, kıyamet günü kara yüzlü olup mahcup olur. Öylelerinden Allah'a sığınırım. Fakirlik mertebesi yüce bir makamdır, herkesin kolayca eline geçmez.

Kudret ile Hakk'tan bize buyruk oldu,
dipsiz deniz içine yalnız düştüm dostlar.
o denize kadir Rabb'im buyurdu,
Allah'a hamd olsun, sıhhat ve esenlikle geçtim, dostlar.

Yaşım ilerledi, ömrüm tükendi, göğe uçtum,
bağrım taştı, aklım şaştı, yere düştüm,
şeytanî nefis güruhuyla (arzularıyla)çok vuruştum,
sabır ve rıza makamlarını aştım, dostlar.

Dokuzunda toz gibi savruldum, tükenmedim,
on yaşımda sağ yanıma dolanmadım,
on birimde kendi nefsimi zabtettim,
fakr ve rıza makamlarını geçtim, dostlar.

On ikimde bütün ruhlar söz söyledi,
hurîler karşı gelip bana selâm verdi,
sır şerbetini sâki olup bana sundu,
onu alıp edep ile içtim, dostlar.

On üçümde dalgıç olup deryaya daldım,
Mârifetin cevherini sırdan derdim,
Mumumu görüp pervane gibi kendimi vurdum,
Kendimden geçip aklım gitti, şaştım, dostlar.

On dördümde toprak gibi hakirlik çektim(hakir görüldüm)
Hū hū diyip gözyaşımla geceleri (birbirine) kattım,
Bin altınlık kıymetini bire sattım,
Ondan sonra kanat çırpıp uçtum, dostlar.

On beşimde dergâhına dönüp geldim,
Günah ile yaptığım her işi alıp geldim,
Tevbe edip Hakk'a boyun sunup geldim,
Tevbe edip günahlardan kaçtım, dostlar.

Cebrâil vahiy getirdi Hakk Resul'a,
Âyet geldi (indi) zikret diye cüz ve kül'e,
Hızır Baba'm beni saldı işte bu yola,
Ondan sonra derya olup taştım, dostlar.

Şeriatın bostanında dolaşıp durdum,
Tarîkatın gülzarında gezinip durdum,
Hakikatin pazarında uçup durdum,
Mârifetin eşiğini açtım, dostlar.

Elest şarabını pîr-i mugân doyasıya verdi,
İçiverdim miktarımca koyuverdi,
Kul Hâce Ahmed içim dışım yanıverdi,
Tâliplerce inci cevher saçtım, dostlar.

Hâsılı bu makam nebîler ve ârifler ve âşıkların makamıdır. Bilhassa Resul-i Ekrem Hazretlerinin, Allah'ın salât ve selâmı üzerine olsun, makamlarıdır. Fakiri iyi görmek (değerli tutmak) imandandır ve fakiri bayağı tutmak (hor görmek) küfürdür. Amma fakirlik mertebesi ve hürmeti yedi kat gökten ve yedi kat yerden daha yücedir.

Ey derviş, bir kimse zenginleri dünyası için ağırlasa, ebediyete kadar Hüdâ-yi Teala'nın lânetine uğrar ve eğer fakiri hakîr görse ve harlasa, Hüdâ-yi Teala (onu) pek çok azaba uğratır. Bu türlü hareket mü'minlere olmaz, bilâkis münafıklarda olur.

Hazret-i Ali, Allah ondan razı olsun, rivayet ederler ki dervişlik makamı kırktır. Eğer (bir derviş) bilip (buna göre) amel etse, dervişliği temiz olur ve eğer bilmese ve öğrenmese, dervişlik makamı ona haram olur ve (o kişi) cahildir. O kırk makamın onu şerîat makamında ve onu tarîkat makamında ve onu mârifet makamında ve onu hakîkat makamındadır.

O, on makam (ki) şerîattedir, ilki Hak Teala'nın birliğine, varlığına, sıfatlarına ve zâtına iman getirmektir. İkincisi namaz kılmaktır. Üçüncüsü oruç tutmaktır. Dördüncüsü zekât vermektir. Beşincisi hac kılmaktır. Altıncısı yumuşak konuşmaktır. Yedincisi ilim öğrenmektir. Sekizincisi Resul-i Ekrem Hazretlerinin, Allah'ın salât ve selâmı üzerine olsun, sünnetlerini yerine getirmektir. Onuncusu nehy-i münker kılmaktır.

O on makam (ki) tarîkatte, ilki tevbe etmektir. İkincisi pîre el vermektir (uzatmaktır). Üçüncüsü havftır. Dördüncüsü recâdır, yani Hakk Teala'nın rahmetinden ümitli olmaktır. Beşincisi vird-i evkatı yerine getirmektir. Altıncısı pîrin hizmetinde olmaktır. Yedincisi pîrin izni ile konuşmaktır. Sekizincisi nasihat dinlemektir. Dokuzuncusu tecrit olmaktır. Onuncusu tefrit olmaktır.

O on makam (ki) mârifettedir, ilki fenâ olmaktır. İkincisi dervişliği kabul etmektir. Üçüncüsü her işe tahammül etmektir. Dördüncüsü helâl ve güzel istekte bulunmaktadır. Beşinci mârifet kılmaktır. Altıncısı şeriat ve tarîkatı ayakta tutmaktır. Yedincisi dünyayı terk etmektir. Sekizincisi âhireti seçmektir. Dokuzuncusu vücut (varlık) makamını bilmektir.

O on makam (ki) hakikattedir, ilki (herkesin) yolunun toprağı olmaktır (alçak gönüllülüktür). İkincisi iyiyi-kötüyü tanımaktır. Üçüncüsü bir parça lokmaya el uzatmak, belki fazlaya kanaat etmemektir. (Dördüncüsü) kendisini, lokmasını Hakk yolunda sebil etmektir.Ve (beşincisi) kimseyi incitmemektir. (Altıncısı) fakirliği inkâr etmemektir. (Yedincisi) seyr-i süluk kılmaktır. (Sekizincisi) herkesten sırrını saklamaktır. (Dokuzuncusu) şerîat, tarîkat, mârifet ve hakîkat makamını bilmek ve amel etmektir.

Şeyh Hasan-i Basrî, Allah'ın rahmeti üzerine olsun, rivayet ederler ki Hazret-i Resul'dan, Allah'ın salât ve selâm üzerine olsun, Hazret-i Ali, Allah ondan razı olsun, naklettiler ki Mirac gecesi Hakk Teala'nın buyruğu ile Hazret-i Cebrâil, selâm üzerine olsun, Burak'ı getirdiler. Yedi kat göklerden aşırdı Tanrı, aziz ve celil olsun, kudreti ile acayipleri gördü. Hazret-i Rabbu'l-erbab'dan nidâ geldi: Yā Resulların (Peygamberlerin) Efendisi, yukarı bak! Resul-ı Ekrem Hazretleri, Allah'ın salât ve selâmı üzerine olsun, baktılarsa, acayip suretler gördüler ki onun açıklaması yer ve göğe sığmaz. O an hayran kaldılar kendilerinden geçtiler. Tekrar kendilerine geldiler ve buyurdular: Yâ Rab, o ne sûret idi ki gördüm, aklım (başımdan) gitti? Hazret-i Rabbu'l-izzet'ten nidâ geldi ki o sûret fakirlik sûretidir. Ey Muhammed, eğer beni dilesen, fakîr ve tecrit ol ve eğer dîdâr dilesen, riyazet çek, tâ benim cemalime müşerref olasın! Her kim dîdâr dilese, Hakk'tan başka her şey (ona) haramdır.

Fakirlik sûreti gökte idi, gökten yere indi. Sahabeler fakirlik sûretini gördüler. Amma şeyhler o sûretin anlatılmasında çeşitli sözler söylemişlerdir. Hazreti Ali, Allah onun zâtını şerefli kılsın, buyurdular: Hazreti Muhammed, Allah'ın salât ve selâmı üzerine olsun, o gece (ki) miraç'dan dönüp geldiler, mübarek yüzlerinde bir nur gördüm. On sekiz bin âlem bana o nurdan apaçık belli oldu. O zaman dedim (ki): Yâ Resulallah, bugün yüzünüzde nur gördüm, her günkünden ziyade. Hazret-i Resul, Allah'ın salât ve selâmı üzerine olsun, buyurdular: O gece Mirac'da Rabbu'l-âlemin huzurunda fakirlik sûreti gördüm, aşk şarabından bir yudum içtim, dediler. Hazret-i Ali, Allah ondan razı olsun, buyurdular: Bu halde ben de arzu ettim. Hazret-i Resul, Allah'ın salât ve selâmı üzerine olsun, aşk şarabından bir yudum da bana verdiler, içtim, halsiz düştüm ve kendimden geçtim. Tekrar kendime geldiğimde, her ne Hazret-i (Peygamber)e gözükmüş ise, bana da aynı şekilde gözüktü. Resul-i Ekrem Hazretleri, Allah'ın salât ve selâmı üzerine olsun, buyurdular: Yâ Ali fakirlik makamında on makam, on nur (haslet) on yol ve on mevki vardır, (böylece) kırk mertebe vardır.

O on makamın ilki, kanattır. Kanaat hazinedir ki asla tükenmez. Ölüm vaktinde malın faydası yoktur, son bulur. İkinci fakr makamı belaya tahammül etmektir. Üçüncü fakr makamı (Tanrı'nın) kulluğuna tutkunluktur. Dördüncü fakr makamı azaptır (Hazret-i Eyyub gibi olmadır). Beşinci fakr makamı hayrettir. Altıncı fakr makamı riyazettir. Yedinci fakr makamı açlıktır. Sekizinci mahvolmadır. Dokuzuncu fakr makamı Hazret-i Rabbu'l-izzetliktir.

On fakr nurunun ilki sıdk nurudur. İkincisi sabır nurudur. Sabır cennetin hazinelerindendir. Üçüncüsü şükür nurudur. Dördüncüsü fikir nurudur. Beşincisi zikir nurudur. Altıncısı namaz nurudur. Yedincisi oruç nurudur. Sekizinci imam nurudur. Dokuzuncusu sadaka nurudur. Onuncusu temiz ruhluluk nurudur.

On fakr yolunun ilki tevbedir. İkincisi günahlardan vazgeçmektir. Üçüncüsü kötü işlerden pişmanlıktır. Dördüncüsü hayrettir. Beşinci makam hakirlik ve inlemedir. Altıncısı Hakk Teala'dan yardım dilemektir. Yedincisi kötü yollardan geri dönmektir (vazgeçmektir). Sekizincisi Hüdâ-yı Teala'nın zikri ile olmaktır. Dokuzuncusu tefekkürdür. Onuncusu fenâ (yok) olmaktır.

On mevki vardır: Hikmet, adl, akl, hilm, hayat, izzet, ihsan, settarlık, emanet ve teslim.

Şeyh Şihabü'd-din, Allah onun sırrını takdis etsin, dediler ki: Dervişlikte bu kırk şartı bilmek gerek. Ol kişiye sofi derler. Sultan Ahmed-i Kübrâ dediler ki: Yetmiş yıl yaşadım, kırk yıl seferde bulundum, yedi yıl hac kaldım, bin defa Kur'an'ı hatmettim, yetmiş defa Allah'ın salât ve selâmı üzerine olsun, düşümde gördüm. Mübarek yüzlerine baktım, bu kırk makamı bana bildirdiler. Ben amel kılamadım, Vâcib Teala Hazretlerine ulaşamadım. Şeyh Şihabü'd-din, Allah'ın rahmeti üzerine olsun, dediler ki bu kırk makamın onu şeriat makamındadır ve onu mârifet makamındadır. Her sofi ve her derviş ve her fakir bu kırk makamı bilmese ve (bunlara göre) amel kılmasa, sofilik, şeyhlik (veya) fakirlik iddiasında bulunsa yalan olur. Eğer sofiye dünyanın nimetini tamamen verseler, (onun) kâfirliğine işaret edilmiş olur. Eğer öbür dünya nimetini ve cenneti tamamen verseler, (onun) mü'minliğine işaret edilmiş olur. (Sofi) zahmet, sıkıntı ve belayı kendisine reva görmelidir. Eğer sofi halvette olsa, Hakk Teala'nın zikri ile olmalıdır. Eğer halk arasında olsa, şeriat emri ile iş yapmalıdır. Herhangi bir zaman güçsüz olsa, O'nun (Tanrı'nın) dergâhında sabretmelidir. Sofi zarurî miktarın dışında, helal bile olsa, fazla yemekten kaçınmalıdır, tâ (ki) şüpheye düşmesin. Eğer dua ve ağlama ile bela ve zahmete katlansa, sofidir.

Şeyhlik mücadele makamıdır. Dünya ehli yüceliği diler ve öbür dünya ehli alçak (gönüllü) oluşu ve hakirliği diler. Eğer sofiye bela gelse, âh vâh demez ve sabreder. Eğer sofinin nefsi nimet arzu etse, nefsinin arzusunu vermez. Eğer sofi aç olsa, çıplak olsa, hoşnut olur ve sabırdan başka bir yolu seçmez; (bu ise) iyi bir alçak gönüllülük demektir.

Bu on makam (ki) şeraittedir ve on makam (ki) tarîkattedir, teslimdir. Yani (sofinin) başına bela ve zahmet gelse, kendisini can ve gönülden teslime salar. Yine (sofi) yemek ve içmeği halktan dilemesin. Kaba dokumayı atlastan üstün tutsun. Gündüz oruç, gece namazda olsun ve Kur'an okumakta bulunsun.

Nazm

Gönlün, sonunda ölüm rahatlığı ile olsun,
Kur'an oku, tilaveti terk etme.

Eğer (sofi) yemek yese ve elbise giyse, niyeti ibadet olsun ve muhabbet ehlinden başkasını anmasın. Yine (sofi) ihlası ile olsun. Sofi her gece nafile namazı terk etmesin, havf ve recâ içinde olsun. Eğer sofi ibadetini halka gösteriş için yapsa, elli yıllık ibadetini bir zerre yiyeceğe satmış olur; (bu türlü hareket) Tanrı, aziz ve celil olsun, katında makbul sayılmaz.

Yine sofi yola doğruluk ile ayak koysun ve doğru konuşsun, zira gönül dile haber verir. Yine sofi nefsini yakıp yok etmelidir; dünyadan söz etmemelidir. Hak Teala'yı anarak vaktini hoş geçirmelidir. Yine alçak gönüllü olsa, Hak Teala'yı bulur. Eğer ateşe baksa, Hakk'ı görür ve eğer suya baksa, Hakk'ı görür ve eğer yukarı baksa, Hakk'ı görür ve eğer ileri baksa, Hakk'ı görür ve eğer otursa Hakk'ı müşahede gözü ile görür ve yine sofi ilme'l-yakîn ve ayne'l-yakîn makamı bulur. Gere sır gözü ile yukarı baksa arşı görür. Eğer aşağı baksa ta tahte's-serâ'ya kadar yedi kat zemini, (hatta) balık üstündeki deniz öküzünün sırtını görür ve (arada) hiç perde olmaz. Eğer hakke'l-yakîn gözü ile baksa mahlukat ve masnuattan geçip zatından soru sorulması doğru olmayan (nasılsızlık ve sebepsizlik vasfını taşıyan) Hakk'ı görür ve mârifette bütün kevneyn âlemini görür, (bu ise) şeksiz ve şüphesiz tanımaktır. Yine sofi dünya ve âhirette onun himmetine sığınmaz, bütün cennetlerin nimetleri gözüne görünmez. Yine sofi denilen (kişi) Hüdâ-yı Teala'nın şevkinde su gibi olup eriyip akmalıdır, gönlünü Hakk'ın rızasına vermelidir, çocuklarına ve malına gönül vermelidir. Yine sofi denilen (kişiyi) mezarında bulmazlar, (hatta) sıratta da, cennette de bulmazlar, Hazret-i Vâcib Teala'nın yakınında bulurlar. Eğer sofi, ey Bâr-Hüdâya, bütün asîleyi bana bağışla dese, Hak Teala'dan nidâ işitmeyince canını vermez, münkir ve nekirden endişe etmez, kıyameti düşünmez, tâ Melik-i Gaffar'ı görmeyince hûri ve köşklere bakmaz. Yine sofi o kimselerdir ki her işten gönlü soğuk olmalı, nefis ve şehvetlerden arınmış olmalı, içi âfetlerden arınmış olmalı, davranışları temiz olmalı, içi pişkin, gözü (her) iki dünyaya kapalı, kafası aydınlanmış olmalı.

Bu söylenilenler seksen makam oldu. Ey derviş, her bir makam bir peygamberin makamıdır. İlki Hazret-i Adem, selâm ona olsun, sonuncusu Hazret-i Muhammed Mustafa'nın, Allah'ın salât ve selâmı üzerine olsun, makamlarıdır. Şeyhlerin sultanı Hoca Ahmed-i Yesevî Hazretleri, Allah'ın rahmeti üzerine olsun, buyurdular ki: (bir kimse) yetmiş edep ilmini bilmeyince, yetmiş makam yolunu aşıp gezmeyince, şeyhlik makamı iddiasında bulunsa, o derhal kâfir olur.

Şeyh Serî-i Sakatî, Allah'ın rahmeti üzerine olsun, buyurdular: Fakr bir dağdır, bütün değerli maden ocaklarının mekânıdır. Şeyhu'l-Meşayıh, Allahu Teala onun ruhunu takdis etsin, buyurdular: Fakr bir denizdir. O denizin sonu yok, onun sonunu Hazret-i Muhammed Mustafa'dan, Allah'ın salât ve selâmı üzerine olsun, başka kimsenin gördüğü yok. Seyyidü't-tâife Hazret-i Cüneyd-i Bağdadî buyurdular: Fakr bir tepedir. Seyyid Ahmed-i Kübrâ buyurdular: Fakr Hüdâ'nın nurudur; her kime o nurun ışığı değse, onun ışığından aşkın kemalini bulur. Şeyh Ahmed buyurur: Fakr bir devlet tacıdır; Her kim (onu) başına koydu ise, iki cihanda sultan oldu. Şeyh Şakik-i Belhî, Allah'ın rahmeti üzerine olsun, buyurur: Fakr bir ateştir; her kimin gönlüne düştü ise, vücudu altın oldu. Şeyh Ahmed-i Câm buyurur: Fakr bir şaraptır; her kim ki bir yudum içti, tâ kıyamete kadar yüzü yerde (mest) oldu. Şeyh Kutbu'd-din Haydar buyurur: Fakr, Allah'ın cezbesidir; her kime değse, iki cihanda muradı yerine gelir. Hâce Abdullah Haydar buyurur: Fakr ilahî hidayettir; her kim ki (ona) yol buldu, ebedî sultanlık buldu. Şeyh Mansur-ı Hallac buyurur: Fakr Hakk Teala'nın didârıdır ki; her kim ki gördü, görmedi. Lokman-ı Serahsî buyurur: Fakr himmet doğanıdır; her kime kondu ise, o kişi arşa uçtu.

Şeyhlerin sözü şöyledir: Fakr Hakk Teala'nın vuslat bağından bir ağaçtır. O ağacın budağı akıldır, kökleri hidayettir, meyvesi hayır ve cömertliktir, gölgesi kanaattir, kokusu şevktir. Onun yaprağı her kime değdi (ise), iyi amel elde etti. Her kim meyvesinden yedi (ise), ebedî hayat buldu. Eğer kokusu her kime ulaşsa, mest ve hayran olur. Eğer (bir kişi) gölgesinde yer tutsa, hakikat güneşi ona vurur.

Ey derviş! Fakrın altı âdâbı vardır: İlki iyi veya kötü söze sükut etmektir, (ikincisi) pîrin huzurunda susmaktır, ve pîr izni olmadan konuşmamaktır, (üçüncüsü) kimseyle dargın olmamaktır, (dördüncüsü) havas ve avamın (herkesin) hizmetini görmektir, (beşincisi) nefsi öldürmektir, (altıncısı) geçici istekleri terk etmektir. Fakrdan temiz bir şey yoktur. Fakr gurbettir, aç olmaktır. Eğer insan aç olursa, temizliği ve zikri gitmez. Eğer tok olursa, fesatlar ortaya çıkar.

Fakr makamı sekizdir: İlki tevbedir, (ikincisi) ibadettir, (üçüncüsü) sevgidir, (dördüncüsü) sabırdır, (beşincisi) şükürdür, (altıncısı) rızadır, (yedincisi) zühttür, (sekizincisi) ârifliktir. İlki Hazret-i Adem'den, selâm ona olsun, kaldı; âbidlik Hazret-i İdris'den, selâm ona olsun, kaldı; şükür ve sevgi Hazret-i İbrahim'den, selâm ona olsun, kaldı; sabretme, selâm ona olsun, kaldı; razılık Hazret-i Mûsâ'dan, selâm ona olsun, kaldı; zâhidlik Hazret-i İsâ'dan, selâm ona olsun, kaldı; âriflik Hazret-i Muhammed Mustafa'dan,Allah'ın salâtve selâmı üzerine olsun, kaldı.

Fakr mertebesi yedidir: Civanmertliktir, sipahiliktir, (garipliktir),hırkadır,sabırıdr,kanaattır,tevekküldür.Civanmertlik Hazret-i Ali'den kaldı; sipahîlik Hazret-i Süleyman'dan, selâm ona olsun,kaldı; gariplik Hazret-i Yahya'dan, selâm ona olsun, kaldı; kanâatlık Hazreti Muhammed Mustafa, Allah'ın salât ve selâmı üzerine olsun, kaldı.

Her derviş bu yedi dervişlik makamını bilmese, veya bilip amel etmese, şeyh ve mürit almak ona haram olur. Ey derviş, bu Fakr-nâme'de her vasiyet ki yazıldı, Tanrı kelamından, Peygamber'in hadislerinden ve icma-i ümmetten yazıldı! Her tâlip bu vasiyetlere göre amel edip doğru yol tutsa, dünya ve ukbayı (ahireti) kolaylıkla elde eder ve mahcubu olur. Her derviş bu kırk makamı bilmese ve amel etmese, onun şeyhliği şeytancadır. İlki melekut makamı, ikinci lahut makamı, üçüncü nâsut makamı, dördüncü ceberut makamı (dır). Ceberut makamı şerîat; melekût makamı tarîkattir; lahut makamı mârifettir; nâsut makamı hakîkattir.

Allah'ın fazlı ve sonsuz cömertliği sayesinde Fakr-nâme tamamlandı.

Ek 2:
(Yeni Dille Söylenmiş)
Gülbenkler

1.

Sofra Gülbengi

Önce Tanrı diyelim
Birliği güç bilelim
Açıldı Şah sofrası,
Şah'dan izin diyleyelim
Şah verdi biz yiyelim
Gerçeğin demine hû diyelim.

2.

Erenin Topluma Katılışı

Gerçeğe erip birlik olduk bugün
Tüm sorunlar çözüldü dirlik olduk bugün
Kutsal sevi suyu içip esridik,
Sevgi oduyla mutlu olduk bugün
Bireysel yalnızlığı geçtik
Bütünlük olduk bugün

3.

Dar Gülbengi

Erenler; yüzümüz yerde, özümüz darda
Er meydanında, Hz. Ali divanında
Şu an bir eren var karşımızda
Teni toprak, özü tutsak

Amacı toplumla uzlaşmak
Bu erenden ağrınmış, incinmiş can
Dile gelsin, bile gelsin
Alacağı varsa istesin,
İncinmişliği varsa söylesin
Sonuçta helallik dilesin
Hû Ya Ali!

4.

Eşik Gülbengi

Eren, ermeye geldi
Sevgi dermeye geldi
Birey olmaktan çıkıp
Birlik olmaya geldi
İzin yoksa katılımına
Özrün bilmeye geldi
Ant içti hak katında
Gökkuşağı giymeye geldi

5.

Akşam Gülbengi

Akşamlar ak ola
Gönüller pak ola
Kötülükler yok ola
İnkarcı, bozguncu uzak dura
İnanan saygın ola
Ocağımıza ışık dola
Kısmetimiz bol ola
Dileğimiz kabul ola
Göktanrı birlikten, dirlikten ayırmaya
Hacı Bektaş'ın koruyucu eli üstümüzde ola

Şaşırıp düşürmeye
Andımız kalıcı ola

6.

Uyku gülbengi

Tanrı'm, güç ver bilincime
Sahip olayım elime, dilime, belime
Ne ağrınsın kimse benden
Ne kötülük düşüneyim çevreme
Renkli düşler içinde
"Günaydın" diyeyim yeni güne!

7.

Cem Dağılma Gülbengi

Duran oturan, eren, bacı, kız- kızan
Koğusuz, dedikodusuz evine varan
Toplum katında aklana
Ruhu gökte paklana!
Dileği yerini bula
Esenliği sürekli ola
Gerçeğin demine hû

8.

Bebek Doğumu Gülbengi

Kız oğul erkek oğul,
Evime direk oğul
Herkes seni bekliyor
Kol kanat gerek oğul
Gün doğdu, güneş doğdu
Ocağa neşe doldu
Beklenen saat geldi
Nur topu kardeş doğdu

Güneş doğdu eşiğimize
Bebek geldi beşiğimize
Tümümüz mutlu olduk
Sevinç sindi dirliğimize
Yaşamın uzun olsun
Tanrı bol kazanç sunsun
Başın darda kaldığında
Tanrı yardımcın olsun

9. Sonsuza Yolculuk Sözleri

Erenler, bacılar, dostlar yarenler
Yüzümüz yerde, özümüz darda
Elimiz bağlı, yüreğimiz dağlı
Gözümüz yaşlı, bağrımız ateşli
Yaşam bitimli, acılar bitimsiz
Sevgi acı ile kardeş, yaşam, ölümle eş.
Yer anamız, gök atamız
Doğada doğduk, topraktan var olduk
Bir tende can bulduk, bir bilinçle özgür olduk
Yaşam koşusu engebeli, yaşam yolu dikenli
Taş taşa değmeden duvar olamaz,
Birbirini üzmeyen insan olmaz.
Kimileyin insan yükü ağır,
Kimileyin duyguların dili sağır
An olur öfke kabarır,
Öfke geçer yüz kararır
Dünya işi dünyada kalır
Kişi kötü demeyelim, işi kötü diyelim
Ağrınan incinen kötü geçmişi unutsun
Giden yolcuya gönül çiçeklerini sunsun!

Sevgi en güzel çiçek,
Bağışlamak en büyük emek
Emeğiniz varsa bağışlayın
Toprak ana bir canı bağrına basıyor
Ölüm vadisinin gölgeli yolu
Tümümüzü bekliyor yartılmışların sonu
Tanrı yaşam için sabır, umut sundu.
Ateş külde söner, acı yürekte diner.
Acı paylaşıldıkça azalır,
Sevgi paylaşıldıkça çoğalır.
Acılar azalsın, sevgiler çoğalsın
Kinler bitsin, dostluklar pekişsin.
Yeni sevilerde yeni çiçekler yetişsin.
Tanrı kalanlara uzun esenlik dolu yaşam versin.
Erenlerin bilgelerin ruhu sinsin.
Hacı Bektaş Veli, Hatayî Sultan,
Pîr Sultan Abdal ruhunu pak etsin
Gerçeğin demine hû ya Ali!

Kaynaklar

Asan, Veli: Buyruk (Erkannama), Isparta, 2014.

Buyruk, haz. Sefer Aytekin, Ankara 1958.

Bozkurt, F. Toplumsal Boyutları ile Alevîlik, Kapı Yayınları

Bozkurt, F. Çağdaşlaşma Sürecinde Alevîlik

Bozkurt, F. Semahlar

Eyüboğlu, İ. Z., Bütün Yönleriyle Bektaşîlik, İst. 1980.

Gölpınarlı, A., Sosyal Açıdan İslâm Tarihi, İstanbul 1975.

Gölpınarlı, A., Şiilik, İstanbul 1979.

Hançerlioğlu, O., İnanç Sözlüğü, İstanbul 1975.

Hançerlioğlu, O., İslâm İnançları Sözlüğü, İstanbul

Köprülü, M. F., Türk Edebiyatında İlk Mutasavvıflar, Ankara 1977.

Noyan, B., Bütün Yönleriyle Bektaşîlik-Alevîlik

Öztelli, C., Pîr Sultan Abdal, İstanbul 1978.

Sunar, C., Melâmilik ve Bektâşîlik, Ankara 1975.

Yetişen, R., Tahtacı Aşiretleri, İzmir 1986.

Yılmaz, A., Tahtacılarda Gelenekler, İzmir 1948.

Yörükan, Y. Z., Anadolu'da Alevîler ve Tahtacılar, Ankara 1998.

SALON YAYINLARI

Divân-ü Lugat-it-Türk

Hazırlayan: Prof. Dr. Fuat BOZKURT

Kaşgarlı Mahmudun, Divan-ü Lugat-it- Türk dev yapıtının özgün biçimi dönemin Arapça dilbilgisi kurallarına gore düzenlendiği için, uzmanlar dışında pek kimsenin yararlanamayacağı karışıklıktadır. Türkçe sözcükler, Arapça kalıplara uydurularak yazarın kitap diye nitelediği sekiz bölümde ele alınır, bunlar da alt başlıklara indirgenir. Her bölüm ve başlıkta verilen sözcüklerle ilgili çok kez aynı- dil kuralları açıklanır. Türk dilinin yapısına uymayan bu kurgusu nedeniyle, Divan okur kesiminden uzak kalmıştır.

Bu iletişim kopukluğunu gidermek amacıyla yayınevimiz Prof. Dr. Fuat Bozkurtun uzun emek sonucu yeni bir düzende hazırladığı bu metni sunmaktadır.

Çeviri, uyarlama ve düzenleme olarak sunulan bu çalışma içerikte en küçük eksik ve değişiklik yapmaksızın çağdaş Türk okurunun anlayacağı yalınlık ve özgünlükte kurgulanmış, Kaşgarlı nın ruhunun yansıtılmasına özen gösterilmiştir.

EĞİTİM YAYINEVİ

Türklerin Dili

Yazar: Prof. Dr. Fuat BOZKURT

Günümüzde Türk dili çok renkli Türkmen kimliği gibidir. Geniş alanlarda ayrı oymaklar, boylarca konuşulur. Ana ilkeleri aynı kalmak koşuluyla biçimsel değişimlere uğramıştır. Benzetme yerindeyse, nakışlar aynı kalmış, renkler değişmiştir. Nakış ve renk bolluğu içinde uyumlu bir görüntü sunar. İşte, konuşan insan sayısı bakımından dünyada beşinci sırayı alan Türk dili budur. Bu dili sömürge halkları değil, öz ulusu konuşur. Makedonyadan Çine, Sibiryadan Afganistana, Kafkaslardan Romanyaya değin, geniş alanlarda, Türk soylu halkların yüzlerce yıllık direnişi, salt silahla değil, aynı zamanda Türk dili iledir. Aynı kökten, kardeş ulusların, değişik yaşam biçim ve ayrı söyleyiş içinde bir ruh birliğidir. Evrensel dostluk sofrasında ses bayrağıdır. Kırgız otağında kımız, Türkmen çadırında kilim, toprak ananın ak sütü gibidir. Bozkırda tan ağarması, dünya yalnızlığında güneş türküsüdür. Geçmişten günümüze uzanan çizgide, değişmeler, savaşımlar arasında ayakta kalmaya çalışan ulusal direnişin en önemli öğesidir.